GRETEL MAYER

Schwabing 62

SCHWABINGER KRAWALLE In der Trautenwolfstraße in München-Schwabing wird die 36-jährige Berenike von Rahnstedt ermordet aufgefunden. Der junge Kriminalhauptkommissar Korbinian Hilpert, der mit seiner Familie im selben Haus wie das Mordopfer lebt, übernimmt zusammen mit seinem Kollegen Ludwig Waldleitner den schwierigen Fall. Die komplizierten, vielschichtigen Ermittlungen führen in die unterschiedlichsten Richtungen. Die Tote war Künstlerin, Autorin und alleinerziehende Mutter und führte ein äußerst freigeistiges, lockeres und ausschweifendes Leben. So könnte Berenike von Rahnstedts konservative norddeutsche Familie, die sehr auf ihren Ruf bedacht ist, mit dem Mord zu tun haben. Doch auch der jugendliche Geliebte, der mit Berenike und ihrer Freundin Lou eine schwierige Ménage à trois eingegangen war, und der geheim gehaltene Vater ihres Sohnes, geraten unter Verdacht. Die Liste der Verdächtigen ist lang und das Ermittlerduo taucht tief in die Münchner und vor allem die Schwabinger Szene – kurz nach den Schwabinger Krawallen – ein.

Gretel Mayer, geboren 1949 in München, war als Fremdsprachensekretärin, Übersetzerin und jahrelang als Buchhändlerin tätig, bevor sie ihre Leidenschaft fürs Schreiben entdeckte. Obwohl ihr Lebensmittelpunkt schon seit Jahrzehnten in Unterfranken liegt, schlägt ihr Herz noch immer für das Alpenvorland und ihre Geburtsstadt München.

© privat

GRETEL MAYER

Schwabing 62

KRIMINALROMAN

Dieses Werk wurde vermittelt durch die
Autoren- und Projektagentur Gerd F. Rumler (München)«

Immer informiert

Spannung pur – mit unserem Newsletter informieren wir Sie
regelmäßig über Wissenswertes aus unserer Bücherwelt.

Gefällt mir!

Facebook: @Gmeiner.Verlag
Instagram: @gmeinerverlag

Besuchen Sie uns im Internet:
www.gmeiner-verlag.de

© 2024 – Gmeiner-Verlag GmbH
Im Ehnried 5, 88605 Meßkirch
Telefon 0 75 75 / 20 95 - 0
info@gmeiner-verlag.de
Alle Rechte vorbehalten
2. Auflage 2024

Lektorat: Claudia Senghaas, Kirchardt
Herstellung: Mirjam Hecht
Umschlaggestaltung: U.O.R.G. Lutz Eberle, Stuttgart
unter Verwendung eines Fotos von: © Alfred Strobel /
Süddeutsche Zeitung Photo
Druck: CPI books GmbH, Leck
Printed in Germany
ISBN 978-3-8392-0606-5

»Ich darf nur lieben, aber niemals jemandem gehören!«

Aus den Tagebüchern der »Schwabinger Gräfin« Franziska Gräfin zu Reventlow (1871 – 1916)

PROLOG

Es ist doch Vormittag? Und Sommer? Warum wird es dann plötzlich immer dunkler; hat jemand die Läden geschlossen, die Vorhänge zugezogen? Das macht mir Angst! Ich will doch hinaus ins Licht, in die Sonne fliegen.

Ich weiß noch, wie ich mit Heinrich unten am Weiher gespielt habe; die Sonne brannte auf unsere Köpfe und Schultern, und wir trugen keine Hüte, so wie es uns Mama befohlen hatte. Kleine weiße Segelschiffe ließen wir auf dem Wasser schwimmen, und in der Ferne hörte man die Glocken der Walsroder Kirche 12 Uhr schlagen.

Da will ich wieder hin in diese Leichtigkeit eines Sommertages, ins unbeschwerte Spiel, ins vollkommene Kindheitsglück.

Doch ich kann mich nicht bewegen, und mein Kopf schmerzt dumpf und pochend. Meine Lider sind verkrustet und verklebt, meine Augen, so sehr ich mich auch bemühe, kann ich nicht öffnen.

Aber ich will doch alles sehen ... vor allem meinen Bubi will ich sehen ... wo ist er denn überhaupt? Hab ich ihm heute das Butterbrot für die Pause mitgegeben? Hat er seine Lederhose an oder die Knickerbocker? Ich weiß es nicht mehr.

Ein Sirren, ein tosendes Rauschen ist jetzt da in meinem Kopf, das mir solche Angst macht. Ich klebe fest am nassen Kissen. Hab ich denn so geweint?

Der große Manitu soll mir helfen; er hatte doch immer für alles eine Lösung. Er soll mich in seine starken Arme nehmen, mich wiegen und mir zuflüstern: »Es wird alles wieder gut, meine liebe, liebe Nike.«

Doch er ist nicht da; er kommt nicht, und ein Strudel reißt mich nach unten, immer weiter und immer tiefer. Ein schwarzer Schlund, in dem ich versinke, aus dem ich nicht mehr auftauchen kann. Ich hab solche Angst.

2. JULI 1962

München-Schwabing
Trautenwolfstraße

Was für hübsche schlanke Fesseln sie doch hat, immer noch genauso wie vor zehn Jahren, dachte sich Korbinian Hilpert, und ganz automatisch begannen seine Hände zärtlich von den Waden zu den Kniekehlen und dann langsam zu den Oberschenkeln seiner Frau zu wandern.

»Bini, lass das bitte«, rief Evi Hilpert mit gespielter Empörung; sie stand auf der höchsten Stufe einer Haushaltsleiter und war dabei, die neuen Wohnzimmervorhänge aufzuhängen.

»Du bringst mi ja ganz durchananda!«

Schuldbewusst ließ Korbinian seine Hände wieder nach unten gleiten und umfasste mit festem Griff ihre Waden.

»Ich halt dich ganz fest, es kann nix passieren.«

Nach einer guten Viertelstunde hingen die äußerst bunt gemusterten Vorhänge, und Evi und Korbinian saßen zufrieden auf ihrem ebenfalls neuen kakaofarbenen Wohnzimmersofa, das zudem ungeheuer weich und samtig war. Evi war begeistert.

»So schön is es g'wordn«, rief sie begeistert, und Korbinian, dem die Vorhänge eigentlich nie besonders wichtig gewesen waren und dem sie jetzt ehrlich gesagt etwas zu farbenfroh erschienen, freute sich nun doch aus vollem Herzen mit seiner Frau.

Seit fast einem halben Jahr, kurz nachdem er zum Kriminalhauptkommissar ernannt worden war, wohnten sie nun schon in der Trautenwolfstraße in Schwabing, und so langsam wurde es richtig wohnlich. Außer Ehebett, Kleiderschrank, Elsis Kinderbett und einigen wenigen Küchenmöbeln hatten sie nicht viel mitgebracht, als sie einzogen. Stück für Stück hatten sie nun, immer sobald wieder ein wenig Geld in der Kasse war, angeschafft.

Korbinian zog seine Frau an sich.

»Mir könnten ja den Kirschlikör von der Mama aufmachen, den du so gern magst und dann ...« Er rückte noch ein wenig näher an sie heran, küsste zärtlich ihren Hals und streichelte behutsam ihren Brustansatz.

»Bini«, rief Evi warnend. »Komm ned auf dumme Gedanken, in a halbn Stund kommt d' Elsi mit'm Wolferl.«

Korbinian gab sich geschlagen. Was hätte man doch in einer halben Stunde alles Schönes machen können, aber wenn Evi Nein sagte, war das nicht zu ändern. Das wusste er aus Erfahrung.

In einer halben Stunde würde Elsi, die siebenjährige Tochter der Hilperts, mit ihrem gleichaltrigen Spielgefährten Wolferl kommen, und sie würden gemeinsam mit den Kindern zu Abend essen. Wolferl, von seiner Mama Berenike, kurz Niki, grundsätzlich nur Bubi genannt, wohnte zwei Stockwerke tiefer in der Parterrewohnung, und sehr häufig musste dessen Mama gegen Abend zur Arbeit. So hatte es sich eingebürgert, dass Wolferl dann immer zu den Hilperts kam, bei ihnen zu Abend aß und oft auch bei ihnen übernachtete. Korbinian hegte leise Zweifel, was die Arbeit Nikis betraf, denn schon zweimal hatte er Berenike von Rahnstedt, so hieß sie mit vollem Namen, am späten Abend in einer Gruppe fröhlicher, lauter junger Leute aus einem Lokal kommen oder die Leopoldstraße entlangflanieren sehen.

Doch Evi Hilpert hielt auf Niki große Stücke. Die junge Nachbarin, die ganz offensichtlich ihren Bubi allein großzog, war immer äußerst hilfsbereit und ging mit den Kindern oft stundenlang im Englischen Garten spazieren. Außerdem hatte sie ein Händchen für Näharbeiten und Stoffe, und so war sowohl die Auswahl als auch die Anfertigung der Hilpert'schen Wohnzimmervorhänge Nikis Werk.

So farbenfroh und außergewöhnlich wie die Vorhänge war zumeist auch Nikis Erscheinung, und Korbinian würde ihr erstes Zusammentreffen mit Berenike von Rahnstedt nie vergessen. Anfang Januar, bei sehr winterlichen Temperaturen und starkem Schneetreiben, waren sie eingezogen, und schon als sie die ersten Kisten und Möbel ins Haus trugen, hatte sich die Tür der Parterrewohnung geöffnet und Niki, trotz der fortgeschrittenen Tageszeit in einen ziemlich offenherzigen, gelb und mohnrot geblümten seidenen Morgenmantel gehüllt, hatte sie begrüßt wie alte Bekannte.

»Die Kleine kann reinkommen und mit dem Bubi spielen«, hatte sie mit ihrer warmen dunklen Stimme gerufen, »und euch koch ich dann gleich einen starken Kaffee.«

Evi war sofort angetan von dieser Hilfsbereitschaft; Korbinian hingegen fühlte sich ein wenig überrumpelt und, wie es ihm zumeist bei schönen und zudem selbstbewussten Frauen ging, etwas verunsichert. Dieses Gefühl hatte er nun nach fast sechs Monaten, in denen er die junge Nachbarin recht gut kennengelernt hatte, bisweilen immer noch. Er war ein wenig beschämt darüber.

Evi, die wie Korbinian ja ein echtes »Landei« war, verhielt sich da wesentlich offener, hatte die deutlich sehr unkonventionell lebende extravagante Nachbarin gleich ins Herz geschlossen und wusste mittlerweile so einiges über sie.

Berenike Margaretha Gräfin von und zu Rahnstedt war etwa Mitte 30 und stammte von einem Gut in der südlichen Lüneburger Heide. Schlichter Landadel, wie sie immer zu sagen pflegte.

Berenike war noch keine 20, als sie sich von ihrer Familie lossagte.

»Mein Vater war ein Familientyrann und ein strammer Nazi noch dazu; meine Mutter eine Schönheit, aber eigentlich immer schwach und leidend«, so hatte Berenike berichtet, und im Zuge einer dramatischen, natürlich unglücklich endenden Liebesgeschichte zog sie damals nach München. Ohne familiäre Unterstützung schlug sie sich in München immer am Rande des Existenzminimums durch, hüpfte von einer Liebesbeziehung zur nächsten und – das beeindruckte Evi am meisten – begann zu schreiben. Sie schrieb Glossen, Essays und Artikel für verschiedene Münchner Blätter, arbeitete aber parallel dazu an einem großen Roman.

Doch bis zu dessen Vollendung würde es wohl noch so einige Zeit dauern, und ein Verlag war natürlich auch noch nicht gefunden. Was die Abstammung Wolferls, also ihres Bubis, betraf, hüllte sich Niki in Schweigen. Eine ganz komplizierte Sache, hatte sie nur einmal kurz zu Evi gesagt.

Die Kinder, die blondlockige, ständig plappernde fröhliche Elsi und der fast gleichaltrige wesentlich ernstere Wolferl, der manchmal derart klug und erwachsen daherredete, dass man richtig erschrak, saßen nun gemeinsam am Küchentisch der Hilperts, aßen Leberwurstbrote und tranken Apfelsaft.

»Ist die Mama schon zur Arbeit, Wolferl?«, konnte Korbinian sich nicht verkneifen nachzufragen.

»Nein, sie ruht schon seit heut Mittag«, antwortete Wolferl sehr vornehm.

»Mir ham sie garned wach kriagt«, ergänzte Elsi.

Alkohol, Tabletten, ging es Korbinian sofort durch den Kopf, der es im Nachhinein etwas verantwortungslos von Niki fand, die Kinder so ganz sich selbst zu überlassen.

»Heute früh hat sie mir noch ein Pausenbrot gemacht, aber als ich aus der Schule kam, hat sie schon geschlafen«, berichtete Wolferl. »Ich hab dann ein hartes Ei und eine Essiggurke gegessen.«

»Vielleicht ist sie krank, ich schau nachher mal nach ihr«, meinte Evi besorgt.

Doch über einigen Runden *Mensch ärgere dich nicht*, die ausschließlich die Kinder gewannen, einigen Seiten Vorlesen aus dem derzeitigen Lieblingsbuch *Babar der Elefant* und dem anschließenden sich wie immer lange hinziehenden Zubettgehritual – Wolferl schlief wie so oft auf einer Matratze neben Elsis Bett – vergaßen die Hilperts vollkommen, noch einmal nach Niki zu schauen.

3. JULI 1962

München-Schwabing
Trautenwolfstraße

Am nächsten Morgen, wie immer war die Familie Hilpert viel zu spät dran, lief Wolferl dann nach unten, um seinen Schulranzen zu holen. Kurze Zeit später – Korbinian machte sich gerade im Flur ausgehfertig – stand Wolferl wieder vor der Tür. Seine Augen waren noch dunkler als sonst, und seine Stimme zitterte.

»Ich kann die Mama nicht aufwecken. Sie rührt sich nicht, obwohl ich sie ein paar Mal ganz fest gestupst habe.«

*

Polizeipräsidium München
Ettstraße

Ludwig Waldleitner, von seinen besten Freunden kurz Lucki genannt, öffnete das Fenster der Abteilung Mord I im Polizeipräsidium an der Ettstraße und spähte nach draußen. Elvira Hutschler, die Sekretärin vom Diebstahl, ging gerade wiegenden Schrittes in Richtung Eingang; sie trug ein eng anliegendes zitronengelbes Kostüm und blickte nach oben. Ludwig konnte sich gerade noch ins Zimmer zurückziehen und hoffte, dass sie ihn nicht gesehen hatte. Seit der letzten Weihnachtsfeier ging er ihr aus dem Weg; nach zu viel Punsch und Glühwein waren sie sich nähergekommen, und das bedauerte Ludwig bis heute.

Dass ich einfach immer wieder meine Finger nicht von den Frauen lassen kann, dachte er sich. Ich müsste es doch langsam lernen, ich bin schließlich ein verheirateter Mann mit Kind, verdammt noch mal!

Doch auch die Verbindung mit Sonja, seiner jetzigen Frau, war ja aus solch einem heißen, aber eigentlich als kurz und unverbindlich gedachten Verhältnis entstanden. Doch ruckzuck war Sonja schwanger geworden, man beschloss zu heiraten, und innerhalb kürzester Zeit hatte Ludwig für Frau und Kind zu sorgen.

Das begonnene Jurastudium hängte er an den Nagel und ging zur Polizei, was durch seinen Onkel, den früheren Polizeipräsidenten, um einiges erleichtert wurde. Die Ehe mit Sonja bedauerte er zuweilen, nicht aber, dass er Polizist geworden war! Seit nun über einem Jahr war er in der Abteilung Mord I bei seinem alten Kollegen und Freund Korbinian Hilpert tätig. Ihn kannte er schon aus dessen Anfangszeiten im Präsidium, als Ludwig dort ebenfalls auf Fürsprache seines Onkels eine Schnupperzeit vor seinem Studium absolviert hatte. Und gerade auf diesen Korbinian wartete er nun und sorgte sich, denn es war eigentlich überhaupt nicht dessen Art, sich zu verspäten.

In diesem Moment wurde die Tür aufgerissen, und Alma Mader, die Sekretärin der Abteilungen Mord I und II, stürzte herein. Alma Mader, groß gewachsen und korpulent, war wohl um die 50 Jahre alt, doch niemand im Präsidium wusste das so genau. Sie hatte ein Talent zu großen Auftritten, und ihr großer Busen bebte, als sie mit eindeutig theatralischem Tonfall verkündete:

»Unklarer Todesfall, könnte Mord oder Totschlag sein, in der Trautenwolfstraße!«

»Was?« Ludwig stutzte.

»Das ist doch beim Korbinian!«

»Ja.« Alma Mader stand ähnlich einer Wagnerwalküre breit und riesig im Türrahmen.

»In seinem Haus! Eine gewisse Berenike von Rahnstedt, 36 Jahre alt, Künstlerin und Schriftstellerin!«

Hatte ihre Stimme bei der Nennung des Berufs der Toten nicht einen leicht abfälligen Unterton? Alma Mader war nämlich trotz ihres außergewöhnlichen Vornamens und ihres theatralischen Gehabes eine gestandene Münchnerin und pflegte zumeist absolut kleinbürgerliche Ansichten.

Schwabinger Künstlerflitscherl, wolltest du wohl eigentlich sagen, dachte Ludwig bei sich, hielt aber den Mund, denn mit der gewichtigen Alma Mader durfte man es sich keineswegs verderben.

»Ist die Kremser schon dort?«, fragte er.

Patrizia Kremser war die neue Chefin der Gerichtsmedizin, Nachfolgerin des legendären Lippl, der über Jahrzehnte hinweg in absolut zuverlässiger, doch etwas absonderlicher Art seinen Dienst verrichtet hatte. Ein Zweizentnermann, immer mit wallendem schwarzem Mantel über dem Medizinerkittel, mit einem eindeutigen Hang zum Alkohol und zu sonderbarer altertümlicher Ausdrucksweise.

Patrizia Kremser war das schiere Gegenteil von Lippl; klein und äußerst zierlich, eine runde Nickelbrille im hübschen, doch stets ernsthaft blickenden Gesicht, war sie ein Ausbund an Sachlichkeit und Zuverlässigkeit. Es ging das Gerücht, dass sie einen hohen Schemel benutzen musste, um die Sezierung der ihr Anvertrauten richtig durchführen zu können.

»Ich fahr sofort hin«, sagte Ludwig, und bevor er danach fragen konnte, meinte die Mader, dass schon ein Wagen für ihn bereitstünde.

*

München-Schwabing
Trautenwolfstraße

Bereits wenige Minuten später fuhr Ludwig in einem taubengrauen Borgward nach Schwabing. Es war später Vormittag, und auf der Münchner Leopoldstraße, die ja eindeutig von der abendlichen und nächtlichen Aktivität ihrer Passanten lebte, war es noch sehr ruhig. Vor dem Haus in der Trautenwolfstraße standen zwei Streifenpolizisten, und aus dem Fenster seiner Wohnung im zweiten Stock winkte Korbinian. Bereits aus dieser Entfernung bemerkte Ludwig, dass Korbinians gesunde Gesichtsfarbe – Voralpenlandbräune nannte Ludwig sie immer scherzhaft – einer fahlen Blässe gewichen war. Alt schaut er plötzlich aus, dachte Ludwig erschrocken.

Auch ihm wich die Farbe aus dem Gesicht, als er wenig später im Wohnzimmer der Familie Hilpert stand. Auf dem neuen kakaofarbenen Sofa saß tränenüberströmt Evi Hilpert mit zwei Kindern. Elsi, die Tochter, schluchzte laut und verzweifelt, aber der kleine dunkelhaarige Bub neben ihr vergoss absolut lautlos Tränen aus seinen großen schwarzen Augen. Starr, aufrecht und wie abwesend saß er da und schien die Tröstungsversuche Evis und ihrer Tochter überhaupt nicht wahrzunehmen.

»Wolfgang von Rahnstedt, der Sohn der Toten«, raunte ihm Korbinian zu.

»Er hat sie heute Morgen gefunden … und wir sind schuld dran … wir hätten schon gestern nach ihr schauen sollen! Sie ist schon seit fast 24 Stunden tot, meint die Kremser.«

Gemeinsam stiegen Korbinian und Ludwig die Treppe hinunter zur Wohnung der Toten. Unter der Tür begegneten sie Patrizia Kremser. Sie trug den üblichen schlichten weißen Arztkittel, der ihr aber, wie Ludwig bemerkte, hervorragend stand, und, so klein und zierlich sie war, schleppte sie schwer an ihrem mächtigen Arztkoffer.

»Die Schönheit, meine Herren, ist Frau von Rahnstedt auch in dieser misslichen Lage noch erhalten geblieben«, sagte sie, und sowohl Korbinian als auch Ludwig waren erstaunt über diese emotionale Aussage, die so gar nicht zu der sonst so nüchternen, und geschäftsmäßigen Kremser passte.

»Alles Weitere nach der Obduktion. Ich werde diese umgehend durchführen und melde mich dann«, fuhr sie gleich wieder wie gewohnt mit strenger Stimme fort. Sie muss wohl so sein, dachte Korbinian bei sich. Als erste Frau in der Rechtsmedizin in dieser Position kann sie sich keinerlei Ausrutscher erlauben.

Korbinian und Ludwig betraten die Wohnung, an deren Eingangstür ein wohl selbst gefertigtes Schild hing, auf dem zwei recht geschickte Zeichnungen die Nike von Samothrake und den kleinen Wolfgang Amadeus Mozart zeigten, die durch ein Herz miteinander verbunden waren. Darunter stand in zierlicher, aber schwungvoller Schrift »Niki und Wolferl von Rahnstedt«.

Ludwig, der den großbürgerlich gediegenen Wohnstil seines Elternhauses, die oft gesichtslosen und manchmal auch äußerst geschmacklosen Wohnungen von Kollegen und seine eigene, hauptsächlich von Sonjas puppigem Geschmack dominierte Behausung kannte, hatte so etwas wie die Rahnstedt'sche Wohnung noch nie gesehen. Eine gelungene Mischung aus lässiger Eleganz, überbordender Dekoration und Chaos, eine typische Schwabinger Künstlerwohnung eben. Man konnte die Funktion der einzelnen, oft durch Tüllstoffe und Seidendraperien voneinander getrennten Räume kaum erkennen. In einer Ecke stand ein schlichter Kohleofen, auf dem wohl auch gekocht worden war, daneben ein wackliges Schränkchen mit einigen Tellern und Töpfen. In der Ecke daneben befand sich wohl Wolferls Reich, eine Art buntes Matratzenlager, das übersät war mit Spielzeug und Malutensilien. Im nächsten Raum wurde der Blick sofort auf einen wunderschönen alten Sekretär mit kostbarer Intarsienarbeit gelenkt, auf dem sich Papiere und Bücher stapelten. Auch einige im Raum verteilte Tischchen waren überhäuft mit Büchern, Papieren und vollen Aschenbechern. An einer Wand neben dem Fenster hing ein großes Gemälde, das in wilden Farben und ziemlich verzerrt zwei Frauen zeigte, die eng aneinandergeschmiegt und sich umarmend auf einem Sofa saßen. Ludwig konnte die Signatur »L.B.« und die Jahreszahl »1961« ausmachen.

Gegenüber auf dem großen Bett lag auf dunkelroter Seidenbettwäsche Berenike von Rahnstedt und schien zu schlafen. Lediglich der süßliche, Ludwig und Korbinian mittlerweile wohlbekannte Geruch des Todes und, wenn man näher an die Tote herantrat, ein nicht sehr großer Blutfleck, der von den dichten Locken Berenikes fast verdeckt wurde, wiesen darauf hin, dass die Frau eindeutig tot war. Patrizia Kremser hatte ein weißes Laken teilweise über die Tote gebreitet, das Ludwig nun zögerlich und äußerst behutsam anhob. Berenike von Rahnstedt war vollkommen nackt, und Ludwig, der auch in dieser Situation seinen taxierenden Männerblick nicht ganz abstellen konnte, stellte fest, dass sie außerordentlich schön und wohlproportioniert war. Er bemerkte jedoch auch, dass Korbinian neben ihm mit dieser Nacktheit Schwierigkeiten hatte und es ihm Probleme bereitete, sich der Toten zu nähern.

Dieser kurze stille Augenblick allein mit der toten Berenike war jedoch rasch vorbei, als die Männer der Spurensicherung und der Polizeifotograf auftauchten und man durch das Fenster, an das zahllose Kinderzeichnungen geklebt waren, draußen vor dem Haus den Leichenwagen vorfahren sah.

»Jetzt seids ma absolut im Weg da«, raunzte Franz, der Chef der Spurensicherung, und Korbinian und Ludwig räumten das Feld. Ohne sich groß darüber abzustimmen, setzten sie sich auf die Fensterbank eines der Treppenhausfenster und blickten hinaus auf die sonst so ruhige Trautenwolfstraße und ein kleines Stück blauen Münchner Sommerhimmel. Keiner von beiden hatte Lust, wieder in die Verzweiflung, die oben in der Hilpert'schen Wohnung sicher noch herrschte, zurückzukehren.

»Eigentlich wollten wir ja am kommenden Wochenende heim an den Chiemsee fahren«, meinte Korbinian, doch seiner Stimme war anzumerken, dass er nach diesem Geschehnis daran wohl nicht mehr glaubte. Der Chiemsee war für Evi und Korbinian immer noch das Daheim; dort waren sie auf die Welt gekommen und aufgewachsen, dort lebten ihre Familien und dort, am Ufer des Sees, hatten sie sich bei einer Sonnwendfeier auch kennengelernt.

»Während wir die Ergebnisse der Obduktion und der Spurensicherung abwarten, können wir uns ja schon mal um Lebensumstände und Umfeld der Toten kümmern«, meinte Ludwig und hatte plötzlich wahnsinnige Lust auf eine *Roth-Händle*. Während seiner Studentenjahre war er leidenschaftlicher Raucher dieses recht heftigen Krauts gewesen und so richtig hatte er sich die Raucherei eigentlich erst abgewöhnt, als sein kleiner Benjamin auf die Welt gekommen war.

Korbinian starrte aus dem Fenster und wirkte vollkommen abwesend. Das Bild der nackten Berenike hatte sich in sein Gehirn eingebrannt, und die erotischen Gefühle, die trotz der schrecklichen Umstände in ihm aufgestiegen waren, beschämten ihn sehr. Vielleicht, so überlegte er, bin ich ihr auch wegen dieser Gefühle zu Lebzeiten immer ein wenig aus dem Weg gegangen, und er erinnerte sich plötzlich sehr deutlich an einen Traum, in dem er mit Berenike in sehr eindeutige lustvolle Handlungen verwickelt gewesen war. Scham stieg in ihm hoch.

»Ich muss noch mal hinaufgehen und nachschauen«, sagte er mit brüchiger Stimme zu Ludwig. »Ich hoff, dass der Bub vorübergehend bei uns bleiben kann und nicht gleich die Fürsorge auftaucht. Ich komm dann nach ins Amt.«

*

Polizeipräsidium München
Ettstraße

Eine halbe Stunde später saß Ludwig wieder an seinem Schreibtisch in der Ettstraße, doch die angenehme Ruhe, die morgens noch in den Morddezernaten geherrscht hatte, war verschwunden, und es herrschte rege Betriebsamkeit. Die Kollegen von Mord II, Pacherl und Pachmayer, wegen ihrer ähnlichen Namen und ihrer sehr unterschiedlichen Körpergröße im ganzen Amt nur Pat und Patachon genannt, waren intensiv mit einem Prostituiertenmord beschäftigt.

Gott sei Dank haben sie damit genügend zu tun und halten sich hoffentlich ganz aus unseren Ermittlungen heraus, dachte Ludwig bei sich. Denn sehr häufig brandete ein keineswegs sehr edler Wettstreit zwischen beiden Abteilungen auf, wenn ein neuer Fall zur Lösung anstand. Alma Mader hatte zusammen mit einer leider inzwischen erkalteten Leberkässemmel bereits einen kurzen Lebenslauf der Toten auf den Schreibtisch gelegt.

> *Berenike Margaretha von Rahnstedt, geboren 21. August 1926 auf Gut Rahnstedt bei Walsrode/Niedersachsen.*
>
> *Eltern: Gottfried von Rahnstedt, Ökonom; Elisabetha von Rahnstedt, geborene von Ladenburg.*
>
> *Geschwister: Heinrich von Rahnstedt, geboren 1925; Sophia Mathilde von Rahnstedt, geboren 1928.*
>
> *B.v.R. wächst auf Gut Rahnstedt auf und wird zusammen mit ihren Geschwistern von Hauslehrern erzogen. 1943/44 besucht B.v.R. die Töchter- und Haushaltsschule in Eschede, bricht diese aber frühzeitig ab.*
>
> *Gut Rahnstedt wird 1944 durch einen Bombenangriff beschädigt und die Familie auf einen nahegelegenen Bauernhof evakuiert. Der Bruder Heinrich fällt 1945 in den letzten Kriegstagen. 1946 kehrt die Familie auf ihr Gut zurück.*
>
> *Seit 1947 ist B.v.R. in München gemeldet. Einer regelmäßigen Arbeit geht sie nicht nach. Berufsbezeichnung: Künstlerin, Journalistin, Schriftstellerin.*

8. Juni 1955 Geburt des Sohnes Wolfgang Heinrich.
Vater unbekannt.
Mehrere Anzeigen unter anderem wegen Laden-
diebstahls und Erregung öffentlichen Ärgernisses
(Unzucht).
Letztes Delikt: Im Zuge der Studentenunruhen auf
der Leopoldstraße am 22. Juni 62 wegen Wider-
stands gegen die Staatsgewalt kurzfristig festge-
nommen.
Beide Eltern verstorben, der Wohnort der Schwes-
ter Sophia wird noch ermittelt.
Weitere Angaben folgen.

Mittlerweile war auch Korbinian eingetroffen und berichtete, dass Wolferl vorübergehend noch bei ihnen bleiben
könne, bis eine endgültige Entscheidung über seinen weiteren Verbleib getroffen sei. Die Situation zu Hause habe
sich ein wenig entspannt, die Kinder würden Plastilin kne-
ten, und Evi habe eine warme Suppe für sie gekocht. Wolferl würde nicht mehr weinen, habe aber seit dem Morgen
noch kein Wort gesprochen. Sehr belastend für den Buben
sei, dass die Wohnung Rahnstedt versiegelt worden sei und
er nicht an seine Sachen komme.

»Da müssen wir mit der Spurensicherung reden«, meinte
Ludwig, und er hatte den Satz kaum zu Ende gesprochen,
da trat der Spurensicherungs-Franz ein, um kurzen Bericht
zu erstatten.

»Also, Kollegen. Horchts her! In der spurensicherungs-
technisch sehr schwer zu behandelnden Wohnung wurde
eine große Menge von Fingerabdrücken gefunden. Dürfte
sehr schwierig werden, da auch nur einen Teil davon zuzuordnen. Gefunden wurden weiterhin verstreut über die

gesamte Wohnung hochprozentiger Alkohol in jeder Form, Medikamente sowohl zum Aufputschen als auch zur Beruhigung in großen Mengen – muss noch genauer untersucht werden – und auch Hanfblätter und -samen sowie eine kleine Menge Kokain.

Die Kollegin Edeltraud hat sich die Unmengen an Literatur, Zeitschriften, Briefwechsel und die Manuskripte und Aufzeichnungen der Toten vorgenommen, sie wird das sichten und anschließend euch vorlegen. Das war alles ein ziemlicher Verhau. Was ich euch jetzt schon zur Auswertung geben kann, sind das Adressbücherl der Toten und ein kleines Notizbuch.

So, das wär's jetzt mal vorerst. Ich muss dann fort, meine Schwiegermutter wird heute 70!«

»Irgendwo müssen wir anfangen! Du das Adressbücherl, ich das Notizbuch, was meinst, Lucki?«, fragte Korbinian und warf Ludwig ungefragt das kleine dunkelblaue Büchlein zu; dann vertiefte er sich in das etwas größere Buch, das in roten Samt eingebunden war. Auf dem Umschlag war wiederum die Nike von Samothrake, die kopflose geflügelte Schönheit, abgebildet, und darunter stand in zierlicher schwungvoller Schrift »Notizen, Gedanken, Überlegungen/Berenike von Rahnstedt«. Sofort stachen Korbinian ein paar Einträge auf den ersten Seiten ins Auge.

23. September 1954
Ich bin fürwahr die Nike, die Kopflose, die Geflügelte. Brauch den Kopf nur zuweilen, hab selten mit ihm entschieden, sondern zumeist aus dem Bauch heraus. Aber Flügel zum Abheben, die brauch ich, zum ins Weite Fliegen und in ferne Länder und

in meine Traumwelten voller Abenteuer und voller Lust.

Fliegen übers Menschengetriebe da unten, schnell hinabtauchen dorthin, aber auch rasch wieder aufsteigen und davonfliegen! Nicht festsitzen im Zwang, im Gefängnis der Konventionen, nein, frei sein!

18. Juli 1955
Bubi, mein Wolferl, mein ganzes Glück. Seinen kleinen Lockenkopf an meiner Schulter, sein kleiner Mund, der meine Brüste sucht! Schwer sind sie, schmerzend und pochend, doch die Lust, wenn er schmatzend an ihnen saugt, ist unvorstellbar groß, größer als alle Lust zuvor.

24. Dezember 1955
Martin hat mir Geld geschickt. Ich hoffe, dass er nichts dafür erwartet. Er hat in Berlin den Preis der Gruppe 47 für eine Erzählung bekommen und ist nun in aller Munde.
Es ging nicht anders. M. will ich niemals bitten. Es war ganz zufällig sein Samen, der in mir aufgegangen ist. In letzter Minute Weihnachtsgeschenke für Bubi und für die Freunde gekauft.

»Ja, manchmal war's früher schon einfacher, als wir noch einen richtigen Chef gehabt haben«, murmelte Ludwig vor sich hin. »Der hat halt seine Anweisungen gegeben, und das hat dann gegolten!«

Seit eineinhalb Jahren, seit Siegfried Breitner, ein Ettstraßenurgestein, in den Ruhestand gegangen war, waren die beiden Abteilungen Mord I und II ohne Vorgesetzten. Heftige interne Querelen und Sparmaßnahmen hatten dazu geführt, dass bis jetzt noch niemand Neues ernannt worden war.

Wäre doch so einfach, dachte sich Ludwig. Sie sollen den Korbinian zum Chef machen, das wär einfach das Allerbeste. Der hat das Zeug zum Vorgesetzten, ohne Zweifel, aber weil er noch nicht genügend Dienstjahre auf dem Buckel hat, wird gezaudert und gezögert.

Dann vertiefte auch er sich in seine Lektüre, bewunderte ebenfalls die zierliche, aber ausdrucksstarke Schrift Berenikes und war nicht erstaunt darüber, dass das Büchlein schier überquoll von Adressen. Die Tote war eine äußerst kontaktfreudige, umtriebige Frau gewesen.

*

München-Schwabing
Hohenzollernstraße

Evi Hilpert war mit den Kindern unterwegs zum Bäcker Wimmer in der Hohenzollernstraße. Sie hatte ihnen versprochen, dass sie sich etwas Süßes aussuchen dürften. Evi fühlte sich erschöpft und angeschlagen. Es war äußerst anstrengend mit den Kindern; der immer wieder schluchzenden Elsi und dem vollkommen in sich gekehrten Wolferl, der, seit er vom Tod seiner Mutter erfahren hatte, noch kein Wort gesprochen und noch keinen Bissen gegessen hatte. Warum hab ich vergessen, noch einmal nach ihr zu schauen, fragte sich Evi zum wiederholten Male, und die Vorstellung, dass die Kinder am gestrigen Nachmittag neben einer Toten gespielt hatten, ließ sie frösteln und Übelkeit in ihr aufsteigen.

»Ägidius Trautenwolf, Münchner Glasmaler, 15. Jahrhundert«, sagte Wolferl plötzlich und deutete auf das Straßenschild. Evi blieb wie angewurzelt stehen, und Elsi klatschte begeistert in die Hände.

»Wolferl, du redst ja wieder«, rief sie begeistert.

Wolferl blickte beide verwundert an.

»Hat mir die Mama gesagt«, flüsterte er. »Wo ist sie denn jetzt, die Mama?«

Evi beugte sich zu ihm herunter und hatte große Mühe, ihre Tränen zurückzuhalten.

»Es geht ihr gut, Wolferl. In ein paar Tagen gehen wir auf den Friedhof und verabschieden uns von ihr. Da hat sie's gut und ihre Ruhe.«

»Die Mama will aber keine Ruhe! Nichts ist schlimmer als ein eingeschlafener Arsch, das hat sie immer gesagt«, rief Wolferl empört.

Was mach ich nur, was sag ich ihm denn jetzt, überlegte Evi verzweifelt. Doch in diesem Moment riss sich Wolferl von ihr los und stürzte auf eine rotlockige Frau zu, die ihnen auf der Leopoldstraße entgegenkam und trotz des sommerlichen Wetters einen weißen, schon etwas abgeschabten Pelzmantel trug. Die Frau, die etwa in Evis Alter war, breitete die Arme aus.

»Bubi, mei Schatzerl«, rief sie und umarmte ihn heftig.

»Lou«, rief Wolferl schluchzend. »Die Mama soll nicht zur Ruhe gehen!«

Lou drückte ihn an sich und wiegte ihn in ihren Armen wie einen Säugling.

»Doch, doch, mein Bubi«, meinte sie mit zitternder Stimme. »Diese Rua, woaßt, is a ganz besonders schöne. So wia a ganz besonders guada Mittagsschlaf, nur halt länga.«

Wolferl schien sich ein wenig zu beruhigen, und die rot-

haarige Frau begrüßte Evi und Elsi. Als sie näher herantrat, fiel Eva ein, dass sie diese Lou doch schon ein- oder
zweimal gesehen hatte. Einmal an Fasching in einem eng
anliegenden Katzenkostüm – mit einer Gruppe ebenfalls
maskierter Freunde hatte sie Niki damals abgeholt – und
einmal bei einem Spaziergang im Englischen Garten.

»I hab's grad erst erfahrn«, sagte Lou. »I war draußen
in Schäftlarn bei meina Mutta.«

Es hat sich also schon herumgesprochen, dachte sich
Evi. Schwabing ist doch wie ein Dorf. Lou begleitete Evi
und die Kinder zum Bäcker Wimmer in der Hohenzollernstraße und war sichtlich bemüht, sich vor den Kindern
nichts anmerken zu lassen. Doch ihre Augen waren trä-
nennass, unter ihren zahllosen Sommersprossen war sie
sehr blass, und ständig hielt sie mit zitternden Händen
krampfhaft ihren Pelzmantel zusammen. Einmal jedoch
gelang ihr das doch nicht so ganz, und Evi konnte sehen,
dass sie unter dem Pelz eine abgewetzte blaue Latzhose
trug, die zahllose Farbspritzer aufwies.

In einer kleinen Grünanlage nahe der Hohenzollernstraße setzten sich beide Frauen auf eine Bank.

»Wenn du eine so gute Freundin von der Niki bist, musst
du dich mit der Polizei in Verbindung setzen. Die sind
sicher für jeden Hinweis dankbar«, meinte Evi.

»Ach woaßt, die Polizei ... damit hob i liaba nix zum
tun«, meinte Lou und holte eine lange Zigarettenspitze
aus ihrer Tasche. Sie hielt einen Moment inne und schaute
Evi an.

»I woaß scho, dass dei Mo Polizist is, nix für unguat.«

Lou stammte aus einem Bauernhof bei Schäftlarn. Sie
war um einige Jahre jünger als Niki, und ebenfalls aus der
Enge des Elternhauses ausgebrochen und nach München

gegangen. Dort hatte sie zuerst als Kindermädchen gearbeitet, mit einer Menge jüngerer Geschwister kannte sie sich ja bestens mit Kleinkindern aus, dann war sie mit einigen Schwabinger Künstlern bekannt geworden und hatte die Malerei für sich entdeckt. Sie studierte an der Kunstakademie, hatte dort aber bis jetzt noch keinen Abschluss gemacht. Seit einigen Jahren gehörte sie einer äußerst spektakulären Münchner Künstlervereinigung, der Gruppe *SPUR*, an, die immer wieder durch ihre Werke und Publikationen starkes Aufsehen erregte und schon mehrfach mit der Polizei aneinandergeraten war.

»Letztes Joa san sechs Ausgaben von unsera Zeitschrift wega Anstiftung zum Aufruhr und wega Gotteslästerung beschlagnahmt worn, und zurzeit laft a Prozess gega uns«, berichtete Lou. »Mir stehn ständig unter Beobachtung, die Polizei steht sozusagen vor unsere Kammerlfenster.«

Evi wusste zu diesen Ausführungen nicht viel zu sagen, denn das war eine Welt, die ihr gänzlich unbekannt war. Einmal Landei, immer Landei, dachte sie, aber ich bin ja recht zufrieden damit.

Niki und Lou hatten sich Mitte der 50er-Jahre kennengelernt und waren sofort enge Freundinnen geworden.

»Mir is es ned guat ganga in der Zeit«, erzählte Lou, »und sie hod si so rührend um mi kümmert. Ich glaub, ohne sie wär i nimma auf d' Fiaß komma. Sie is mei beste Freindin bis heut. Mir ham immer zammg'halten und ham uns gegenseitig ausg'holfn Als sie oamoi a größeres Honorar kriagt hod, hods mir an Satz wunderbare teure Pastellkreiden g'schenkt. I hob zwischndurch aufn Wolferl aufpasst und für die zwoa wos kocht. Und Klamotten hamma ständig tauscht. Sie hat ja so an ganz b'sondern Stil g'habt und immer aus a boa Stofffetzen wos Herrlichs zaubert.«

»Ja, mir hat sie erst meine Wohnzimmervorhänge genäht«, berichtete Evi, und dann konnten beide Frauen, während die Kinder mit ihren Zuckerschnecken auf der Wiese herumsprangen, nicht anders als dazusitzen und bitterlich zu weinen.

»Ich bitt dich sehr, dich mit meinem Mann und seinem Kollegen in Verbindung zu setzen«, bat Evi Lou zum Abschied noch einmal. »Ich kann dir garantieren, dass die beiden vollkommen unvoreingenommen sind und von anderen Sachen gar nichts wissen wollen.«

Lou versprach, darüber nachzudenken.

»Bubi«, Lou winkte ihn zu sich. »Du konnst imma gern vorbeikomma. Bring doch dei Freindin mit, ihr könnts malen bei mir, sovui und solang ihr wollts!«

Dann trat sie spontan auf Evi zu und umarmte sie herzlich. Eine leichte Mischung aus Terpentin, einem herben Parfüm und Zigarettenrauch stieg ins Evis Nase.

Als Evi mit den Kindern wieder zurück in Richtung Trautenwolfstraße ging, trat ihnen auf Höhe der Bäckerei Wimmer Franzl Wimmer, der Inhaber der Bäckerei, in den Weg.

»Ich hab g'hört, was bei euch im Haus passiert is«, sagte er. »Ich hab sie ja auch kennt, die Frau von Rahnstedt. Aber darüber wollt ich mit Ihnen eigentlich nicht reden. Hams an Moment Zeit, oder is jetzt schlecht?«

Während die Kinder wider alle Vernunft noch mal eine Zuckerschnecke bekamen, folgte Evi dem Franzl Wimmer in ein winziges, nicht sehr ordentliches Büro hinter der Backstube.

»Sie ham mir doch mal erzählt, dass Sie lang in einer Bäckerei g'arbeit ham, Frau Hilpert«, begann Franzl und ruckelte etwas verlegen auf seinem Stuhl hin und her. »Es is so … i suchat jemand … für'n Verkauf und a fürs Büro.«

Evis Herz klopfte. Als sie vor sieben Jahren nach München gezogen war, war ihr nicht nur der Abschied von den Eltern, den Geschwistern und vom Chiemgau schwergefallen, nein, auch der Abschied von ihrer langjährigen Arbeitsstelle, der Bäckerei Bucher in Chieming, bei der sie gelernt und danach noch einige Jahre gearbeitet hatte, war sehr hart für sie gewesen. Sie hatte ihren Beruf geliebt, den Geruch der frischen Semmeln, das Gespräch mit den Kunden, den süßen Duft der Prinzregententorte, für die der Bucher berühmt war; all das war wunderbar gewesen, und nicht einmal das frühe Aufstehen hatte ihr besondere Schwierigkeiten bereitet.

»Aber Herr Wimmer, ich hab doch Mann und Kind«, wandte Evi ein. »Da hab ich keine Zeit zum Arbeiten.«

»Ach«, Franzl Wimmer winkte ab, »des wär ja nur für a paar Stund die Woch. Die Theres schafft's nimmer alloa, und mei Frau … Sie wissen ja … mir ham vier Kinder! Bitte überlegen Sie's sich. Sie machen mir so an netten und patenten Eindruck.«

Manchmal, dachte sich Evi auf dem Heimweg, passiert wochenlang gar nichts und dann plötzlich so viel auf einmal.

*

Polizeipräsidium
Ettstraße

»Herr Doktor Baumeister«, rief Korbinian etwas aufgebracht ins Telefon. »Sie müssen doch so ungefähr wissen, wann Ihre Frau zurückkommt. Sie stehen doch sicher zwischendurch mit ihr in Verbindung!«

Nach kurzer Zeit legte er entnervt auf und stöhnte.

»Dieser Doktor Baumeister, ich glaub's einfach nicht! Seine Frau Sophia, die Schwester der von Rahnstedt, ist zurzeit in Bad Reichenhall zur Kur. Erschöpfung, angeschlagenes Nervenkostüm und so fort. Sie ist seit über zwei Wochen weg, und es ist ihm nicht bekannt, wann sie wiederkommt.«

»Du, so was soll's geben«, erwiderte Ludwig trocken. »Nicht alle Leut führen eine so vorbildliche Ehe wie du. Die sind vielleicht recht froh, wenn sie nichts voneinander hören!«

Korbinian schüttelte den Kopf. Es war für ihn schon unvorstellbar, überhaupt so lang von seiner Evi getrennt zu sein. Und wenn, dann würde man sich doch schreiben und zwischendurch telefonieren, wann immer es möglich war.

Mittlerweile hatten sie über Berenikes Adressbuch die Anschrift der Schwester Sophia herausgefunden und dort sofort angerufen. Erst nach etlichen Versuchen hatten sie deren Ehemann erreicht. Er war in Schneverdingen Facharzt für Hautkrankheiten und schien ein etwas mürrischer unfreundlicher Zeitgenosse zu sein. Die beiden hatten 1957 geheiratet und wohl keine Kinder. In einer Schachtel mit absolut ungeordneten Fotos hatten Korbinian und Ludwig auch ein Hochzeitsfoto der beiden ausfindig machen können. Vor einem Kirchenportal stand das Brautpaar; er, hager, leicht gebeugt und tatsächlich so abweisend und mürrisch wie am Telefon; sie, Sophia, wies keinerlei Ähnlichkeit mit ihrer Schwester auf; war klein und gedrungen, trug ein schlecht sitzendes Brautkleid und hatte einen leidenden Gesichtsausdruck.

»Kein fröhliches, glückliches Paar«, stellte Ludwig fest.

Neben dem Bräutigam stand wohl dessen Bruder, ebenfalls dünn und bucklig, der wahrscheinlich als Trauzeuge fungiert hatte, und neben der leidenden Braut Berenike von Rahnstedt, die alles überstrahlte, mit einem riesigen blumengeschmückten Hut und in einem extravaganten, schmal geschnittenen grauseidenen Kostüm.

23. Mai 1957
Die Hochzeit von Ludwig und Sophia. Fürwahr
ein kleinbürgerliches Trauerspiel. Warum hat sie
ihn denn nur genommen, diesen stets nörgelnden
Trauerkloß?
Aber ich hab sie ja noch nie verstanden und zweifle
manchmal daran, dass sie meine Schwester ist.
Gute Miene zum bösen Spiel gemacht und zu allen,
auch den schrecklichen Schwiegereltern, charmant
gewesen. Wie ist denn der wohl im Bett?

»Wir müssen ihr aber mitteilen, dass ihre Schwester tot ist«, überlegte Korbinian. »Wenn der Ehemann das nicht macht ...«.

»Ich setz mich mit den Bad Reichenhallern in Verbindung«, meinte Ludwig. »Die muss ja dort in irgendeinem Kurhotel gemeldet sein.«

Neben der Adresse der Schwester war Ludwig noch auf eine Vielzahl weiterer sehr interessanter Anschriften gestoßen. Bei einigen war er schier ehrfürchtig geworden, ein namhafter Schriftsteller, einige bekannte bildende Künstler, aber auch einige Lokalpolitiker waren darunter.

Ein Eintrag hatte ihn besonders zum Nachdenken gebracht.

M...166702
(nur im Notfall)

Natürlich hatte er versucht, dort anzurufen, hatte jedoch nur die lapidare Auskunft erhalten, dass es unter dieser Nummer keinen Anschluss gäbe. Da muss ich dranbleiben, dachte sich Ludwig.

Korbinian hatte mittlerweile parallel zum äußerst interessanten Studium des Notizbüchleins das Strafregister der Toten in Augenschein genommen. Mehrfach hatte Berenike in Konfektionsgeschäften Strümpfe, Handschuhe oder Unterwäsche versucht mitgehen zu lassen, was aber meist sehr glimpflich für sie ausgegangen war. 1956 hatte sie in einer Sommernacht zusammen mit anderen nackt im Wittelsbacher Brunnen gebadet; die daraufhin erfolgte Anzeige war jedoch zurückgezogen worden. 1959 hatte sie an der Kunstaktion einer skandalumwitterten Münchner Künstlergruppe, deren Name Korbinian vage bekannt vorkam, teilgenommen, die wegen Unzucht und Gotteslästerung von der Münchner Polizei aufgelöst worden war.

Der letzte Eintrag ins Strafregister lag erst wenige Wochen zurück.

Ach herrje, dachte sich Korbinian. Diese unglückselige Geschichte, bei der sich unser Verein auch nicht gerade mit Ruhm bekleckert hat.

Am Abend des Fronleichnamstages, am 21. Juni, es war schon eine richtig laue Sommernacht, hatten fünf junge Musiker am Wedekindbrunnen nahe dem Feilitzschplatz und der Leopoldstraße Musik gemacht. Sie spielten die gängigen englischen und amerikanischen Schlager und zudem ein wenig russische Folklore. Immer wieder sammelte sich ein teils mitsingendes und tanzendes, fröhlich applaudierendes Publikum um sie. Es herrschte eine äußerst lockere und entspannte Stimmung.

Hätten Hilperts ihr Küchenfenster, das zur Trautenwolfstraße, die ja ein paar Häuser weiter in die Leopoldstraße mündete, geöffnet gehabt, hätten sie die Musik vielleicht auch gehört. Doch sie saßen hinten im Wohnzimmer und lauschten einem Hörspiel im Radio. War es *Das Wochenendhaus* oder *Schatten der Vergangenheit* gewesen? Korbinian wusste es nicht mehr, jedenfalls eines der Kriminalhörspiele, die er eben deshalb so sehr liebte, weil sie mit seiner Polizeiwirklichkeit sehr wenig oder eigentlich so gut wie gar nichts zu tun hatten.

Jedenfalls hatte ein Anwohner nach 22 Uhr ob dieser Ruhestörung empört die Polizei gerufen. Korbinian glaubte zu wissen, wer das gewesen war; er vermutete, dass dieser pensionierte Oberamtsrat, der seit seinem Eintritt in den Ruhestand penibelst auf Zucht und Ordnung im Viertel achtete, dahintersteckte. Es wäre besser, wenn er draußen im ruhigen Nymphenburg wohnen würde, dachte sich Korbinian. Wer in der Leopoldstraße wohnt, muss einfach etwas großzügiger sein.

Jedenfalls war kurz darauf die Polizei angerückt und sah den Bürgersteig und den fließenden Verkehr durch die jungen Musiker behindert. Zuerst ein Streifenwagen, dann mehrere, und alle Besatzungen hatten sich fast von Anfang an nicht sehr geschickt verhalten. Anstatt mit den jungen Musikern und dem Publikum, das natürlich auf deren Seite stand, friedlich zu reden, waren die Polizisten sofort in die Offensive gegangen und machten sich daran, die jugendlichen Störer gleich festzunehmen. Es ging das Gerücht, dass auch das russische Liedgut, das die jungen Musiker im Repertoire hatten, dabei eine Rolle spielte, denn irgendwie war ganz rasch von kommunistischen Umtrieben die Rede gewesen. Die Zuhörer der Musikgruppe und weitere Hinzugekommene wollten den Abtransport der jungen Männer verhindern. Das mündete dann rasch in eine Straßenschlacht und dem folgten einige Festnahmen. So weit, so gut.

Doch am nächsten Abend und den darauffolgenden drei ging es weiter und eskalierte gewaltig. Teile der Leopoldstraße wurden zum Schlachtfeld, die Polizei rückte in Hundertschaften, martialisch beritten und mit Gummiknüppeln an, und die Protestierenden beschimpften sie als »Vopos«. Die Volksseele kochte; die einen schimpften auf die nichtsnutzigen Studenten, die nicht wüssten, was Arbeit sei und musizierend auf der Straße herumlungerten; die anderen schüttelten den Kopf über die Polizei, die sich derart unklug verhalten hatte. Die ganze Sache zog natürlich weite Kreise, die Presse berichtete in großen Aufmachern, der Oberbürgermeister schaltete sich ein, und der Polizeipräsident, der von Anfang der Unruhen an auf »Ordnung um jeden Preis« bestanden hatte, geriet in starke Kritik. Nicht nur im Präsidium, in allen Wachstuben der Stadt und ihres Umfelds brodelte es.

Korbinian bedauerte es, nicht hingegangen und auf die jungen Kollegen, teilweise Polizeischüler, die oft nicht älter als die Studenten waren, ein wenig beruhigend eingewirkt zu haben. Doch am ersten Abend hatte er nichts mitbekommen, am nächsten hatte er Dienst, und an den letzten hatte ihn Evi inständig gebeten, sich da nicht einzumischen.

Am zweiten Abend der Unruhen wurde Berenike von Rahnstedt kurzzeitig festgenommen. Sie hatte einen Beamten angegriffen, der einen ihrer Freunde erkennungsdienst-

lich behandeln wollte. Dieser Freund hatte sich kurz widersetzt, es war zu Rempeleien gekommen, und Berenike
hatte den Beamten massiv getreten und ihn in den Oberarm gebissen. Nach relativ kurzer Zeit wurde sie wieder
auf freien Fuß gesetzt; der Freund blieb länger in Gewahr-
sam, was Korbinian etwas verwunderte. Schließlich hatte
Berenike von Rahnstedt eindeutig mehr ausgeteilt als der
Freund.

19.6.62

*Es ist ja nun wahrlich nicht das erste Mal, dass ich
mit dem Gesetz in Konflikt gekommen bin. Ich
zieh's wirklich magisch an, glaube ich. Es war ein
so schöner Abend, als ich mit dem Peter über die
Leo gebummelt bin. So ein wenig ist er ja wie ein
Hündchen, das immer treu und brav hinter mir
herdackelt und zwischendurch Männchen macht.
Schauen wir uns doch mal an, was da passiert, hab
ich ihm vorgeschlagen. Zuerst war er ein wenig
ängstlich, doch dann ist er mitgetrottet. Ja, es war
die Hölle los, und wir beide gerieten sofort mitten
ins Getümmel. Ganz junge Polizisten, jünger als der
Peter und als ich sowieso, haben auf starke Maxis
gemacht, die Leut in Würgegriff genommen und
ihre Knüppel ausgepackt. Alles wegen ein bisschen
Musik und Tanz. Dann kamen auch noch Berittene
daher, und als ich die sah, bin ich so wütend geworden. Ich musste an Papa bei der Maifeier damals
denken, als wir am Straßenrand standen und er
hoch zu Ross in seiner schwarzen Uniform an uns
vorbeigeritten ist. Er hat uns keines Blickes gewür-
digt. Ja und als dann dieser dumme kleine Polizist*

sich vor dem Peter so aufgespielt hat, bin ich aus-
gerastet, hab um mich getreten und ihn gebissen.
Das war natürlich blöd! Nachher auf dem Revier
haben sie den Peter noch ganz schön in die Man-
gel genommen, mich haben sie schnell laufen las-
sen und zum Schluss gleich noch höflichst gedienert.
Da hat wohl der allwissende Manitu wieder mal
seine Hand im Spiel gehabt.

Das möcht ich jetzt alles genauer wissen, dachte sich Korbinian und rief kurz entschlossen auf der Wache Giselastraße an, wo der Kollege Dienst tat.

»Des trifft si guat«, meinte der Dienststellenleiter nach
den üblichen Begrüßungsfloskeln, »der hod heit Innen-
dienst.«

Der junge Kollege mit Namen Florian Huber wirkte
zunächst, wohl weil der Anruf eines Kriminalers aus den
heiligen Hallen der Ettstraße kam, etwas nervös, beruhigte
sich aber rasch. Er holte sich die Unterlagen und verlas,
dass ein Peter Konzelmann, 25 Jahre alt, Student, wohnhaft in der Hohenzollernstraße, sich zuerst geweigert habe,
seine Ausweispapiere vorzuzeigen. Er, der Konzelmann,
sei laut geworden und habe ihn im Zuge dieses Gesprächs
an der Schulter gepackt.

»Aber nur leicht«, ergänzte Huber, dann jedoch sei diese
Frau von Rahnstedt schreiend auf ihn zugestürzt, habe ihn
getreten – »die hod Stöckelschuh mit ganz spitze Absätz
ang'habt« – und als er sie von sich wegschieben wollte,
habe sie ihn in den Oberarm gebissen. Trotz Hemd und
Uniformjacke habe er einen deutlichen blauroten Fleck
dort gehabt.

»A paar Dog lang hob i's g'spürt!«

Der Konzelmann sei dann schnell ganz friedlich geworden, habe seinen Studentenausweis vorgezeigt und sogar versucht, seine Begleiterin zu beruhigen. Das habe aber nicht viel genutzt, und so habe man die Frau ins »Zeiserl« gesetzt und später dort vernommen. Sie sei nicht kooperativ und auch auf der Wache noch sehr laut gewesen. Dann jedoch sei plötzlich ein Anruf gekommen, dass man die Frau Berenike von Rahnstedt umgehend auf freien Fuß zu setzen habe und dass keine Anzeige gegen sie erstattet werde.

»Die Kollegen und i ham so vui zum tun g'habt in der Nacht, dass mir nua froh warn«, berichtete Florian Huber sehr ehrlich. Nein, er habe den Anruf nicht entgegengenommen, das sei ein Kollege gewesen.

»Herbert, woaßt no, wer da ang'rufn hod, wie 's um die Frau ganga is, die mi bissn hod?«

Nein, so genau wisse der Kollege das auch nicht mehr, es sei ja die Hölle los gewesen an diesen ganzen Abenden. Staatsanwaltschaft, Ministerium oder so was in der Art könnt es vielleicht gewesen sein.

»Aber, wie g'sogt, nix Gwieß wiss ma ned!«

Interessant, dachte sich Korbinian. Hat sie wohl einen Unterstützer oder Gönner in den höheren Kreisen? Dem ist auf alle Fälle nachzugehen.

Das Telefon klingelte. Ludwig, der mittlerweile herausgefunden hatte, dass die Schwester des Opfers in Bad Reichenhall im *Kurhotel Axelmannstein* wohnte, hob ab, und in kürzester Zeit wurde er ein wenig blass und trocknete sich die Stirn mit seinem Taschentuch.

»Die Kremser ist schon soweit«, gab er an Korbinian weiter. »Sie erwartet uns umgehend, hat sie gemeint«, seufzte er. »Muss des immer sein, diese Leichenschauen?«

»Lucki, das gehört leider zum Geschäft.. Komm, raff
dich auf«, meinte Korbinian und beträufelte zwei der
Taschentücher, die er immer in seiner Schublade aufbe-
wahrte, mit *Eau de Cologne*.

23.11.58
Das weiß ich sicher; ich werde nicht alt werden. Ich
will es auch gar nicht.
Nein, mitten aus dem prallen Leben will ich gehen.
Auf keinen Fall möchte ich wie meine Mutter wer-
den, gebeugt, am Stock gehend, mit Falten im einst
so schönen Gesicht und mit glanzlosem grauem
Haar. Im Tanz oder im Liebestaumel möcht ich
sterben, nichts anderes. Nur, dass der Bubi dann
dableibt und ohne mich ist, das schmerzt.

Korbinian und Ludwig waren gerade dabei zu gehen, als
Alma Mader eintrat.

»Ihre Frau Gemahlin hat angerufen, Herr Hilpert«, teilte
sie mit. »Sie bittet um Rückruf.«

Korbinian erschrak. Es war überhaupt nicht Evis Art, so
einfach im Amt anzurufen. Da musste etwas passiert sein.

Er eilte zum Telefon und wählte seine Nummer. Ludwig
war draußen auf dem Gang stehen geblieben und unterhielt sich dort mit einem Kollegen, doch Alma Mader stand
unbeweglich in der Mitte des Raumes und schien nicht
gewillt, diesen zu verlassen.

»Haben Sie nichts zu tun?«, belferte Korbinian, worauf diese empört das Kinn hochreckte und mit beleidig-
tem Gesichtsausdruck nach draußen stolzierte.

»Nicht erschrecken«, meinte Evi am anderen Ende der
Leitung. »Es ist nichts passiert. Ich wollt dir nur kurz sagen,

dass ich heut Vormittag eine gewisse Lou, beste Freundin der Niki, kennengelernt hab. Sie wohnt irgendwo in der Hohenzollernstraße. Mit der solltet ihr unbedingt mal reden. Allerdings ist sie der Polizei gegenüber etwas kritisch eingestellt.«

»Ja und dann«, Evi druckste ein wenig herum, »ach, des erzähl ich dir dann doch heut Abend.«

*

Gerichtsmedizin München
Nußbaumstraße

Patrizia Kremser, die widerspenstigen Locken straff zurückgebunden, die Nickelbrille auf der hübschen Stirn, saß an ihrem penibel aufgeräumten Schreibtisch und grüßte die beiden Eintretenden mit einem kurzen Kopfnicken. Dann schob sie sich die Nickelbrille auf die ebenfalls sehr ansehnliche zierliche Nase und deutete in Richtung der Sezierräume.

»Bitte, meine Herren«, sagte sie und ging mit kleinen eiligen Schritten voran.

Nahezu gleichzeitig pressten Korbinian und Ludwig ihre duftenden Taschentücher vor die Nasen und betraten mit der Kremser den Raum, an dessen klinische Kälte und vor allem an den Geruch, der dort herrschte, sie sich wohl nie gewöhnen würden. Ludwig dachte an seinen kleinen Benjamin, mit dem er vor wenigen Tagen das erste Mal Ball gespielt hatte, und Korbinian dachte an seinen Chiemsee, an die malerische Bucht daheim und den Blick hinüber auf die Insel. So hatte ein jeder von ihnen ein schönes, wohltuendes Bild vor Augen, das über diese so schaurige Situation vielleicht ein wenig hinweghelfen würde.

Kremser streifte das Laken von der Toten und begann mit trockener, sachlicher Stimme mit ihren Ausführungen.

»Berenike von Rahnstedt«, sagte sie und wies auf die Tote wie ein Kunsthistoriker vor einer wertvollen Marmorstatue, »war, so muss ich Ihnen leider mitteilen, in ihrem Inneren nicht mehr ganz so makellos, wie es hier scheint.

Ein äußerst schwaches Herz, eine für ihr Alter schon sehr ausgeprägte Arthrose, starke Spuren von Medikamenten-, Rauschgift- und Alkoholmissbrauch, Hungerödeme, Verwachsungen im Unterleib, die auf mehrere willentlich herbeigeführte Aborte hindeuten, und nicht zuletzt Spuren von früheren Verletzungen im Genitalbereich.«

Korbinian atmete scharf aus, und die sonnenbestrahlte Chiemseebucht in seinem Kopf verschwand auf der Stelle. Ludwig trat einen Schritt zurück und suchte Halt an einem Tischchen hinter sich, auf dem etliche metallisch glänzende Instrumente lagen.

16.2.1958

Jaja, ich weiß, dass ich viel zu viel davon nehme. Vor allem von den grünen Pillen, die mich in den Schlaf wiegen. Von den blauen auch, die die Schläfrigkeit und die Müdigkeit morgens aus meinem Kopf vertreiben. Vom Roten und vom Weißen und vor allem von dem scharfen Klaren süffle ich auch viel zu viel. Die kurbeln mein Gehirn so wunderbar an und liefern mir ungeheure Gedankenfülle und Ideen. Und vom weißen Pulver, das mich die Höhen der Lust allein, zu zweit oder auch mal zu dritt so herrlich, ach so wunderbar verspüren lässt. Jaja, ich weiß, viel zu viel, doch ich kann nichts dagegen machen.

»Doch zu Tode gekommen«, fuhr die Kremser fort, »ist Frau von Rahnstedt durch einen sehr kräftigen Schlag auf den Kopf. Ein kantiger, hölzerner relativ schwerer Gegenstand, der das Os occipitale, das Hinterhauptbein, sehr stark eingedrückt hat. Dies hat letztlich zum Tode geführt, der am vorgestrigen Tage in den Vormittagsstunden eingetreten ist. Diesen Schlag kann sowohl ein Mann als auch eine Frau ausgeführt haben. Auf die Platzierung kommt es an, werte Kollegen. Mein Bericht folgt zeitnah.«

Dann stieg Patrizia Kremser elegant von dem Schemelchen, auf dem sie die ganze Zeit gestanden hatte, und entfernte sich mit einem knappen Gruß. Was für schöne kluge Augen sie doch hat, dachte sich Ludwig, und einen wirklich hübschen Hintern hat sie auch.

*

Münchner Innenstadt

Beim Verlassen der Pathologie an der Nußbaumstraße stellten Korbinian und Ludwig fest, dass sie dringend frische Luft brauchten und entschlossen sich deshalb zu einem Spaziergang durch die Straßen Münchens. Sie bogen in den ruhigen, nahezu menschenleeren Nußbaumpark ein, den nur wenige Münchner kannten, freuten sich am wolkenlosen blauen Sommerhimmel und dem kühlen Schatten der alten Bäume. Ohne sich abgesprochen zu haben, spielte in ihrer folgenden Unterhaltung der Fall Berenike von Rahnstedt keine Rolle. Bis sie in die dann wieder wesentlich belebtere Sonnenstraße einbogen, sprachen sie eh nur sehr wenig miteinander, und ein jeder hing noch seinen ganz eigenen Gedanken an die tote Berenike nach.

Die Sonnenstraße, die hinauf zum Stachus führte und auf die nun auch tatsächlich die mittlerweile sehr heiße Mittagssonne herunterbrannte, war voller dahinhastender Menschen, Automobile und Straßenbahnen.

»Ich hab gelesen, dass täglich übern Stachus vorn mehr als 3.000 Straßenbahnen fahren«, meinte Ludwig.

»Ja, ein Wahnsinn«, ergänzte Korbinian. »Wenn ich dran denk, wie beschaulich es noch war, als ich vor acht Jahren hierher kommen bin. Die Stadt hat sich schon sehr verändert. Es gibt doch jetzt diese Zukunftsvision von unserem neuen Oberbürgermeister Vogel, eine unterirdische Strecke zwischen Hauptbahnhof und Ostbahnhof zu bauen, durch die, glaub ich, alle 90 Sekunden ein Zug durchrast.«

Am Stachus, dem größten und verkehrsreichsten Platz Münchens, angekommen, betraten sie noch rasch das Spielwarengeschäft Obletter, um für Ludwigs Benjamin einen ordentlichen Ball zu kaufen.

»Ich seh schon, du willst einen Adi Kunstwadl oder einen Peter Kupferschmidt aus ihm machen«, spottete Korbinian. Während er sich nicht so viel aus Fußball machte, war Ludwig von klein auf ein glühender Anhänger des *FC Bayern*, dem diese beiden Spieler angehörten. Auch die gerade erst zu Ende gegangene Fußballweltmeisterschaft in Chile hatte Ludwig intensiv nächtelang am Radio verfolgt und sich tags darauf immer mit viel starkem Kaffee wachhalten müssen.

Ludwig lachte. »Wenn du gesehen hättest, was der mit seine eineinhalb Jahr schon für einen Schuss drauf gehabt hat! Aus dem wird was!«

*

Polizeipräsidium
Ettstraße

Kaum zurück in der Ettstraße holte die beiden Freunde der Ernst des Lebens jedoch sofort wieder ein. Alma Mader, die bei ihren Mitteilungen Korbinian sehr deutlich links liegen ließ – sie hatte ihm wohl seinen Rempler vom Morgen noch nicht verziehen – teilte mit, dass die Bad Reichenhaller Kollegen angerufen hätten.

»Sie haben die Dame wohl über den Tod ihrer Schwester informiert; diese lässt jedoch ausrichten, dass sie sich aufgrund ihrer angeschlagenen Gesundheit nicht nach München begeben kann.«

Weiterhin legte Alma Mader zwei sehr säuberlich beschriebene Zettel auf den Schreibtisch, auf denen die Adressen von Lieselotte Berghammer, genannt »Lou«, und Peter Konzelmann, dem bei den Schwabinger Unruhen kurzfristig festgenommenen Studenten, standen. Beide wohnten in der Hohenzollernstraße, sie auf 28, er auf 47.

»Also, folgende Vorgehensweise«, schlug Ludwig vor. »Du fährst morgen nach Bad Reichenhall, das ist ja teilweise ein Heimspiel für dich. Ich kümmere mich um den Konzelmann, und außerdem muss ich ja noch den ganzen Roman lesen«, und er deutete auf einen dicken Stapel eng beschriebenen Papiers, den ihm die nette Edeltraud aus der Spurensicherung dankenswerterweise schon vorgeordnet hatte.

»*Die Geflügelte – ein Frauenleben aus unserer Zeit*«, lautete der Titel.

»Ja, so machen wir's, Lucki«, stimmte Korbinian seinem Freund und Kollegen zu und konnte seine Vorfreude auf den Ausflug ins Oberland, vorbei an seinem geliebten See, nur schlecht verbergen.

»Du kennst dich ja mit der weiblichen Psyche eh viel besser aus als ich, dann ist dieser Roman doch genau das Richtige für dich.«

Anschließend gingen sie noch kurz einige Berichte, unter anderem die Bewohnerbefragung des Hauses Trautenwolfstraße, durch, doch nichts davon hatte irgendetwas von Bedeutung ergeben. Alma Mader, die schon dabei war, in den Feierabend zu gehen, teilte noch kurz mit, dass sie bei verschiedenen Behörden Nachforschungen zum Vater Wolferls angeleiert habe, doch es seien noch keine Rückmeldungen gekommen.

Gerade als sie alle dabei waren, nach Hause zu gehen, öffnete sich die Tür, und Conni Pringerl, die frühere Sekretärin von Mord I, betrat den Raum. Auf ihrem Arm saß ein laut quengelndes Kleinkind, und ihr Bauch unter einem lose fallenden Sommerkleid wölbte sich deutlich.

Conni setzte das Kleinkind auf Korbinians Schreibtisch und ließ sich aufstöhnend auf einen Stuhl fallen.

»Mei, i hab auf oamoi so Sehnsucht nach eich g'habt«, rief sie und blickte sich so begeistert und strahlend in den kargen Räumen der Mord I um, als wäre sie in einem der bayerischen Schlösser.

»I konn eich sogn … des is ois koa Zuckaschleckn. Der Xaverl hod dauernd seine Wutanfäll, und i hob Rückenschmerzen ohne End!«

Korbinian und Ludwig nickten teilnehmend und versicherten ihr, dass ihnen das alles wohlbekannt sei. Alma Mader beobachtete misstrauisch den kleinen Xaverl, der auf Korbinians Schreibtisch herumkletterte und gerade dazu ansetzte, einen großen Radiergummi anzunagen.

»Ihr seids mit dem Schwabinger Mord befasst, gell? Geht's

vorwärts?«, wollte Conni wissen, worauf ihr sowohl Korbinian als auch Ludwig äußerst freundlich, aber bestimmt kundtaten, dass sie darüber keine Auskunft geben konnten.

»Jaja, i woaß scho«, rief Conni betrübt. »I bin jetzad nur no a bläde Hausfrau und Mama, aus und vorbei is!«

Korbinian dachte ein wenig wehmütig an seinen ersten Mordfall, den er und sein damaliger Kollege, Siegfried Breitner, ohne Connis tüchtige Unterstützung nicht so erfolgreich gelöst hätten. Doch seit nunmehr vier Jahren war Conni nun Ehefrau, Hausfrau und nun auch Mutter und schien sich zumindest meistens in dieser Rolle recht wohlzufühlen. Sie hatte damals sehr rasch einen jungen Lehrer geheiratet, der nun draußen in Gern an der Volksschule unterrichtete. Eigentlich war ihre beste Freundin sehr verliebt in diesen Junglehrer gewesen, und Conni wollte ihn ihr wegen der eher bescheidenen Zukunftsaussichten im Lehrberuf ausreden. Dann hatte sie sich ganz schnell und unsterblich in eben diesen jungen Mann verliebt, und alles war sehr rasch gegangen.

Xaverl saß nun auf Korbinians Knien und kaute hingebungsvoll an einem Stück Breze, das man ihm statt des Radiergummis angeboten hatte.

Nach ein wenig weiterer Plauderei verabschiedete sich Conni wieder und blickte sich noch einmal wehmütig in ihrem ehemaligen Büro um.

»Ende September is soweit!«, rief sie abschließend strahlend und klopfte sanft auf ihren schönen Bauch. Xaverl strahlte, denn er hatte den Radiergummi geschenkt bekommen.

»Einen schönen Feierabend«, wünschten sie sich dann alle gegenseitig zum Abschluss, und jeder ging seiner Wege.

Alma Mader, seit Jahren Witwe und kinderlos, sah einem erneut sehr ruhigen, ja einsamen Abend entgegen; Ludwig freute sich auf die strahlenden Augen seines Benjamin angesichts des neuen Balls, und Korbinian war schon sehr gespannt auf das, was ihm seine Frau denn so Wichtiges zu berichten hatte.

4. JULI 1962

Autobahn München-Salzburg

Korbinian merkte plötzlich, wie müde er war, und beschloss, hinter Rosenheim doch eine kleine Pause einzulegen. Eine sehr unruhige Nacht lag hinter ihm. Wie immer während eines neuen Falls hatte er unruhig geschlafen, und das lange Gespräch, das er am Abend mit Evi geführt hatte, hatte ihm noch zusätzlich den Schlaf geraubt. Er stieg aus dem Auto, streckte sich und schraubte die Kanne mit starkem Kaffee, die ihm Evi mitgegeben hatte, auf. Es war noch nicht einmal ganz 8 Uhr am Morgen, und trotzdem spürte man die sommerliche Hitze schon sehr deutlich. Der schlanke Kirchturm von Hittenkirchen ragte hinter dem Wald empor, und Korbinian wünschte sich plötzlich sehnlichst, an diesem Kirchlein vorbei durch Wiesen, Felder und Wald hinunter zum Chiemsee zu wandern, dort ein erfrischendes Bad zu nehmen, hinterher am Ufer eine Chiemseerenke zu verspeisen und ein Weißbier zu trinken. Kindheitserinnerungen stiegen in ihm auf. Mit dem altgedienten Chiemseedampfer *Ludwig Fessler* war die Familie Hilpert oft an den Sonntagnachmittagen nach Prien zum Kaffeetrinken an der Seepromenade gefahren; manchmal kehrten sie auch im *Seehof* in Schafwaschen ein, wo die Eltern Renke aßen und die Kinder am Badesteg spielten, oder sie wanderten hoch nach Hittenkirchen, um von da aus den wunderbaren Seeblick zu genießen.

Korbinian nahm noch einen Schluck Kaffee und atmete langsam ein und aus. Er musste sich jetzt zusammenreißen und durfte sich nicht ablenken lassen von Evis eventuellen Berufsplänen und von melancholischen Erinnerungen. Doch anstatt sich auf den Fall und das bevorstehende Treffen mit Sophia Baumeister, geborene von Rahnstedt, zu konzentrieren, ließen ihn diese Gedanken für den Rest der Fahrt dann doch nicht los.

Warum wollte sie denn wieder arbeiten? Es war doch schön, so wie es war, warum wollte sie denn unbedingt wieder früh aufstehen und mit schmerzenden Beinen irgendwann mittags wieder heimkommen? Sie hatte doch dann fast keine Zeit mehr, um ein ordentliches Mittagessen für Elsi zu kochen, wo die Kleine doch nach der Schule immer so Hunger hatte. Alles Mögliche würde liegen bleiben, seine Hemden für den Dienst zum Beispiel, und sie würde dann am Wochenende, anstatt einen Ausflug zu machen, den Haushalt erledigen. Und er würde vor Dienstantritt die Kleine in die Schule bringen müssen, wo es doch eh schon immer eine schreckliche Hetzerei morgens war.

Sicher, das Geld könnten sie gut gebrauchen, und die Anschaffung eines Fernsehgeräts würde vielleicht in greifbare Nähe rücken. Seit sie im vergangenen Januar die Ausstrahlung des Kriminalfilms *Das Halstuch* von Francis Durbridge, der ein wahrer Straßenfeger gewesen war, bei der Nachbarin angeschaut hatten, hatten sie sich fest vorgenommen, so schnell wie möglich ein eigenes Gerät zu kaufen.

Und wenn er seine Zustimmung einfach nicht gab? Schließlich brauchten verheiratete Frauen, wenn sie arbeiten wollten, dazu die Zustimmung ihres Ehemanns. Doch schon im nächsten Moment schämte er sich sehr für die-

sen Gedanken und stellte fest, dass er tatsächlich an seinem
Chiemsee vorbeigefahren war, ohne diesen zu beachten.

*

Bad Reichenhall

Eine gute Stunde später erreichte er Bad Reichenhall, parkte
vor dem *Kurhotel Axelmannstein* und fühlte sich sofort
klein, grau und schäbig, als er das riesige Foyer mit seinen
schweren Lüstern und dem aufwendigen Blumenschmuck
betrat. Ein blasierter Empfangschef geleitete ihn in den
kleinen Salon, wo Frau Doktor Baumeister bereits auf ihn
wartete. Doktor, dachte sich Korbinian, ist sie etwa auch
Ärztin? Oder glaubt sie, durch ihre Ehe mit einem Doktor diesen Titel ganz automatisch auch führen zu können?

9.8.1958
Die gesellschaftliche Reputation war ihr schon
immer das Wichtigste. Nur darum hat sie ja auch
diesen Doktor geheiratet, damit sie erlesene Kaf-
feekränzchen mit den ganzen Honoratiorengattin-
nen abhalten kann.
Sie verachtet mich, ich weiß es. Ich hab ein Kind
bekommen und keinen Mann und keinen Vater
dazu, was für eine Schande! Ich bin eine Hure!
Sie lädt mich nicht mehr ein in ihre »erlauchten«
Schneverdinger Kreise, sie schämt sich für mich. Ach,
fahr doch zur Hölle, Sophia, ich brauch dich nicht!
Und doch, ich gesteh's, ist da doch noch etwas in mir.
Ist's Schwesternliebe, die nie vergeht? Ist's die Erin-
nerung an glückliche Kindertage und an Nächte, in

denen wir zusammen in einem Bett kuschelten und
uns Geschichten erzählten? Ach Sophia …

Sophia Baumeister erhob sich schwer atmend aus einem der riesigen roten Plüschfauteuils, und Korbinian erschrak. Man konnte sie nicht anders als fettleibig nennen und das mit gerade mal knapp 30 Jahren. Seit ihrer Hochzeit vor ungefähr fünf Jahren musste sie mindestens 50 Pfund zugenommen haben. Ihre Augen, in denen er sofort eine Ähnlichkeit mit Berenike entdeckte, saßen tief im überaus fleischigen Gesicht, das in ein ausgeprägtes Doppelkinn und einen nicht mehr nur stattlich zu nennenden, sondern nur noch zerfließenden voluminösen Körper überging.

Sophia Baumeister streckte ihm eine Hand entgegen, und Korbinian war sofort klar, dass sie wohl einen Handkuss erwartete. Doch diesen Gefallen tat er ihr nicht. Er ergriff ihre Hand, an der an fast jedem Finger klobige glänzende Ringe tief ins Fleisch schnitten, und deutete eine ganz leichte Verbeugung an. Etwas indigniert sank Sophia Baumeister zurück in ihren Sessel und musterte ihn abschätzig.

»Der Polizist aus München«, sagte sie herablassend.

»Kriminalhauptkommissar Korbinian Hilpert. Darf ich Ihnen mein tief empfundenes Beileid zum Tod Ihrer Schwester aussprechen«, entgegnete Korbinian und setzte sich unaufgefordert in den Sessel gegenüber. Auf ein dezentes Winken Sophias hin erschien ein Page in tatsächlich goldbetresster Livree und servierte in winzigen Porzellantässchen Mokka und ein Silberschälchen mit noch winzigeren Keksen darin. Die Uniform schlackerte an seinem schmalen Knabenkörper, und auf der Stirn glänzten einige dicke rote Pickel.

Blitzschnell schoss Sophias fleischige, beringte Hand

auf die Kekse zu und sicherte sich einen Großteil davon. Korbinian, dessen Magen schon auf der Herfahrt geknurrt hatte, blieb nur noch ein kläglicher Rest.

»Erwarten Sie nicht, dass ich trauernd vor Ihnen sitze oder gar weine«, meinte Sophia, und das sanfte dunkle Timbre in ihrer Stimme erinnerte Korbinian wiederum an Berenike.

»Sie hat sich von der Familie losgesagt und ist ihre sehr eigenen Wege gegangen. Wir alle haben darunter sehr gelitten und«, sie richtete sich in ihrem Sessel auf, »ich werde nicht nach München kommen und ihre Beerdigung organisieren geschweige denn bezahlen. Und mit dem ledigen Kind habe ich sowieso überhaupt nichts zu tun!«

Korbinian zuckte ob der Härte und Endgültigkeit dieser Aussage zusammen.

»Was ist denn vorgefallen, Frau Baumeister«, fragte er und ließ sehr bewusst den Doktortitel weg, »dass Sie sich derart von Ihrer Schwester abgewandt haben?«

»Ich habe mich nicht abgewandt, ich habe sie aus meinem Leben gestrichen, Punktum«, antwortete Sophia, und ihre Lippen wurden schmal.

»Sie hat unverzeihliche Dinge getan; sie wollte uns alle, die ganze Familie, bloßstellen! Lügen, alles Lügen!«

Dann verstummte sie, und Korbinian bemerkte, dass sich ihr Körper, soweit es bei diesen Massen möglich war, etwas straffte.

»Ich bin Ihnen darüber keinerlei weitere Auskunft schuldig!«

»Da muss ich Ihnen widersprechen«, insistierte Korbinian.

»Ihre Schwester ist einem Gewaltverbrechen zum Opfer gefallen; da muss alles auf den Tisch.«

Sophia Baumeister begann heftig zu atmen, und Korbinian sah, dass kleine Schweißtropfen auf ihre Stirn traten.

»Ich fühle mich nicht wohl«, sagte sie und erhob sich mühsam aus ihrem Sessel.

»Ich werde mich nun zurückziehen. In Zukunft kontaktieren Sie bitte für alle weiteren Auskünfte unseren Familienanwalt in Schneverdingen.«

Der livrierte Page erschien und geleitete sie aus dem Salon.

»Herrschaftszeiten«, fluchte Korbinian vor sich hin, »dafür bin ich jetzt extra von München hergefahren. Das war wirklich für die Katz!«

*

**Polizeipräsidium
Ettstraße**

Bei Berenike von Rahnstedts Roman *Die Geflügelte* handelte es sich eindeutig um eine Autobiografie, hie und da waren wohl fiktive Ausschmückungen und Abweichungen vorhanden. Obwohl die Protagonisten andere Namen trugen, war ganz klar zu erkennen, wer wer war. Ludwig hatte sich das Manuskript am vergangenen Abend mit nach Hause genommen und sich gleich nach einem ausgiebigen Ballspiel mit seinem Sohn und dem darauffolgenden Abendessen darin vertieft. Sonja, die eigentlich erwartet hatte, dass er sich, in welcher Form auch immer, ihr widmen würde, hatte sich beleidigt zurückgezogen und in der neuesten Ausgabe der *Constanze* geblättert.

Der Roman schilderte die behütete Kindheit Berenikes auf einem Gut im Norden Deutschlands, wo sie mit ihren beiden Geschwistern relativ sorgenfrei aufwuchs. Doch konnte man zwischen den Zeilen sehr deutlich die Emotionslosigkeit der Eltern und den Mangel an wirklicher Liebe zu ihren Kindern verspüren. Berenike war die umtriebigste der drei Geschwister, und sehr unterhaltsam und geistreich erzählte die Autorin von einigen recht gewagten Kindheits- und Jugendstreichen. So war es eindeutig Berenikes Idee, als sie und ihr Bruder einmal den Schweinekoben öffneten und die Tiere ins Freie ließen, um diese dort für eine häusliche Zirkusvorstellung zu dressieren. Natürlich ging die Sache schief, und Rasen und Blumenbeete vor dem Gutshaus sowie der angrenzende Gemüsegarten litten großen Schaden. So musste Berenike wesentlich häufiger als ihre Geschwister Hausarreste und Züchtigungen vonseiten des Vaters über sich ergehen lassen.

Dann, als sie zu einem jungen Mädchen wurde, das einerseits zwar gern weiter halb Mädchen als auch wilder Junge geblieben wäre, andererseits aber sehr rasch einen ausgeprägten Hang zu überbordender Leidenschaft und sehr früh eine starke erotische Neugier entwickelte, änderte sich der Ton des Romans. Ludwig hatte beim Weiterlesen ein wenig Probleme mit diesem Übermaß an Gefühlen, fand jedoch großen Gefallen an den erotischen Passagen, die vieles nur geschickt andeuteten und nie ins Derbe abglitten. Mit gerade erst 14 Jahren verlor Berenike ihre Unschuld an einen Reitburschen ihres Vaters, und schon diese erste große Erfahrung zeigte deutlich, dass hinter all dieser Lust am Körperlichen eigentlich die verzweifelte Suche nach Liebe steckte. Während Berenike von Romanze zu Romanze tingelte, hielt der Nationalsozialismus Einzug, ihr Vater wurde zu einem glühenden Anhänger Hitlers und hatte sehr bald bedeutende Positionen in der Partei inne. Das Familienklima änderte sich zusehends. Der einzige Sohn, der ältere Bruder Berenikes, wurde vom Vater zum schneidigen Hitlerjungen erzogen, obwohl er eigentlich mehr ein zurückhaltender Einzelgänger mit einer starken musischen Begabung war. Berenike und ihre jüngere Schwester Sophia wurden zum *Bund Deutscher Mädel* geschickt, und während Sophia sich recht willig in diese Strukturen einfügte, eckte Berenike mit ihrem ausgeprägten Individualismus ständig an. Sie erschien gar nicht oder zu spät zu den Gruppentreffen, trug öfters extravagante Kleidung anstatt der Uniform und wurde nur deshalb nicht strenger bestraft, weil sie eine gute Sportlerin und Sängerin war, auf die man nicht verzichten wollte.

Bis zu diesem Punkt war der Roman flüssig geschrieben und vollständig. Ab dann jedoch bestand er nur noch aus kurzen Skizzen und Fragmenten. Die Frau von der Spurensicherung hatte sich große Mühe gegeben, eine gewisse Reihenfolge auszumachen, was ihr aber nicht durchgängig gelungen war, und so hatte Ludwig, es ging schon auf Mitternacht zu, die *Geflügelte* zur Seite gelegt und war zu Bett gegangen. Vor dem Einschlafen, Sonja schnarchte ganz leise neben ihm, musste er plötzlich an die Gerichtsmedizinerin Patrizia Kremser mit der ins Lockenhaar hochgeschobenen Brille, an ihre schönen klugen Augen, an ihre hübsche zierliche Figur und ihren reizenden Hintern denken.

Nun lag der unvollendete Roman am Rande von Ludwigs Schreibtisch, und es sah nicht danach aus, als ob er an diesem Tag noch zum Weiterlesen kommen würde.

Alma Mader hatte akribisch zu Wolferls Geburt und Herkunft weitergeforscht und herausgefunden, dass Wolfgang von Rahnstedt am 8. Juni 1955 am Vormittag um 11.20 Uhr im Nymphenburger Krankenhaus geboren wurde. Berenike von Rahnstedt war dort in einem Einzelzimmer untergebracht, verließ aber bereits nach drei Tagen auf eigene Verantwortung das Krankenhaus.

»Die Kosten für das luxuriöse Einzelzimmer wurden bar von einer nicht genannten Person entrichtet«, berichtete Alma Mader, und wieder einmal dachte sich Ludwig, dass eine gute Kriminalbeamtin an ihr verloren gegangen war.

»Da sollte man vor Ort unbedingt einmal nachfassen, vielleicht erinnert sich ja jemand«, ergänzte Alma Mader und strich dabei über die riesige Bernsteinkette, die auf ihrer ausladenden Brust ruhte. »Weiterhin habe ich gestern noch den Studenten Peter Konzelmann für 11 Uhr, also in einer halben Stunde, einbestellt. Es ist zu hoffen, dass er kommt; er persönlich war nicht zu erreichen, nur seine Vermieterin.«

*

Bad Reichenhall

Vorbei am maliziösen Lächeln des blasierten Empfangschefs verließ Korbinian wutentbrannt das *Axelmannstein* und steuerte auf sein Auto zu. Dann jedoch blieb er stehen. So einfach würde er sich nicht abspeisen lassen. Er machte kehrt und betrat das Hotel erneut. Die Miene des Empfangschefs versteinerte sich, doch Korbinian hielt geradewegs auf ihn zu, baute sich vor ihm auf und zückte seinen Polizeiausweis.

Mit sehr deutlicher und erhobener Stimme sagte er: »Im Zuge einer dringenden Mordermittlung muss ich auf verschiedenen Auskünften vonseiten der Hotelleitung bestehen.«

Der Empfangschef, ein zur Fülle neigender Mittvierziger mit stark pomadisiertem Haar, wedelte aufgeregt mit den Händen, schaute um sich und scheuchte Korbinian dann in sein Büro. Dieses entbehrte jeglichen Glanzes der anderen Räumlichkeiten des *Axelmannstein*, die Korbinian bis jetzt gesehen hatte; es war ein düsterer, verwinkelter Raum, der mit äußerst schlichten Büromöbeln eingerichtet war.

»Ich bitte Sie, Herr Kommissar, wir wollen doch die Hausgäste nicht unnötig beunruhigen«, säuselte der Empfangschef und bot Korbinian einen wackligen Stuhl vor seinem Schreibtisch an.

»Ich habe selbstverständlich von dem Unglück, das Frau Doktor Baumeister ereilt hat, gehört. Das ist sehr tragisch und trifft sie, noch dazu in ihrem sehr diffizilen Gesundheitszustand, schwer.«

Im weiteren Gespräch erfuhr Korbinian, dass Sophia Baumeister bereits seit mehr als fünf Jahren ins *Axelmannstein* kam und dort jedes Jahr eine der Suiten im ersten Stock bewohnte.

»Ein äußerst angenehmer Gast«, betonte der Empfangschef und senkte ein wenig die Stimme. »Wissen Sie, sie kommt natürlich wegen all des Komforts, den wir hier bieten können, aber in erster Linie kommt sie wegen Herrn Professor Doktor Allmendinger. Er ist seit Mitte der 50er-Jahre für unsere Hausgäste als Kurarzt zuständig, und sie schwört auf seine Behandlungsmethoden!«

Ihr ein paar Pfunde wegzuzaubern, hat er aber offensichtlich noch nicht geschafft, dachte Korbinian bei sich.

Nein, Frau Doktor Baumeister sei immer solo hier; ihr Gatte habe sie noch nie begleitet, erklärte der Empfangschef auf Nachfrage. Sie residiere hier sehr zurückgezogen und mache höchstens einmal kleine Spaziergänge in den Ort, soweit es ihr Zustand eben erlaube.

»Was fehlt ihr denn eigentlich genau?«, fragte Korbinian geradeheraus, doch der Empfangschef zog indigniert die Augenbrauen hoch und betonte, dass er seinen Gästen gegenüber doch selbstverständlich zu höchster Diskretion verpflichtet sei.

Einige Minuten später stand Korbinian wieder im Foyer und kämpfte erneut mit einem Gefühl der Minderwertigkeit. Da tauchte der Page, der zuvor den Mokka serviert hatte, hinter dem Empfangstresen auf.

»Seit wann arbeitest du denn schon hier? Das ist doch sicher sehr schön, sich immer in dieser Pracht und diesem Luxus zu bewegen?«, erkundigte sich Korbinian.

Der Page grinste.

»Mei Oma sogt immer, dass ned alles Gold is, was glänzt«, meinte er und kratzte an einem der dicken Pickel auf der Stirn.

»Kennst du die Frau Doktor Baumeister eigentlich genauer?«, fragte Korbinian angelegentlich.

Der Page trat ein wenig vom Empfangstresen, hinter dem der Empfangschef nun wieder Stellung bezogen hatte, zurück und zog Korbinian in den Schutz eines riesigen Blumengestecks aus roten Rosen und weißen Lilien, dessen süßlicher Duft einem schier den Atem raubte.

»I bring ihr jedn Morgen ihre *Mozartkugerln*, und sie gibt imma a ordentlichs Trinkgeld«, berichtete er.

»Wenn S' jetzt aber no mehr wissen wolln, müssen S' was springa lassn. I kriag an Hungerlohn hier.«

»Kommt drauf an, was du mir noch erzählen kannst«, antwortete Korbinian und zückte seinen Geldbeutel.

»I glaub, dass die ned richtig krank is«, meinte der Page mit gedämpfter Stimme. »Z' dick scho, aber ned krank. Die kommt, weil s' as dahoam ned aushoit, die soll nämlich an ekligen Mo ham. Außerdem kommts wegam Doktor Allmendinger. Der kummt jedn Dog zwoamoi zu ihr. Di is ganz verruckt nach dem!«

In diesem Moment bog der Empfangschef um die Ecke, und Korbinian konnte dem Pagen gerade noch einen Groschen zustecken, bevor er sich aus dem Staub machte.

So ganz umsonst war der Ausflug also doch nicht gewesen, dachte er sich und beschloss, ins nahegelegene berühmte *Café Reber* zu gehen, dort eine Prinzregentenschnitte zu essen und für Evi ein paar *Mozartkugeln* mitzunehmen. Das *Reber* war weit über die Grenzen Bayerns hinaus berühmt für seine delikaten *Mozartkugeln*, die in ihrer unnachahmlichen Kombination aus Marzipan, Pistazien und feinster Schokolade einem schlichtweg auf der Zunge zergingen.

Er war erst wenige Schritte unterwegs, als er am Haus gegenüber ein schlichtes, schon etwas verblasstes Schild wahrnahm.

Professor Dr. Dr. Kuno Allmendinger
Kurarzt
Privatarzt für Gemüts- und Nervenleiden
Termine nach Vereinbarung

Die Prinzregentenschnitte musste warten. Jetzt muss ich's nur noch geschickt anstellen, dachte sich Korbinian und betätigte die Türklingel.

Lange Zeit blieb es still, und Korbinian fragte sich, ob Herr Professor Doktor Doktor Allmendinger wohl gerade einen seiner Privatpatienten, womöglich gar Sophia Baumeister, aufsuchte. Gerade als er sich zum Gehen wenden wollte, sprang die Tür auf, und Korbinian trat in eine Art Wartezimmer, das mit dem seines Münchner Hausarztes, Doktor Hirtldimpfl in der Tengstraße, nur sehr wenig zu tun hatte. Er hatte das Gefühl, in einem Antiquitätengeschäft gelandet zu sein, so vollgestopft war der Raum mit wertvollen Vitrinen, Sesseln, Bildern und Teppichen. Korbinian schaute sich um, konnte jedoch keine Menschenseele entdecken. Er ließ sich in einem der komfortablen Chintzsessel nieder und wollte sich gerade in die Betrachtung eines der riesigen Ölgemälde vertiefen, als sich die Tür öffnete. Ein etwa 50-jähriger schlanker und ausgesprochen gut aussehender Mann mit attraktiven grauen Strähnen im ansonsten dunklen Haar stand vor ihm.

»Hatten wir einen Termin?«, fragte Herr Doktor Allmendinger.

Korbinian wollte gerade ansetzen zu sprechen, als im Flur draußen etwas scheppernd zu Boden fiel. Der Doktor trat schnell zur Tür, um diese zu schließen, doch Korbinian konnte noch einen raschen Blick auf eine weibliche Gestalt erhaschen, die hastig ihre Jacke angezogen und dabei wohl etwas umgestoßen hatte.

Patientenbesuch oder Schäferstündchen, dachte sich Korbinian, dem jedoch am äußerst korrekt gekleideten Doktor Allmendinger nichts auffiel, das auf letzteres hindeutete.

Korbinian stellte sich vor, berichtete vom Mordfall in München und dem Zusammenhang, in dem Doktor Allmendingers Patientin Sophia Baumeister damit stand. Umgehend wurde er ins Sprechzimmer gebeten, das dem Wartezimmer an Eleganz und Wohlhabenheit in nichts nachstand. Unaufgefordert schenkte ihm der Arzt aus einem großen Samowar in der Ecke eine Tasse Tee ein und ließ sich dann hinter seinem ausladenden Schreibtisch nieder.

»Sie wissen natürlich, dass ich der Schweigepflicht unterliege?«, begann Doktor Allmendinger.

3.11.1959
Über 17 Ecken habe ich erfahren, dass sie schon wieder in Bad Reichenhall ist. Es scheint da einen Arzt zu geben, dem sie bedingungslos vertraut. Oder ist das Ganze vielleicht eine richtige Affäre? Ich würd's ihr gönnen, bei diesem Langweiler von Ehemann. Manchmal wünsch ich mir das schon auch. Schönes Hotel, Bedienstete, feines Essen und die kundigen Hände eines Arztes. Was hab ich stattdessen? Eine enge Wohnung, in der ich hie und da selbst den Besen schwinge, ein paar alte Semmeln vom Wimmer und manchmal die besorgten, aber auch leicht verächtlichen Augen vom Doktor Hirtldimpfl. Aber nein, ich will nicht klagen. Ich hab meinen Bubi und wahre Freunde, die zu mir stehen. Lou hat vorgestern zehn Weißwürste mitgebracht, die haben wir sofort auf einen Sitz vertilgt.

*

Gerichtsmedizin
Nußbaumstraße

Patrizia Kremser setzte sich auf eine freie Bank im Nußbaumpark, und noch während sie sich eine Zigarette anzündete, stieg schon das schlechte Gewissen in ihr hoch. Deutlich klang ihr die warnende Stimme ihrer Mutter in den Ohren.

»Denk an deine Gesundheit ... schließlich willst du doch mal Kinder kriegen?!«

Patrizia konnte sich das Kinderkriegen im Moment überhaupt nicht vorstellen. War sie doch nicht einmal in der Lage, eine funktionierende Beziehung zu einem Mann zu pflegen, und wieder einmal stiegen die unguten Erinnerungen an das schreckliche Ende, das ihre mehr als zweijährige Liaison mit Bernhard genommen hatte, in ihr hoch. Hochfahrend und arrogant hatte sie ihm den Laufpass gegeben und bis heute wusste sie nicht so genau, warum eigentlich. Sicher, ihre Karriere und die Stelle in der Münchner Gerichtsmedizin waren ihr sehr wichtig gewesen, doch hätte sie nicht Bernhard und Beruf gut unter einen Hut bringen können? Nach dieser schrecklichen Geschichte mit Bernhard hatte sie sich geschworen, sich so schnell nicht mehr auf einen Mann einzulassen, und sie hatte die einsamen Abende und Wochenenden in ihrer kleinen Mansarde in der Hiltensperger Straße hingenommen und sich vorgemacht, wie schön es doch sei, unabhängig zu sein und niemandem Rechenschaft ablegen zu müssen.

Doch seit dieser junge Kriminaler aus der Ettstraße gestern da gewesen war, spürte sie plötzlich wieder diese Unruhe und diese unklare, nicht deutlich zu bestimmende Sehnsucht in sich. Dabei waren es doch höchstens zehn Minuten gewesen und noch dazu am Leichnam dieser schönen jungen Frau!

Patrizia drückte die Zigarette aus, straffte die Schultern und machte sich auf den Rückweg ins Institut. Die Leichenschau hatte stattgefunden, und sie würde ihn so schnell

nicht wiedersehen. Am besten war es, ihn und seine schönen
dunklen Augen schlichtweg für immer ganz zu vergessen.

*

Polizeipräsidium
Ettstraße

Peter Konzelmann war auf die Minute pünktlich erschienen,
saß nun auf dem Besucherstuhl neben Ludwigs Schreibtisch und trank Alma Maders starken Kaffee. Er trug einen
schwarzen Rollkragenpullover, war sehr blass, und seine
Augen schienen leicht gerötet.

»Ich hab's gestern erfahren«, sagte er mit leiser Stimme.
»Von der Lou, die wohnt ja nicht weit von mir.«

Peter Konzelmann stammte aus Bamberg und war vor
vier Jahren zum Studium nach München gekommen. Ger-
manistik und Geschichte, ... ja, wahrscheinlich fürs Lehr-
amt ... aber so ganz sicher war es noch nicht, ob er überhaupt zum Lehrer tauge. Lou und Niki kenne er seit etwa
zwei Jahren.

»In welcher Beziehung standen Sie denn zu den Damen?«,
wollte Ludwig wissen und bemerkte, wie eine leichte Röte
Konzelmanns blasses Gesicht überzog.

»Wir unternahmen sehr viel zusammen«, antwortete er
ausweichend.

»Das müssen S' mir jetzt aber schon genauer erzählen«,
meinte Ludwig.

Konzelmann ruckelte nervös auf seinem Stuhl hin und
her. Im Sommer vor zwei Jahren habe er die Lou kennengelernt, die ja mit ihren Bildern immer freitags bis sonntags
ab dem Nachmittag auf der Leopoldstraße stünde.

Er habe ihr ein wenig geholfen, die Gemälde gut zu platzieren und teilweise auf einer Wäscheleine aufzuhängen. Und wenn die Lou mal einen Kaffee trinken wollte oder sonst schnell wegmusste, habe er sie vertreten.

»Hat sie denn gut verkauft?«, wollte Ludwig wissen, doch Konzelmann schüttelte bedauernd der Kopf. Das, was die Lou mache, sei keine gefällige Straßenkunst, da müsse man sich schon sehr darauf einlassen. Das seien eher Collagen aus verschiedensten Materialien, oft recht düster und so gar nicht publikumsgängig. Dort beim Straßenverkauf von Lous Bildern habe er auch Niki kennengelernt, und sie seien zu dritt, manchmal aber auch nur er und eine der Damen ins *Cadore* auf der Leopoldstraße gegangen und habe sich dann des Öfteren für den Abend verabredet.

»Da waren wir dann zuerst im *Hahnhof* am Siegestor – die Lou hat da eine Bedienung gekannt, und wir haben fast umsonst Resterlessen bekommen – dann waren wir meistens in der *Nachteule* in der Occamstraße oder im *Studio 15*.«

Ludwig waren alle dieser Etablissements gut bekannt. Das *Cadore* war das angesagteste Café auf der Leopoldstraße, in das man zum Sehen und Gesehenwerden ging; im *Hahnhof* am Siegestor, wo Pfälzer Weine ausgeschenkt und deftige Gerichte serviert wurden, hatte er sich schon mehrfach mit Korbinian und früher mit seinen Studienkollegen getroffen. Die *Nachteule* war die gängigste Kneipe im Viertel, in der auch viele Künstler, Schauspieler und Kabarettisten verkehrten, und im *Studio 15*, einer Jazzkneipe, in der oft namhafte Musiker auftraten, hatte er Sonja kennengelernt.

»Manchmal«, berichtete Peter Konzelmann weiter, »haben wir Karten für die *Lach- und Schieß* in der Ursulastraße bekommen. Die Niki hat den Sammy und den Dieter gekannt und war begeistert von ihren Programmen. Die Lou ist lieber zum Tanzen gegangen, in letzter Zeit ist sie ganz verrückt nach diesem neuen Modetanz, dem Twist.«

»Standen Sie denn mit einer der Damen in einer engeren, gar intimen Beziehung?«, wollte Ludwig nun doch ganz konkret wissen.

Peter Konzelmann sah ihn an.

»Vielleicht können Sie sich das nicht vorstellen, aber es war mit beiden schön. Mal mit der Niki, mal mit der Lou und auch mit beiden … und nie war jemand eifersüchtig!«

Die Art und Weise, wie Konzelmann das mit der nicht vorhandenen Eifersucht so stark betonte, ließ Ludwig aufmerken. Das klang irgendwie eingelernt, und er konnte das dem Peter Konzelmann nicht so ganz abnehmen. Er selbst hatte ja nun schon so einige Liebeserfahrungen in seinem Leben gemacht, und seiner Meinung nach gehörte dieses bittere, brennende Gefühl Eifersucht da einfach dazu.

Dann stockte Konzelmann ein wenig.

»Die Niki allerdings, die war in letzter Zeit manchmal am Rande ihrer Nerven. Nicht nur wegen dem ständigen Geldmangel, nein, hauptsächlich wegen dem Wolferl.«

Ludwig horchte auf.

»Was war mit dem Wolferl?«

»Der war ihr Ein und Alles, ihr Herzbubi, hat sie immer gesagt. Für den hat sie alles getan. Aber in letzter Zeit war sie wie manisch mit ihm. Er gehört zu mir, niemand darf ihn mir nehmen, hat sie immer gesagt. Ich hab manchmal das Gefühl gehabt, dass sie ihn vor jemandem verstecken will.«

»Hat sie denn einmal mit Ihnen über den Vater des Wolferl gesprochen?«, wollte Ludwig wissen.

Das seien immer nur Andeutungen gewesen, berichtete Peter Konzelmann. Er persönlich vermute, dass da womöglich irgendjemand Prominentes dahinterstecken könnte. Vielleicht ein Politiker oder ein namhafter Künstler, doch das seien alles nur Spekulationen.

Er, Konzelmann, habe das Verhalten der jungen Polizisten auf der Leopoldstraße bei den Unruhen vor zwei Wochen auch nicht gut gefunden, doch die Niki habe es seiner Meinung nach damals einfach übertrieben.

»Wo waren Sie denn vorgestern Vormittag zwischen 8 und 12 Uhr, Herr Konzelmann?«, wollte Ludwig abschließend wissen.

»Von 8 bis 10 war ich in der Vorlesung beim Doderer, Mittelhochdeutsch. Wir nennen sie immer den ›verlängerten Nachtschlaf‹«, berichtete Peter Konzelmann treuherzig. Danach sei er bis zum Mittag im Seminar gewesen.

»Sie glauben doch wohl nicht ernsthaft, dass ich mit dem Tod der Niki was zu tun habe«, fragte er mit zitternder Stimme und fingerte eine *Roth-Händle* aus einer zerknautschten Zigarettenpackung. Ludwig schielte neidvoll auf die Zigarette, doch Konzelmann bot ihm keine an. Obwohl er sich ja insgesamt recht kooperativ gezeigt hatte, ging seine Sympathie mit der Polizei ganz offensichtlich so weit dann doch nicht.

Als Konzelmann gegangen war, lehnte sich Ludwig auf seinem harten Bürostuhl zurück, schloss die Augen und saugte noch den Rest des Rothhändledufts in sich ein. Eine seltsame Unruhe hatte ihn seit dem Besuch in der Gerichtsmedizin ergriffen, und er spürte, dass seine Vorsätze, ein liebender, stets treuer Ehemann zu sein, langsam, aber unaufhaltsam dahinschwanden. Und schließlich, schneller, als er es erwartet hatte, griff er zum Telefonhörer und wählte die Nummer von Patrizia Kremser. Sie nahm sofort ab, und mit nur wenigen spröden Worten hatten sie sich für 15 Uhr nachmittags in der Nußbaumstraße verabredet. Wahrscheinlich will er nur noch ein paar Dinge zum Fall von Rahnstedt abklären, dachte sich Patrizia Kremser, doch ihr Herz klopfte äußerst heftig.

*

München-Schwabing

Peter Konzelmann spazierte indessen gemächlich zurück in Richtung Hohenzollernstraße. Die Vormittagsvorlesung »Alte Geschichte«, in der der verstaubte Professor Kroneder schon seit Semesterbeginn in überdetaillierter Ausführlichkeit das Mesopotamische Reich behandelte, hatte er sich eh geschenkt. Jetzt war es an der Zeit, an der Leopoldstraße einen Kaffee zu trinken. Kurze Zeit später saß er im *Cadore* und hatte einen ziemlich bitter schmeckenden lauwarmen Kaffee und eine Münchner Abendzeitung vor sich. Es gelang ihm jedoch nicht, sich darin zu vertiefen, denn ständig wanderten seine Gedanken zu Berenike und Lou.

Lou hatte er zuerst kennengelernt; sie lief ihm eines Tages einfach zwischen Universität und Kunstakademie über den Weg. Ihre roten Locken und die Sommersprossen gefielen ihm sofort, und ihr manch anderen doch etwas herb erscheinender urbayerischer Dialekt löste seltsamerweise zärtliche Gefühle bei ihm aus. Sie verabredeten sich im *Club 15*, im *Cadore* und im *Fallmerayer Hof*, wo es gutes erschwingliches Essen gab, und nach ein paar recht sittsamen Wochen nahm sie ihn mit nach Hause. Sie zeigte ihm ihre Arbeiten, mit denen er sich etwas schwertat, kochte ihm starken Pulverkaffee und küsste ihn leidenschaftlich.

Später jedoch, in ihrem schmalen Bett mit der bäuerlich karierten Bettwäsche, war er erstaunt über ihre Schamhaftigkeit und Zurückhaltung. Er hatte anderes erwartet.

Nach einiger Zeit stellte Lou ihm ihre Freundin Berenike vor, und für Peter, der ja aus sehr gediegenen konservativbürgerlichen Verhältnissen stammte und im feierfreudigen, libertären Studentenleben Münchens noch nicht ganz angekommen war, öffnete sich eine neue Welt. Nie würde er einen ihrer ersten gemeinsamen Abende vergessen, an dem sie miteinander im Residenztheater die Aufführung von Jean Anouilhs *Antigone* besuchten. Allein das Stück, in dem Anouilh Sophokles' griechische Tragödie ins 20. Jahrhundert verlegt hatte und Antigone kurze Zeit barbusig zu sehen war, beeindruckte ihn über die Maßen. Doch die Begleitung der beiden Frauen, Lou ganz in Schwarz mit tiefem Rückenausschnitt und Berenike in rotem Samt mit atemberaubendem Dekolleté, raubte ihm zwischendurch schier den Atem. Hinterher gingen sie zusammen in die *Kulisse*, die Cafébar der Münchner Kammerspiele, und tranken Sekt. Berenike kannte eine Menge Leute, plauderte, flirtete, umarmte und küsste, und Peter wusste nicht recht, wohin mit sich. Lou versuchte, es der Freundin gleichzutun, doch Peter sah deutlich, dass sie, so sehr sie sich auch anstrengte, immer etwas im Schatten Berenikes stand. Der sektfröhliche Abend endete in Berenikes Wohnung in der Trautenwolfstraße, und es geschahen dort Dinge, die Peter noch nie erlebt hatte. Auch Lou wurde unter der Regie der Freundin plötzlich offener, mutiger und leidenschaftlicher, und nachdem sie sich alle drei eine kleine rote Pille auf der Zunge hatten zergehen lassen, stürzten sie in einen Taumel aus Lust und Leidenschaft. Als sie im Morgengrauen, erschöpft ineinander verschlungen, auf Berenikes großem Bett lagen, stand plötzlich ein kleiner dunkelhaariger Bub vor ihnen und klagte, dass er nicht mehr schlafen könne. Von einer Sekunde auf die andere verwandelte sich die lustvolle Gespielin Berenike in eine besorgte Mutter, schlüpfte in ihren Morgenmantel und eilte zum Lager ihres Sohnes.

Trotz der erotischen Höhenflüge, die sie immer wieder zu dritt erlebten, und der kurzweiligen gemeinsamen Unternehmungen blieb für Peter die Beziehung zu Lou die stärkere; und ihm schien, dass es auch bei ihr so war. Als Berenike einmal für drei Wochen mit Wolferl in den Bergen war, führten Lou und Peter das ganz gewöhnliche, aber nicht minder schöne Leben eines normalen Liebespärchens. Sie machten kleine Fahrradtouren, gingen zum Einkaufen, kochten gemeinsam, so gut sie es konnten, und saßen abends eng umschlungen am Kleinhesseloher See im Englischen Garten und betrachteten die Sterne.

Doch dann kam irgendwann wieder die schillernde, umtriebige Nike mit verrückten Einfällen, die dann zwischendurch immer wieder in erotischen Höhenflügen gipfelten, und Peter und Lou ließen sich willig darauf ein. Manchmal überlegte Peter ernsthaft, Lou vorzuschlagen, dass sie die Freundschaft mit Berenike beenden möge, doch er wagte es nie, das auszusprechen. Auch erschien ihm die Freundschaft der beiden Frauen so eng und so vertraut, dass er keine Chance sah, das zu ändern. Und natürlich gefiel ihm auch die Dreierkonstellation zuweilen sehr gut.

Peter Konzelmann dachte an den Sommerabend, an dem er mit Niki in die Unruhen geraten war. Wie magisch war sie davon angezogen worden und hatte ihn, den ziemlich Unpolitischen, nicht besonders gut Informierten, dem Auseinandersetzungen und laute Menschengruppen eigentlich unheimlich waren, dazu überredet. Ihr Feuer, ihre Leidenschaft hatten ihn wie üblich mitgerissen. Aber es war natürlich nicht gut ausgegangen. Als dieser blutjunge Polizist mit dem Bubengesicht ihn so angeherrscht hatte, war doch etwas Aufbegehren und Wut in Peter Konzelmann aufgestiegen, und er hatte sich der schroffen Bitte des Polizisten kurz widersetzt. Aber es waren tatsächlich nur einige Sekunden gewesen, dann hatte er seinen Studentenausweis vorgezeigt und an die gestrenge Miene seines Vaters daheim in Bamberg gedacht. Doch Niki war nicht mehr zu bremsen gewesen. Fluchend und schreiend war sie auf den Buben in Uniform zugestürzt und hatte auf ihn eingetreten. Als dieser sie packte, um ihr Einhalt zu gebieten, hatte sie ihn in den Arm gebissen.

Minuten später hatten sie sich im Zeiserlwagen wiedergefunden, und Berenike hatte weiter unflätig geschimpft und gebrüllt. Auf Peters Beschwichtigungen war sie nicht eingegangen, nein, sie hatte derb weiter geflucht auf diese »Vopos«, diese Handlanger der Staatsgewalt und Frauenpeiniger. Peter Konzelmann war ihr Auftreten sehr peinlich gewesen, und als er dann einem auch sehr jungen, äußerst müde wirkenden Polizisten auf dem Revier gegenübersaß, hatte er sich für sie entschuldigt. Der junge übermüdete Polizist hatte nur gottergeben genickt und dann äußerst penibel und umständlich seine Personalien aufgenommen. Endlich, nach mehreren Stunden des Wartens in einem muffig riechenden Gang des Reviers, hatte er dann gehen dürfen. Von Berenike war weit und breit nichts mehr zu sehen gewesen, und als er sie später darauf ansprach, hatte sie gleichgültig die Schultern gezuckt und so getan, als könne sie sich kaum mehr an diese Begebenheit erinnern.

Irgendwie ist alles den Bach hinuntergegangen mit uns Dreien, dachte Peter Konzelmann, und ich habe wahrlich keine gute Rolle dabei gespielt. Ich habe Schuld auf mich geladen.

Polizeipräsidium
Ettstraße

Als Korbinian am späten Nachmittag von seiner Dienstfahrt nach Bad Reichenhall zurückkam, war sein Kollege Ludwig gar nicht anwesend, und auch Alma Mader konnte nicht sagen, wo er sich denn gerade aufhielt. Korbinian ärgerte sich ein wenig, hatte er sich doch extra beeilt, nur ganz schnell noch das *Café Reber* besucht und keinen Zwischenstopp daheim am Chiemsee eingelegt. Doch rasch spülte er seinen Ärger mit einer Tasse Kaffee wieder hinunter und lauschte dann den wirklich sehr informativen Schilderungen von Frau Mader, die ihm wieder wohlgesonnen schien. Sie hatte das Gesprächsprotokoll der Unterredung, die Ludwig mit Peter Konzelmann geführt hatte, bereits säuberlich abgetippt und las es ihm nun mit ihrer kräftigen sonoren Stimme auch noch vor. Korbinian fühlte sich wirklich umhegt und gepflegt, und dankbar dachte er sich wieder einmal, was für tüchtige, zuverlässige Mitarbeiter er doch hatte. Er nahm sich vor, bei nächster Gelegenheit wieder einmal Weißwürste auszugeben; der Moment dazu musste allerdings immer gut gewählt werden, denn Pat und Patachon von Mord II, die ansonsten mit der Abteilung Mord I so gar nichts am Hut hatten und sich eigentlich in stetigem Konkurrenzverhalten dazu befanden, wurden plötzlich, wenn ihnen Weißwurstduft in die Nase stieg, zu den besten Kollegen und aßen tüchtig mit.

»Was halten Sie denn von diesem Konzelmann?«, fragte Korbinian die Mader. »Ich würde noch einmal an ihm dranbleiben«, meinte die Mader geschmeichelt, dass ihre Meinung dazu erfragt wurde. »Und das Alibi muss selbstverständlich auch noch überprüft werden.«

Dann räumte sie, nicht ohne sich noch ein zusätzliches Kompliment für ihren hervorragenden Kaffee abgeholt zu haben, die Kaffeetassen ab und entschwand.

Was mach ich denn als Nächstes, was ist vordringlich, fragte sich Korbinian und vermisste seinen Kollegen Ludwig nun doch wieder. Schließlich entschloss er sich, seinen Besuch in Bad Reichenhall noch zu protokollieren und auf dem Nachhauseweg einfach unangemeldet doch bei Lou, der engen Freundin von Berenike, in der Hohenzollernstraße vorbeizuschauen. Dass Evi sich sehr über die *Mozartkugerln* freuen würde, da war er sich sicher, doch er hoffte sehr, dass das Bäckereithema an diesem Abend nicht mehr berührt werden würde. Er wollte einfach noch einmal in Ruhe darüber schlafen.

Das Protokoll war schnell geschrieben. In kurzer trockener Amtssprache beschrieb er seinen Besuch im *Kurhotel Axelmannstein*, seine Unterredung mit Sophia Baumeister, dem Empfangschef und dem Hotelpagen. Bei der Schilderung des Besuchs bei Professor Doktor Doktor Allmendinger holte Korbinian allerdings etwas mehr aus, denn dieses Gespräch hatte trotz der kurzen Zeit, in der es stattgefunden hatte, so einiges Erhellendes erbracht.

Doktor Allmendinger hatte zwar gleich zu Anfang des Gesprächs darauf hingewiesen, dass er zu ärztlichem Schweigen verpflichtet sei, und doch hatte er einen tiefen

Einblick in das Leben der beiden Schwestern und zu ihrem Zerwürfnis geben können.

Die Schwestern von Rahnstedt, gerade einmal knapp zwei Jahre auseinander, Berenike 1926, Sophia 1928 geboren, wuchsen in begüterter behüteter Umgebung auf Gut Rahnstedt auf und waren es von klein auf gewohnt, Kindermädchen, Bedienstete und Küchenpersonal um sich zu haben. Der Vater, ein strenger, pedantischer Mann, der in seiner Aufgabe als Gutsherr und in seinen politischen Ämtern aufging, hielt sich bei der Erziehung der Mädchen, im Gegensatz zu der seines Sohnes, stets zurück. Die Mutter, in ihrer Jugend eine wohl heftig umworbene Schönheit, hatte sich von ihrer Verbindung mit einem äußerst wohlhabenden Gutsbesitzer mehr gesellschaftliche Reputation erhofft und litt unter dem Kleingeist und der Gefühllosigkeit ihres Mannes. An ihren guten Tagen überschüttete sie ihre Kinder mit Zuneigung und Großzügigkeit, an schlechten hingegen hatte sie kaum ein Auge für sie und zog sich nicht ansprechbar in ihre Gemächer zurück. Gerade die Mädchen litten darunter sehr und wussten mit dieser Sprunghaftigkeit nicht umzugehen. So war ihnen einmal von der Mutter eine Reise nach Paris versprochen worden, und die beiden Schwestern hatten bereits alle Vorbereitungen dafür getroffen und vor Vorfreude kaum mehr schlafen können. Am Morgen der Abreise jedoch erschien die Mutter einfach nicht, blieb für einige Tage in ihren Räumen, und sie erhielten nie eine Erklärung dafür, warum die Reise nicht stattgefunden hatte.

Die Reaktion der beiden Schwestern auf diese Eltern war sehr unterschiedlich. Berenike nahm sich, ohne groß zu fragen, ihre Freiheiten, machte wilde Ritte durch die umliegenden Wälder, suchte sich Spielgefährten auch unter den Dienstbotenkindern und hielt sich kaum an Etikette und zeitliche Vorgaben. Sophia hingegen versuchte ständig, durch Wohlverhalten und Gehorsam die Zuneigung ihrer Eltern zu erhalten, flüchtete sich dafür in teils erfundene Krankheiten und begann, als Ausgleich für diese andauernden anstrengenden Bemühungen, unmäßig zu essen und zu naschen.

»Sie haben es ja mit eigenen Augen gesehen«, sagte Doktor Allmendinger ganz offen zu Korbinian.

»Damals wurde der Grundstock für ihr immenses Übergewicht gelegt, und es ist ein andauernder Kampf, der nur manchmal von sehr kleinen Erfolgen gekrönt wird.«

Das Verhältnis der beiden Schwestern zueinander wurde zunehmend schwieriger. Die wilde freiheitsliebende Berenike empfand ihre »vernünftige« Schwester als einengend, spöttelte über deren Bravheit und immer mehr aus der Form geratende Figur.

»Das Schwesternband, das in der Kindheit noch gehalten hatte, wurde mit dem Heranwachsen immer brüchiger und zerriss schließlich ganz«, erläuterte Doktor Allmendinger.

Als dann ein Mitschüler und Freund Berenikes vom strengen Vater des Hauses verwiesen wurde und auch dessen Familie große Schwierigkeiten bekam, gab es heftigen Streit nicht nur zwischen dem Vater und Berenike, sondern auch zwischen den Schwestern.

Die Eltern schickten Berenike schließlich auf eine Haushaltsschule für höhere Töchter, in der sie natürlich nur ein kurzes Gastspiel gab. Sie verliebte sich kurzerhand in einen der wenigen noch verbliebenen Lehrer, der aus verschiedenen Gründen noch nicht zum Kriegsdienst eingezogen war, und lebte von da an in ständigem Konflikt mit den Eltern und der Schwester. 1948 brach sie dann, auch wieder im Zusammenhang mit einer sehr unklaren Liebesbeziehung, nach Süddeutschland auf und ließ sich schließlich in München nieder. Der erboste Vater drohte mit Enterbung.

Sophia hingegen blieb immer als verlässliche, treue Tochter bei den Eltern, war bei den häufigen Depressionen der Mutter stets zur Stelle und ertrug stoisch die Launen des Vaters. Als Tochter aus gutem Hause erlernte sie nie einen Beruf. Als sich jedoch mit Mitte 20 noch immer kein Heiratskandidat für sie eingestellt hatte, ergriff der Vater die Initiative. Sophia wurde zu einer radikalen Fastenkur in den Schwarzwald geschickt, und als sie fünf Monate später um einige Pfunde leichter zurückkehrte, wurde sie ungefragt ganz rasch mit dem Schneverdinger Hautarzt Baumeister verheiratet.

Schon im zweiten Jahr der Ehe begann sie zu kränkeln, starke Kreislaufbeschwerden und Ohnmachtsanfälle häuften sich, und sie wurde von einer chronischen Erschöpfung ergriffen.

»Ab diesem Zeitpunkt ist sie meine Patientin«, berichtete Doktor Allmendinger abschließend.

»Sie kommt meist zweimal im Jahr hierher nach Bad Reichenhall, und wir sind auf einem guten Weg. Mehr kann ich Ihnen, auch aus Gründen des Patientenschutzes, wirklich nicht sagen.«

Damit beschloss Korbinian seinen Bericht, legte ihn zum Abtippen auf Alma Maders Schreibtisch und machte sich auf den Weg. Zuerst Hohenzollernstraße, dann aber endlich nach Hause. Es war ein langer Tag gewesen.

*

München-Schwabing
Hohenzollernstraße

Lou, mit bürgerlichem Namen Lieselotte Berghammer, bewohnte eine winzige Wohnung mit einem nur wenig größeren Atelier in einem Hinterhaus. Trotz der Enge der Wohnung war es dort, ganz im Gegensatz zur Behausung ihrer Freundin Berenike, sehr ordentlich und aufgeräumt. Lou war ganz offensichtlich über den überraschenden Besuch nicht glücklich und schämte sich wohl auch ein wenig für ihr bescheidenes Heim. So bat sie Korbinian bald nach draußen in den Hinterhof, wo neben Fahrrädern, Kinderspielzeug und Mülltonnen eine wacklige Bank stand.

»Was wuist wissen, Polizist?«, fragte sie spöttisch und zündete sich eine Zigarette an. Korbinian beschloss, ganz einfach auf diesen Ton einzugehen, nur beim Sie musste er natürlich der Ordnung halber schon bleiben.

»Erzählen Sie mir einfach, was Sie so über Berenike wissen, wie Ihre Freundschaft war und – das muss ich Sie fragen – wo Sie sich vorgestern in den Vormittagsstunden und am Mittag aufgehalten haben.«

Lou sog an ihrer Zigarettenspitze und inhalierte tief. Korbinian sah, dass ihre Hände, die voller Farbe waren und stark angeknabberte Fingernägel aufwiesen, zitterten.

»I war in Schäftlarn draußen«, antwortete sie einsilbig.

Erst auf erneutes Nachfragen berichtete sie, dass sie ihre Mutter und die jüngeren Geschwister dort auf dem Bauernhof besucht habe.

»I hob meina Mutta im Haus g'holfn, und dann hamma Johannisbeeren pflückt und eikocht. Wuist a Glasl?«

Korbinian verneinte dankend, und Lou lachte laut und wieder recht spöttisch.

»A so, Beamtenbestechung! Umgodswuin, da mach i mi ja strafbar!«

»Alles, was Sie mir nun erzählen, ist freiwillig, Frau Berghammer«, meinte Korbinian beschwichtigend. »Ich bin Ihnen für jeden Hinweis dankbar und versichere Ihnen, dass Ihre Verbindungen zu der Künstlergruppe *SPUR* mich wirklich überhaupt nicht interessieren.«

Lou lachte freudlos.

»Der Polizei glaub i nix mehr. Dafür hob i scho vui z' vui beschissene Erfahrungen mit eich g'macht.«

Noch einmal zog sie heftig an ihrer Zigarette und betrachtete leicht angewidert ihre schmutzigen, abgekauten Fingernägel.

»Aber i red mit dir, weil du a richtig nette Frau host, host mi verstandn?«

Korbinian nickte geduldig, und dann tatsächlich begann Lou zu sprechen. Sie strich sich eine rote Locke aus der Stirn, lehnte ihren Kopf an die harte Hausmauer hinter der Bank und schloss die Augen.

Anfang der 50er-Jahre, noch nicht einmal ganze 20 Jahre alt, kam Lieselotte Berghammer aus Schäftlarn nach München. Sie stand an einem gewöhnlichen Dienstag im Novembernieselregen vor dem Starnberger Bahnhof, hatte nur einen kleinen Rucksack bei sich und wusste nicht wohin. Eine sehr überstürzte Abreise, ja eine regelrechte Flucht aus dem Elternhaus lag hinter ihr. Lieselotte kannte sich in München überhaupt nicht aus; erst zweimal in ihrem Leben, einmal bei einem Schulausflug und einmal zu einer Familienfeier, war sie hier gewesen. Mit den 70 Mark auf ihrem Sparbuch würde sie nicht weit kommen, das wusste sie und doch betrat sie als Erstes das riesige Kaufhaus *Hertie* gegenüber dem Bahnhof und kaufte sich einen knallroten eng anliegenden Rollkragenpullover. Erst dann fühlte sie sich der Großstadt gewachsen.

Lieselotte hatte Glück. In der kleinen billigen Pension in der Nähe der Universität, in der sie wohnte, wurde Otfried Schütze, Professor für Kunstgeschichte, der dort immer wieder zwischendurch mit verschiedenen Studentinnen für einige Stunden ein Zimmer bezog, auf sie aufmerksam. In erotischer Hinsicht war Professor Schütze zu Lieselottes Glück nicht an ihr interessiert; sie war ihm einfach zu dünn und zudem zeigten sich zu dieser Zeit in ihrem Verhalten und ihrer Aussprache noch sehr deutlich ihre bäuerlichen Wurzeln. Schütze, der trotz seiner gelegentlichen Eskapaden ein guter Familienvater war, suchte schon seit geraumer Zeit eine Haushaltshilfe und ein Kindermädchen, um seine ständig unzufriedene Ehefrau ein wenig zu besänftigen. Und so kam es, dass Lieselotte schon einige Tage später zu den Schützes in deren hochherrschaftliche Wohnung in der Schwabinger Kaiserstraße zog. In den nächsten Jahren lernte sie nicht nur, was die Führung eines Professorenhaushalts und den Umgang mit verzogenen Professorensprösslingen betraf, sehr viel. Sie lernte auch mit sehr offenen Augen den linksliberalen lässigen Lebensstil einer sehr wohlsituierten Intellektuellenfamilie kennen, und irgendwann nach einigen Jahren war sie nicht mehr Lieselotte, sondern Lou und wagte sich, zuerst als Autodidaktin, dann als Studentin, an die bildende Kunst, vornehmlich an die Malerei. In dieser Zeit lernte sie über einen gewissen Dieter, der Mann und der Name waren absolut austauschbar, Berenike kennen.

21.6.1961

Der Himmel hat sie mir gesandt. Sie ist mein Lebens-
mensch und sie gibt mir so viel mehr als ein jeder
Liebhaber es vermag. Auch ohne jegliche Worte ver-
stehen wir uns, und ganz oft weiß die eine genau,
was die andere denkt. Ich liebe sie, ich bewundere
sie, ich kann nicht genug kriegen von ihrem wunder-
baren Altbayerisch und von der Kraft ihres Pinsel-
strichs. Und dann ist sie auch noch so außergewöhn-
lich praktisch; zaubert aus kläglichen Resten ein
wunderbares Essen für mich und Wolferl, fegt und
putzt in unseren Stuben und zaubert wieder Licht
hinein. Wolferl ist mir das Liebste auf Erden, aber
dann kommt gleich meine geliebte Loulou.
Unser Doppelporträt, unser Schwesternbild, hängt
meinem Schreibplatz gegenüber, und so habe ich
sie immer vor Augen. Wann wird ihre Begabung
endlich erkannt werden? Diese SPUR-Typen nut-
zen sie meiner Meinung nach nur aus. So wird sie
ihre wahre Größe nicht erreichen.

Von Dieter war bald nicht mehr die Rede, und wie so viele
Techtelmechtel der beiden Frauen löste er sich sehr rasch
wieder in Luft auf. Die Freundschaft der beiden Frauen
jedoch blühte richtig auf und hatte Bestand über die Jahre
hinweg. Man teilte alle Sorgen miteinander und half sich
gegenseitig in Alltagsdingen. Bald mischten sich die Freun-
deskreise, man amüsierte sich gemeinsam und machte
Schwabing unsicher.

»Wie's mia vor einige Joa amoi goarned guad ganga is, hat
mia die Niki sehr g'holfn«, fügte Lou noch hinzu, und

für einen Augenblick glaubte Korbinian, Tränen in ihren Augen zu sehen.

»Sie hod dafüa g'sorgt, dass i nach Frauenchiemsee komm, do hob i mi wieda dafanga!«

»Waren Sie krank damals?«, wollte Korbinian wissen.

Lou zögerte einen Moment.

»Ja, scho! Aber mehr in da Seele ois im Körper!«

Sie schien dazu nicht mehr preisgeben zu wollen.

»Was ist denn mit dem Peter Konzelmann, mit dem Sie ja beide gut befreundet sind?«, wollte Korbinian wissen.

»Wos soi mit dem sei?«, fragte Lou, wie es Korbinian schien, zu rasch und zu aggressiv zurück.

»Des is halt a Freind von uns zwoa, und mir unternehma einiges mitanand.« Korbinian bemerkte deutlich, dass sie dazu auch nichts Weiteres mehr sagen wollte.

»Wissen Sie denn, Frau Berghammer, wer Wolferls Vater ist?«, fragte Korbinian nun sehr direkt.

»Das sag i Eana ned, und wenn S' mi a no so sehr bittn«, antwortete Lou, richtete sich auf, und ihre Züge verhärteten sich sichtlich. Für einen Moment schien es, als durchliefe ein heftiger Schmerz ihren ganzen Körper, bis sie sich schließlich wieder zurücklehnte und mit zitternder Hand eine neue Zigarette anzündete.

»Das ist sehr schade«, antwortete Korbinian. »Vielleicht denken Sie noch einmal darüber nach. Es ist doch auch in Ihrem Interesse, dass unsere Ermittlungen erfolgreich sind.«

Lou zuckte die Achseln.

»Tot is sie doch eh, wos bringt's denn dann no?«

Korbinian konnte über so viel Fatalismus nur den Kopf schütteln, und nachdem damit so gut wie alles gesagt schien, verabschiedete er sich bald und trat endlich den Heimweg an.

»Ach du armer Mann du, du hast ja einen wirklich harten Tag g'habt«, meinte Evi, als Korbinian nach Hause kam, schlang die Arme um seinen Hals und küsste ihn auf den Mund.

»I hab noch Gulasch aufm Herd. Die Kinder sind schon im Bett und schlafen tief und fest.«

Korbinian zog sie fest an sich. »Weißt du was? Das Gulasch kann ich auch morgen noch essen. Wie wär's, wenn wir gleich ins Bett gehen, *Mozartkugerln* naschen und …?«

Die Bäckerei Wimmer kam an diesem Tag nicht mehr zur Sprache.

5. JULI 1962

Polizeipräsidium
Ettstraße

Ludwig, Korbinian und Alma Mader waren in sehr unterschiedlicher Verfassung und Laune an diesem Morgen im Amt eingetroffen.

Ludwig hatte sofort beim Eintritt ins Amtszimmer die Fenster weit geöffnet, um die frische klare Morgenluft einzulassen, und beugte sich nun fröhlich pfeifend über die Berichte, die auf seinem Schreibtisch lagen. Nichts konnte seine gute Stimmung mindern, denn in Gedanken war er noch immer bei seinem gestrigen Treffen mit Patrizia Kremser. Sein Herz klopfte erneut, wenn er an ihre hübsche zierliche Erscheinung, diesmal nicht im Arztkittel, sondern in einem hübschen Sommerkleid mit einem reizenden Ausschnitt, dachte. Wie sie gelächelt, ihre ein wenig widerspenstigen Locken hinters hübsche Ohr gestrichen und vor allem, wie sie ihn zum Abschluss ihres Treffens ganz kurz auf den Mund geküsst hatte!

Auch Alma Mader war ausgeruht und bester Stimmung. Seit ihrem gestrigen Gespräch mit Korbinian fühlte sie sich verantwortlich in den Fall von Rahnstedt eingebunden, und ihr Ehrgeiz bezüglich der weiteren Ermittlungen war geweckt. Nachdem sie rasch das Bad Reichenhaller Protokoll abgetippt hatte, versuchte sie sofort, noch einmal mit dem Nymphenburger Krankenhaus, in dem vor sieben Jahren der Wolferl von Rahnstedt geboren worden war, Kontakt aufzunehmen. Auch an die genaue Überprüfung des Alibis von Peter Konzelmann wollte sie ihre beiden Vorgesetzten zeitnah erinnern, denn irgendetwas gefiel ihr an der Geschichte dieses etwas schlampigen Rollkragenpulloverstudenten, der ihnen die Bude so vollgequalmt hatte, so gar nicht.

Während also Ludwig und Alma Mader vor Tatendrang und guter Stimmung nur so sprühten, saß Korbinian, der erstaunlicherweise als Letzter an diesem Morgen aufgetaucht war, ziemlich müde und kraftlos hinter seinem Schreibtisch. Während der gestrige Abend mit seiner Frau bei *Mozartkugerln* und schönstem Liebesspiel bestens verlaufen war, war das heutige Frühstück überhaupt nicht gut abgelaufen. Zuerst hatten Wolferl und Elsi sich schlichtweg geweigert, in die Schule zu gehen, denn die anderen Kinder würden Wolferl immer so komisch anschauen, und der Lang Sigi habe gesagt, dass Wolferls Mutter jetzt »a grauslige Leich« sei. Nur viel Überredungskunst und das Versprechen Evis, noch heute mit der Lehrerin zu sprechen, konnte sie umstimmen. Dann, als die Kinder sich endlich und viel zu spät auf den Weg gemacht hatten, hatte Evi, während sie das Geschirr abräumte, angekündigt, an diesem Abend noch einmal mit Korbinian über die Bäckerei Wimmer reden zu wollen, und ihren Worten hatte Korbinian ziemlich deutlich entnommen, dass sie sich eigentlich schon dazu entschlossen hatte, beim Wimmer zu arbeiten.

Korbinian leerte die dritte Tasse Kaffee an diesem Morgen und straffte sich. Niemals Berufliches und Privates vermischen, hatte sein früherer Chef Sigi Breitner immer betont. Daran wollte er, so schwer es ihm auch fiel, festhalten und klatschte in die Hände.

»Wir setzen uns um 10 Uhr zu einer Fallbesprechung zusammen!«. kündigte er an und fühlte sich gleich ein wenig leichter. Und so saßen sie, Alma Mader hatte Schmalznudeln, in München »Auszogene« genannt, in der nahen Bäckerei geholt, Punkt 10 Uhr um Korbinians Schreibtisch zusammen und rekapitulierten das bis jetzt Ermittelte.

Ludwig, der zu Korbinians größtem Erstaunen noch einmal in der Rechtsmedizin gewesen war, fasste noch einmal die Ergebnisse der Obduktion zusammen. Er wies darauf hin, dass das mutmaßliche Tatwerkzeug, ein harter, kantiger hölzerner Gegenstand, noch nicht gefunden worden sei, und berichtete dann noch einmal über seine Unterredung mit dem Studenten Peter Konzelmann. Hier schaltete sich sofort Alma Mader ein und drang auf rasche Überprüfung dessen Alibis.

»Ja, das müssen wir unbedingt machen«, unterstrich Ludwig ihr Anliegen. »Möglicherweise war das nicht die absolut freie Liebe, die die drei da gepflegt haben, und es war doch Eifersucht im Spiel. Das ist meiner Meinung nach eine menschliche Regung, die nie ganz, so fortschrittlich man sich auch gibt, ausgeschlossen werden kann.«

»Da geb ich dir recht«, meinte Korbinian, »doch wer war jetzt auf wen eifersüchtig? Wer von den Beteiligten war in der Lage, ein derartiges Verbrechen zu begehen? Die Lou, die den Konzelmann vielleicht ganz für sich haben wollte? Oder umgekehrt, wollte der Peter Konzelmann die Lou ganz allein für sich? Oder konnte er mit der engen Freundschaft der Frauen, die möglicherweise sogar mehr als das war, nicht umgehen, ist der zu so was fähig? Ich kann mir im Moment alles noch nicht so recht vorstellen, aber wir dürfen diese Möglichkeiten auf keinen Fall außer Acht lassen!«

»Ich geh gleich zur Uni und dort ins Germanistische Seminar, wenn wir hier fertig sind«, kündigte Ludwig an.

»Ja, sehr gut, mach das«, meinte Korbinian zu Ludwigs Ankündigung und wunderte sich noch einmal über dessen fröhliches, strahlendes Gebaren. Irgendetwas ist mit ihm heute, dachte er. Vielleicht entwickelt sich ja sein kleiner Benjamin gerade zum Fußballtalent.

»Nächster Problempunkt ist die Schwester in Bad Reichenhall«, fuhr er dann fort. »Da wissen wir so einiges überhaupt noch nicht, und es stellt sich die Frage, wie wir an mehr Information kommen können.«

»Vielleicht«, entgegnete Ludwig »bringt die weitere Lektüre des unvollendeten Romans uns da noch ein Stück weiter. Im Grunde genommen ist das ja eine eindeutige Autobiografie. Sogar die Namen stimmen.«

Nach diesen Worten lehnte er sich entspannt zurück und begann tatsächlich etwas holperig, aber voller Fröhlichkeit, einen gängigen Schlager zu pfeifen. War das nicht das Liedchen »Zwei kleine Italiener«, mit dem die blutjunge kesse Conny Froboess derzeit landauf landab zu hören war? Alma Mader blickte äußerst indigniert, und Korbinian platzte der Kragen.

»Lucki«, polterte er los »es ist ja schön, dass du heut so gute Laune hast, aber jetzt übertreibst du's gewaltig. Wir sind hier in einer ernsten schwierigen Fallbesprechung, da wird nicht gepfiffen, hast kapiert?«

Ludwig starrte ihn erstaunt an.

»Entschuldigung, Entschuldigung, das wollt ich nicht. Ich hab gar nicht gemerkt, dass ich gepfiffen hab«, meinte er reumütig, setzte sich wieder aufrecht auf seinen Stuhl und blickte so kleinlaut drein wie ein ausgeschimpfter Schulbub.

Alma Mader hüstelte und goss allen frischen Kaffee nach.

»Ich hätte da auch noch was«, meinte sie und berichtete von ihren Nachforschungen im Nymphenburger Krankenhaus.

»Dort an der Kasse und in der Buchhaltung arbeitet seit fast 30 Jahren ein Herr Billinger. Heinrich Billinger. Er ist sozusagen die gute Seele der Abteilung und könnte uns womöglich mehr zum Aufenthalt der Frau von Rahnstedt anlässlich der Geburt ihres Sohnes sagen.«

»Das haben Sie sehr gut gemacht, Frau Mader«, lobte Korbinian sie, und Alma Maders Wangen röteten sich sichtbar. »Wie wäre es, wenn Sie mit diesem Herrn Billinger sprechen?«

Alma Maders Wangen wurden noch röter, und ihr enormer Busen unter der violetten Seidenbluse bebte. »Sehr gerne, Herr Hilpert. Sehr gerne«, antwortete sie stolzgeschwellt.

»Es ist äußerst wichtig für den Fortgang unserer Ermittlungen, dass wir herausfinden, wer der Erzeuger des kleinen Wolferls ist«, brachte sich Ludwig nun in äußerst geschäftsmäßig ernsthaftem Tonfall in das Gespräch ein.

»Ich vermute ja, dass diese ominöse Telefonnummer in Berenike von Rahnstedts Telefonbüchlein auch etwas damit zu tun haben könnte. Ich bleibe dran.«

Zehn Minuten später – der Kaffee war ausgetrunken, die Schmalznudeln verspeist – wurde die Besprechung beendet. Ludwig machte sich sofort auf den Weg in die Uni und verschwand sehr rasch. Korbinian hörte, dass er tatsächlich draußen auf dem Gang wieder anfing zu pfeifen, und plötzlich ging ihm ein Licht auf. Patrizia Kremser, die hübsche Gerichtsmedizinerin! Natürlich, darum war Ludwig auch gestern noch einmal in der Nußbaumstraße gewesen, wo ihn doch sonst keine zehn Pferde dorthin brachten. Ach herrje, es hat ihn schon wieder mal erwischt, dachte Korbinian besorgt. Er wird einfach nicht gescheiter, wenn das nur gut geht!

Alma Mader hatte in der Zwischenzeit bereits ein Telefongespräch mit dem Herrn Billinger im Nymphenburger Krankenhaus geführt und sich für den Mittag mit ihm verabredet. Pat und Patachon von Mord II waren sprachlos, als sie ihnen ankündigte, dass sie aus dienstlichen Gründen für einige Zeit außer Haus sein würde. Da jedoch der Prostituiertenmord inzwischen geklärt war und es im Augenblick eigentlich nichts Wichtiges zu tun gab, konnten sie schlecht Einwände erheben.

Zurück blieb Korbinian, der nachdenklich hinter seinem Schreibtisch saß und an die Worte seines alten Chefs Sigi Brettschneider dachte.

»Wennst mal des G'fühl hast, dass grad gar nix weitergeht, Fall ausblenden und kurze Zeit was ganz anders machen!«

Gut, dachte sich Korbinian, dann mach ich das jetzt mal und gönne mir einen gemütlichen Sommerspaziergang. Nur kurze Zeit musste er überlegen, dann entschloss er sich, in den nicht weit entfernten alten Botanischen Garten zu gehen und dort unter den alten Parkbäumen zu lustwandeln.

*

Alter Botanischer Garten

Ohne Jacke und mit aufgekrempelten Hemdsärmeln spazierte Korbinian wenige Zeit später über den Stachus voller Straßenbahngebimmel, Autohupen und Menschenlärm, passierte den altehrwürdigen Justizpalast und tauchte dann ins Parkgrün des Alten Botanischen Gartens ein. Natürlich war er auch hier nicht allein; das schöne Sommerwetter hatte Mütter mit kleinen Kindern, ältere Herrschaften mit Hund und einige jugendliche Sonnenanbeter angelockt. Korbinian tauchte etwas tiefer in den alten Park ein und fand schließlich eine Schattenbank, auf der nur ein einzelner älterer Mann saß und Zeitung las.

»Darf ich?«, fragte er, und der ältere Mann ließ seine Zeitung sinken und nickte einladend.

»Hast scho Mittagspause?«, fragte er, und Korbinian nickte der Einfachheit halber.

»I sitz jeden Vormittag bei gutem Wetter do mit meina Zeitung«, erklärte der Mann. »Kurz vor zwölfe geh i dann hoam und mach ma was Kloans zum Essen.«

»Leben Sie allein?«, wollte Korbinian wissen.

»Nana, i hob scho a Frau«, antwortete der Mann und faltete sorgfältig seine Zeitung zusammen.

»Aber die is a bissl jünger als i und arbeit no. Beim Rechtsanwalt Lederer in der Holzstraß hintn. Jeden Tag von neun bis vier Uhr.«

»Kommen Sie denn untertags zurecht so allein daheim?«, wollte Korbinian weiter wissen.

»Wunderbar«, meinte der Mann.

»I sog Eana mal wos. Mei Frau müsst ned zum Arbeitn gehn, i hab als Eisenbahner a gute Pension. Aber sie will. Des Büro, die Leut da, ihre Chefs ... des braucht die unbedingt! Für die wird des mal ned einfach, wenn s' in Rente geht. Und für uns Männer is nur guat, wenn ma vom Haushalt a bissl was verstehn!«

Korbinian nickte nachdenklich, und der ältere Herr brach auf, um daheim seinen Leberkäse mit Spiegelei zuzubereiten. Eine Weile blieb Korbinian noch auf der Bank sitzen, blickte hinauf ins Grün der Parkbäume und in den blauen Münchner Sommerhimmel. Dann machte er sich auf den Rückweg in die Ettstraße und stellte befriedigt fest, dass er für eine gute Stunde überhaupt nicht an den Fall von Rahnstedt gedacht hatte.

Als er die Räume von Mord I und II betrat, herrschten dort absolute Leere und Stille. Pat und Patachon waren wohl schon in der Mittagspause, Ludwig noch an der Universität, und Alma Mader hatte eine kurze Notiz hinterlassen, dass sie bereits unterwegs zum Nymphenburger Krankenhaus sei.

Korbinian verspeiste bei weit geöffnetem Fenster noch die Brezn, die er sich unterwegs mitgenommen hatte, und bevor er sich wieder seinem Schreibtisch zuwandte, rief er noch rasch zu Hause an.

»Du bist's«, rief Evi erstaunt.

»Die Kinder sind grad von der Schul kommen. Is was? Kommst später heim?«

»Nein, nein«, meinte Korbinian.

»Ich wollt dir nur sagen, dass es blöd von mir war, dass ich mich mit dem Wimmer so ang'stellt hab. Wenn du das gern machen willst, dann sollst du es auch, und ich werd dich dabei unterstützen, so gut es geht.«

Einen Moment herrschte Stille in der Leitung.

»Ach Bini«, sagte Evi dann zärtlich. »Du bist einfach der Allerbeste. Ich hab dich lieb«, und schon hatte sie aufgelegt.

*

Eiscafé Venezia
Rotkreuzplatz

Alma Mader war angenehm überrascht. Irgendwie hatte sie sich einen ältlichen zerknitterten Buchhalter vorgestellt, doch Heinrich Billinger war ein stattlicher, gut gekleideter Mann in den besten Jahren. Zudem noch mit den besten Manieren.

»Gnädige Frau, ich hoffe, dass ich Ihnen etwas weiterhelfen kann in Ihrem Fall«, sagte er mit charmantem Lächeln.

»Doch dazu müssen wir ja nicht hier in diesem grauen Büro sitzen. Darf ich Sie ins *Eiscafé Venezia* vorne am Rotkreuzplatz einladen?«

Alma Mader hatte eine große Schwäche für Eis, bestand jedoch von vornehrein darauf, selbst zu bezahlen, und so saßen sie zehn Minuten später in der gediegenen Atmosphäre des *Venezia*, das eine der ersten italienischen Eisdielen in München gewesen war und einen ausgezeichneten Ruf hatte.

Heinrich Billinger bestellte Nusseis mit Sahne; Alma Mader hatte zu einem großen Früchtebecher ebenfalls mit Sahne nicht Nein sagen können.

»Es ist eigentlich ein großer Zufall, dass ich mich so gut an die Sache erinnern kann«, meinte Billinger, »denn bei uns gehen ja sehr viele Leute täglich ein und aus. Aber an diesem Tag war mein 25. Dienstjubiläum, und für den frühen Nachmittag haben sich die Chefärzte zu einem kurzen Besuch angekündigt. Wir waren natürlich alle etwas aufgeregt, haben Sekt kalt gestellt, und die Damen haben Schnittchen vorbereitet. Da kam dann diese Person natürlich im ungünstigsten Augenblick.«

»Eine Person?«, wollte Alma Mader wissen, »männlich oder weiblich?«

»Ja, das war es ja«, rief Heinrich Billinger. »Uns allen war nicht klar, ob Mann oder Frau!«

»Aber das erkennt man doch«, meinte Alma Mader verwundert und verspeiste genüsslich eine der wunderbaren Amarenakirschen aus ihrem Eisbecher.

Heinrich Billinger schüttelte den Kopf.

»Von der Statur her, kräftig und großgewachsen, eher ein Mann. Doch gekleidet wie eine Frau, nein, wie eine Dame. Mit grauem Schneiderkostüm und mit großem Hut mit Schleier in die Stirn. Die Stimme nicht zu tief, hätte sowohl zu einem Mann als auch zu einer Frau gehören können, gesprochen hat die Person eh nicht viel, und sie oder er hatte eine riesige Handtasche dabei, aus der der Aufenthalt und die Arztkosten für diese Frau von Rahnstedt in bar bezahlt wurden. Kleinere Beträge werden ja oft in bar entrichtet, aber bei einer derartigen Summe, Chefarztbehandlung, Einzelzimmer und so weiter, ist das sehr, sehr selten. Die Kollegen und ich hätten sicher noch genauer hingeschaut, aber dann sind ja auch schon die Chefärzte zur Gratulation aufgetaucht. Wir haben leider auch keinen Namen in unseren Unterlagen, denn die Rechnungen waren ja alle auf die Frau von Rahnstedt ausgestellt, und die Unterschrift ist absolut unleserlich.«

Alma Mader schüttelte den Kopf.

»Das ist ja eine äußerst seltsame Angelegenheit, Herr Billinger. Aber vielen Dank dafür, vielleicht hilft uns das doch etwas weiter.«

Dann wandten sich beide wieder ihren Eisbechern zu und tauschten sich über das angenehme Sommerwetter und andere Alltäglichkeiten aus. Gegen Ende ihrer Unterhaltung erzählte Heinrich Billinger noch, dass seine verstorbene Frau auch immer so gern Eis im *Venezia* gegessen habe, und Alma Mader ließ ganz nebenbei durchblicken, dass auch sie allein lebe. Und so kam es, wie es kommen musste; sie verabredeten sich für den kommenden Sonntag zu einem Spaziergang im Englischen Garten, und dann machten sich beide mit neuem Elan und leicht klopfenden Herzens wieder auf zu ihrer Arbeit.

*

Germanistisches Seminar
Schellingstraße

Die Sekretärin Gisela Herbrechtinger vom Germanistischen Seminar trug ihr Haar nach neuester Mode helmartig hochtoupiert und musterte Ludwig misstrauisch aus ihren leicht kurzsichtigen Augen.

»Das ist ein ständiges Kommen und Gehen hier, werter Herr Polizist«, meinte sie etwas spöttisch. »Da kann ich mich doch nicht an jeden Einzelnen erinnern und noch dazu erst nach einigen Tagen.«

»Kennen Sie denn Herrn Konzelmann überhaupt?«, wollte Ludwig wissen und beschrieb diesen kurz.

Das Lächeln Gisela Herbrechtingers wurde noch spöttischer.

»Mittelgroß, schlank, halblanges Haar, trägt Rollkragenpullover! Sie wissen wohl nicht, wie viele Jungmänner dieser Beschreibung täglich an mir vorüberwandern! Schwarze Rollkragenpullover trotz der Hitze sind sehr in Mode zurzeit!«

Ludwig nickte geduldig und setzte sein charmantestes Lächeln auf.

»Ach bitte, Fräulein Herbrechtinger, vielleicht fällt Ihnen ja doch noch was ein in Ihrem hübschen klugen Köpfchen.«

»Lassen Sie die Süßholzrasplerei«, unterbrach sie ihn und wies nach rechts. »Hinten im Seminarraum 2 sitzt fast immer der Scholz an seiner Doktorarbeit. Der kennt fast alle und kann Ihnen vielleicht weiterhelfen.« Damit wandte sie sich wieder ihrer Schreibmaschine zu und würdigte Ludwig keines Blickes mehr.

Burkhard Scholz studierte im 19. Semester und saß seit ungefähr fünf Jahren an seiner Doktorarbeit »*Die bajuwarische Lautverschiebung in den Ortsnamen des Landkreises Starnberg«.* Scholz verschränkte zufrieden die breiten dicklichen Hände über seinem beachtlichen Bierbauch.

»I hab a Stipendium, scho zwoamal verlängert«, berichtete er augenzwinkernd. »Anscheinend is mei Thema von großem allgemeinen Interesse!«

Er schob zwei Karteikästen, in denen ziemlich ungeordnet eng beschriebene Zettel, Karteikarten und vergilbte Dokumente steckten, beiseite.

»Der Konzelmann, ja freilich kenn i den. Des is a netter Ruhiger, der imma seine Zigaretten teilt. I würd sogn, a bissl zu ruhig für an zukünftign Lehrer! Der konn si doch ned durchsetzn! Ja, beim Nachtschlaf-Doderer wara do und hinterher wara, glaab i, a no do im Seminar! Zerst hat er in a Buch neig'starrt, aba ned drin g'lesn; dann hamma uns unterhoitn.«

»Über was haben Sie denn gesprochen?«, wollte Ludwig wissen.

Scholz lachte.

»Oh mei, wie immer, üban *FC Bayern* und üba die *Sechzger*. Er is Bayern-Anhänger, i bin a Sechzger. I bin beim Grünwalder Stadion ums Eck aufgewachsen, mei Vata war ...«

Ludwig unterbrach ihn so dezent es ging.

»Und außer Fußball, haben Sie da auch noch andere Themen gehabt?«

Scholz grinste.

»Wennst ma a Bier beim *Atzinger* ausgibst, konn i dir no a boa delikate G'schichterln verzäin.«

Ludwig schob ihm zwei Mark über den Tisch.

»Für'n *Atzinger* hab ich jetzt leider keine Zeit, aber so geht's doch auch, oder?«

Blitzschnell ließ Scholz das Geld in seiner Hosentasche verschwinden.

»I nenn jeztad koane Nama«, sagte er. »Aba da arme Konzelmann is zwischn zwoa Weiba g'legn. Im wahrsten Sinne des Wortes!«

»Das müssen Sie mir jetzt aber schon genauer erklären«, insistierte Ludwig.

»Ja, da war oamoi diese verrückte Von und Zu, ein sakrisch schönes Weib! I hob sie oamoi g'seng, i konn Eana sogn, do is ma glei d' Hosn ogschwolln! Ja, und dann die andere, des Madl vom Land, des unbedingt Künstlerin werdn will. Die zwoa ham den armen Kerl unter sich aufteilt, grod wias eana passt hod. Wos die ois g'macht ham mit dem Konzelmännchen ... a bisserl wos hod er mia ja verzäit. Zwischndurch ham sa sie a zu dritt vergnügt ... oamoi hat die Von und Zu ihn mit Seidenbändern ans Bett g'fesselt und mit ana Pfauenfeder ...«

Ludwig winkte ab. »Danke, danke, Herr Scholz, so viele Details brauch ich jetzt ja auch wieder nicht!«

Scholz schien ein wenig enttäuscht.

»Oiso, i glaab, dass die Von und Zu des Sogn g'habt hod bei der ganzn G'schicht. Aba die hod nua des Sexuelle g'suacht. Des andere Madl aba woit glaub i mehr vom Konzelmann und er von ihr a.«

»Sind Sie sich denn sicher, Herr Scholz, dass der Herr Konzelmann zur genannten Zeit nach der Vorlesung hier im Seminar war?«, fragte Ludwig noch einmal nach.

Scholz kratzte sich hinterm rechten Ohr.

»Sogn ma moi, zu fünfadachzg Prozent«, meinte er. »Aba jetzad muass i schnäi zur Mittagspause!«

Damit war das etwas delikate, aber auch recht aufschlussreiche Gespräch beendet, und auf dem Weg zurück ins Präsidium bekam Ludwig die Vorstellung der nackten Berenike von Rahnstedt, die den willenlosen Konzelmann an den Bettpfosten fesselt, nicht ganz aus dem Kopf.

29.1.62
Manchmal denke ich mir, dass es nicht recht ist, was
wir mit dem lieben Peter machen. Doch er ist so ein
Sanfter, Hingebungsvoller. Und dennoch hat er halt
eine sehr starke Männlichkeit, die wir natürlich gut
zu bedienen wissen. Noch bei keinem unserer Spiele
hat er bisher versagt, und es war wundervoll, wie
er auf meine Streichelei mit der Feder reagiert hat.
Seine Lust war unendlich und hat für Lou und für
mich wunderbar gereicht und uns ohne Ende seuf-
zen und stöhnen lassen.

*

Polizeipräsidium
Ettstraße

Am Spätnachmittag trafen dann alle wieder in den von der brütenden Sommerhitze ziemlich aufgeheizten Räumen des Mord I zusammen. Korbinian hatte an der Wand über dem winzigen Waschbecken sorgfältig und äußerst übersichtlich Zettel mit den Namen aller Personen aufgehängt, die mit Berenike von Rahnstedt in irgendeiner Weise in Verbindung standen.

Die Schwester Sophia Baumeister, ihr Ehemann und der Kurarzt Doktor Kuno Allmendinger; die beste Freundin Lou; Peter Konzelmann, der Doppelliebhaber; und schließlich noch ein Zettel, auf dem mit vielen Fragezeichen versehen lediglich »Vater von Wolferl« stand.

Ludwig berichtete von seinem Gespräch mit Burkhard Scholz, ließ keine Details aus und wunderte sich, dass die sonst so prüde Alma Mader sich nicht entrüstete oder stark errötete. Nein, sie, die schon einen schriftlichen Bericht über ihr Treffen mit Heinrich Billinger vorlegen konnte, lächelte amüsiert über diese Delikatessen. Irgendwie schaut sie plötzlich ein wenig jünger aus, dachte sich Ludwig verwundert, und auch Korbinian, der Ludwigs Feinfühligkeit in diesen Dingen nie so ganz erreichte, war sehr angetan von ihrem plötzlich so umgänglichen Wesen.

»Der Konzelmann muss noch mal her«, überlegte Korbinian abschließend. »Dem müssen wir noch mal genauer auf den Zahn fühlen.«

Weiterhin wurde Alma Mader angewiesen, ihre Forschungen nach dem großen Unbekannten zu intensivieren, und Ludwig sagte zu, dass er versuchen würde, die Lektüre des Romanfragments noch an diesem Abend abzuschließen.

Was er den Kollegen natürlich nicht mitteilte, war, dass er das zusammen mit der verehrten Patrizia vorhatte. Seiner Sonja hatte er bereits telefonisch mitgeteilt, dass, so leid es ihm auch täte, er an diesem Abend Überstunden machen müsse und er erst spät nach Hause kommen würde.

Er war bereits im Begriff, sich von Korbinian und der Mader zu verabschieden, als ihm noch eine Beobachtung einfiel, die er am Morgen gemacht hatte, als er kurz noch einmal das Adressbüchlein der Toten durchgegangen war.

»Auf der allerletzten Seite hat sie eine Telefonnummer ohne Namensangabe notiert. Eine Münchner Innenstadtnummer, zu der nur noch ›Su‹ vermerkt ist. Darunter dann eine Auflistung von wahrscheinlich ebenfalls abgekürzten Namen mit dazugehörigen Geldbeträgen.

Von 30, 50 bis über 100 Mark, berichtete Ludwig. Mehrfach habe er bei der Nummer »Su« angerufen, doch niemanden erreicht.

»Schulden?«, überlegte Korbinian.

»Oder Prostitution«, ergänzte Alma Mader, und wieder blickten Korbinian und Ludwig höchst erstaunt auf ihre Mitarbeiterin.

»Lass mir die Nummer da, ich probier's dann noch mal«, meinte Korbinian zu Ludwig und verabschiedete dann ihn und die Mader in den Feierabend. Nachdem er noch den restlichen etwas bitteren Kaffee ausgetrunken und eine halbe Brezn vertilgt hatte, rief er bei »Su« an, und so kam es, dass er einige Stunden später daheim seiner Evi, ohne natürlich auf die Einzelheiten des Falls und auch ein paar weitere delikate Kleinigkeiten einzugehen, von seinem Besuch in einem Edelbordell erzählen konnte.

*

Chez Suleika
Agnesstraße

Das *Chez Suleika* befand sich sehr profan in einem Hinterhaus in der Agnesstraße. Man musste Mülltonnen, Fahrräder, Kinderwägen und einiges undefinierbares Gerümpel passieren, bevor sich einem die Pforten zum *Suleika* öffneten. Dann war man von einer Sekunde zur anderen im Orient angekommen.

Korbinian konnte sich erinnern, dass er als etwa 14-, 15-Jähriger mit seinem Freund Sigi ein Buch dessen Vaters heimlich durchgeblättert hatte. An den Titel des Buches konnte er sich nicht mehr entsinnen, doch es war ein opulenter Band mit vielen Abbildungen von orientalischen Städten, Bauwerken und Landschaften, und einige dieser Darstellungen zeigten auch das Innere eines Harems. An der prachtvollen Ausstattung – riesige samtbezogene Diwane, dazwischen kleine Springbrunnen, Wanddarstellungen von exotischen Vögeln, opulente Schalen mit Früchten – waren Sigi und er nur bedingt interessiert gewesen. Es waren die unverhüllten üppigen Brüste, die ausladenden Hüften und die dunklen Mandelaugen der Haremsdamen gewesen, die ihre Bubenherzen kräftig pochen ließen und die sich in ihre schon nicht mehr ganz unschuldigen Träume schlichen.

Korbinian kam sich im *Chez Suleika* nun wirklich so vor, als hätte man ihn in eine dieser berauschenden Abbildungen seiner Jugendzeit versetzt. Tatsächlich konnte er nicht verhindern, dass er beim Anblick dieser opulenten Einrichtung, der schaukelnden Brüste der Damen und auch wegen eines schwülen, süßlichen Geruchs, den er nicht einordnen konnte, ein wenig schwankte. Da trat eine äußerst korpulente Dame in einem Kostüm aus rotem Samt und mit einigen Pfauenfedern im sorgfältig ondulierten Haar auf ihn zu und fasste ihn am Arm.

»Hallo, schöner junger Mann«, begrüßte sie ihn mit dunkler, rauchiger Stimme. »Ich bin die Suleika. Du bist wohl das erste Mal bei uns?«

Sie bugsierte ihn zur Bar, wo eine grazile Blonde mit festen kleinen Brüsten Getränke ausschenkte.

»Lissie, ein Begrüßungsgetränk für den Herrn!«

Lissie füllte etwas dickflüssig Goldenes in ein kelchartiges Getränk, drapierte darauf ein paar Kirschen und ein Pfefferminzblättchen und reichte es ihm mit einem professionell strahlenden Lächeln.

Die samtene Dame, bei deren Ausmaßen Korbinian sehr froh darüber war, dass diese unter dem schweren Stoff ihres Kostüms verborgen waren, trat nahe an ihn heran und legte ihre üppig beringte Hand auf seinen Arm.

»Was ist dein Wunsch, schöner Fremder«, fragte sie. »Ein wenig Tändeln und Streicheln kostet 30. Küssen und Berühren 50 ... und das gesamte Programm im Separee macht dann 100. Mit zwei Damen 180.«

Das goldene Getränk wärmte Korbinians Kehle, und bereits nach dem ersten Schluck fühlte er sich locker und entspannt.

Achtung, Korbinian, ermahnte er sich, du bist ja eigentlich dienstlich hier, reiß dich zusammen!

»Ich hab eine Empfehlung von einem Freund«, wandte

er sich an die Samtdame Suleika, die abwartend neben ihm stand. »Der Name ... Moment mal, wie war er gleich ... Rieke oder Nike oder so ähnlich.«

Das Gesicht der Bordellmutter verschloss sich.

»Tut mir leid, mein Süßer, aber jemanden mit diesem Namen haben wir hier nicht. Wenn du was Üppiges willst, könnte ich dir die Laila empfehlen. Oder die Suzanne, die wär doch was für dich, eine Gazelle und ungeheuer beweglich!«

»Ich überleg es mir noch kurz«, meinte Korbinian, und die samtene Bordellchefin rauschte ab.

Korbinian nahm noch einen kleinen Schluck von dem goldenen Zaubersaft und blickte sich um. Auf einem Diwan rechts von ihm saß ein dickleibiger heftig schnaufender Mann, eine dunkle barbusige Schönheit mit glitzernden Pumphosen auf dem Schoß, die gerade sein Hemd öffnete und seine verschwitzte Brust liebkoste. Daneben wand sich auf einem kleinen Podium eine großgewachsene Schwarzgelockte, die nur ein winziges silbernes Höschen trug, um eine Stange. Drei Männer saßen davor und versuchten, sie mit gezückten Geldscheinen dazu zu überreden, auch noch dieses letzte Kleidungsstück abzulegen. Hinter seidenen Draperien waren wohl die besagten Separees angesiedelt, und die dezente orientalisch säuselnde Musik, die den ganzen Raum erfüllte, konnte vereinzeltes Kichern, Seufzen und Stöhnen dahinter doch nicht ganz übertönen.

Lissie beugte sich über den Bartresen zu ihm.

»Du bist der Hilpert vom Mord, gell?«, flüsterte sie leise.

Korbinian blickte sie erstaunt an.

»Kannst di nimma an den Mordfall Ettengruber vor zwoa Jahr erinnern? Da war i a wichtige Zeugin. I vergess koa G'sicht, woaßt. Du bist bestimmt dienstlich do, stimmt's?«

Der Mordfall Ettengruber stieg unangenehm in Korbinians Gedächtnis hoch. Ein unappetitlicher, grausamer Prostituiertenmord, und die Lissie Hölldobler war Zeugin gewesen. Nur hatte sie damals einen Pelzmantel, der sicher nicht echt war, eine Strickmütze und hochhackige Stiefeletten getragen.

»Frau Hölldobler, natürlich! Wie geht es Ihnen?«, fragte Korbinian etwas unbeholfen.

»Du gehst jetzad«, befahl ihm Lissie leise. »Draußn wartest, i kumm dann aussi auf a Zigarettn.«

Korbinian nickte, erhob sich und steuerte den Ausgang an. Da trat ihm die Bordellchefin in den Weg.

»Na, hast du dir's überlegt, schöner Mann?«, fragte sie mit einem leicht drohenden Unterton in der Stimme.

»Ja«, antwortete Korbinian mit fester Stimme. »Ich ziehe es vor, jetzt zu gehen. Das ist hier doch nicht so ganz nach meinem Geschmack, und die empfohlene Rieke oder Nike ist ja anscheinend nicht da.«

Die Stimme der Bordellmutter wurde schneidend.

»Wie Sie wünschen. Dann hätte ich noch gerne acht Mark für das Getränk.«

Korbinian warf das Geld auf den Tresen und schaute, dass er den Orient so schnell wie möglich hinter sich lassen konnte.

Im Hinterhof blieb er stehen und atmete die frische Nachtluft ein. Durch ein Fenster im ersten Stock sah er eine Frau am Herd stehen, die gerade kochte, und ein kleines Mädchen, das auf der Fensterbank saß und dort wohl etwas malte. Eine große, fast schmerzhafte Sehnsucht überkam ihn nach seiner kleinen Familie daheim und an Evis wohlgerundete weiße Brüste mit den dunkelbraunen Brustwarzen, die nur ihm gehörten.

Da trat Lissie Hölldobler, eine Zigarette in der Hand, neben ihn. Eine alte, ausgeleierte graue Strickjacke verhüllte nun ihre hübschen Rundungen.

»I muass glei wieda nei«, meinte sie.

»Aber du warst damois so nett zu mir. Goarned a so, wie d' Polente sonst so mit unsaoans umspringt.«

Sie hielt einen Moment inne und zog an ihrer Zigarette.

»D' Niki war a Freiberuflerin bei uns. Die is nua ab und zua kemma und hod ihre festn Freier g'habt. Sie hod dann imma für oan oda zwoa Stundn a Separee ang'mietet, weils dahoam wega ihrm Kind nemands hod empfanga kenna. Die Niki war wos ganz Bsonders … und jetzad is tot; mia hamms scho g'hört!«

Lissie Hölldobler nahm noch einen heftigen Zug aus ihrer Zigarette und drückte diese dann energisch mit ihrer Schuhspitze aus. »I muass wieda eini«, sagte sie, »d' Chefin werd sonst sauer!«

»Vielen Dank für Ihren Hinweis, Frau Hölldobler«, bedankte sich Korbinian, »aber eigentlich wüsste ich gern schon noch mehr. Vielleicht können Sie morgen mal im Präsidium vorbeikommen?«

Lissie nickte zögerlich.

»Ja, wenn i ausg'schlaffa hob, komm i. Aba i red nua mit Eana. Und ois bleibt unter uns, gell!«

Dann raffte sie die fadenscheinige Strickjacke vor der Brust zusammen und verschwand.

22.10.1960

Ich mach's nicht gern, wirklich nicht! Aber es ist leichter verdientes Geld als irgendwo putzen oder als Küchenhilfe arbeiten. Außerdem bringt's viel mehr ein. Wenn ich dem S. eine Stunde gewähre,

*ihn ein wenig umschnurre, mich ihm nackt zeige
und zum Abschluss dann halt noch ein wenig an
ihm lutsche, ist er so was von glücklich und steckt
mir immer ein paar Scheinchen extra zu. Klar, mit
dem G. ist's schwieriger, da muss ich halt die Augen
zumachen und durch. Aber auch er ist sehr spen-
dabel!*

*Das ist eben reine Körperarbeit und hat mit Zunei-
gung oder gar Liebe überhaupt nichts zu tun. Und
hinterher gibt's immer ein Stückchen Sacher für
mich und eine Hefenudel für den Bubi. Wenn ich
mal endlich das Buch fertig und einen Verlag gefunden habe und der Erfolg sich einstellt, dann ist's eh
endgültig aus mit dem Suleiken!*

*

Osteria Italiana
Schellingstraße

Ludwig hatte für sich und Patrizia zwei Plätze in der *Osteria
Italiana* in der Schellingstraße reserviert. Das war nun bei-
leibe kein kostengünstiges Münchner Lokal, doch er hatte
dafür ein wenig aus seinem Schmugeld abgezweigt, das er
bis jetzt mit Erfolg vor Sonja in der Wäscheschublade hinter seinen Taschentüchern und Unterhosen versteckt hatte.
Die *Osteria Italiana* war alteingesessen, hatte eine hervorra-
gende Küche mit italienischem Flair, und fast jeden Abend
konnte man dort auf irgendeinen Prominenten treffen.

Patrizia, in einem sonnengelben Sommerkleid mit
äußerst hübschem Ausschnitt, kleine Ohrclips in Form
von Margariten an den zierlichen Ohren, erwartete ihn

bereits. Vor ihr lag das Manuskript *Die Geflügelte*, das Ludwig ihr per Boten am Vormittag hatte schicken lassen. Ohne auch nur einmal auf die Preise zu schielen, bestellte Ludwig Saltimbocca alla Romana, Patrizia schloss sich dem an, und eine edle Flasche Brunello. Sie prosteten sich zu.

»Weißt du, dass das hier das Stammlokal von Hitler war?«, fragte Patrizia.

»Ja«, antwortete Ludwig, »aber auch der Oskar Maria Graf, Schriftsteller und eingefleischter Kommunist, speiste seinerzeit hier. Also alle politischen Richtungen vertreten! Dahinten in der Ecke sitzt übrigens, glaub ich, der Maximilian Schell!«

»Der hat doch was mit der Soraya?«, flüsterte Patrizia und versuchte, unauffällig nach hinten zu schielen.

Alle Frauen, ob nun schlichte Hausfrauen oder Gerichtsmedizinerinnen, lesen also die Regenbogenpresse, konstatierte Ludwig für sich.

Mit Genuss wandten sie sich dann ihren Saltimboccas zu, der Brunello glitt samtig und weich über ihre Zungen, und Patrizias Augen funkelten. Nachdem sie ihren Teller ordentlich leer gegessen hatte – Ludwig freute sich, schätzte er doch Frauen mit gesundem Appetit, die nicht »herumzipften« – deutete sie auf die Biografie.

»Ich hab wegen deinem Text eine Autopsie auf morgen verschoben«, gestand sie. »Das war so ungeheuer interessant und spannend.«

Ludwig nickte.

»Ich konnte es noch nicht fertig lesen«, gestand er. »Irgendwann wurde es ein ziemliches Durcheinander, und ich hab keine Reihenfolge mehr hineinbekommen.«

Patrizia leckte sich einen winzigen Rest Rotwein von den Lippen und setzte ihre Brille auf.

»Ach«, meinte sie, »das war jetzt nicht so schwer. Ich hab's dir sortiert und geordnet. Natürlich ist es noch unvollendet, aber es birgt einiges sehr Brisantes!«

Ludwig nahm Patrizias schmale weiße Hand und küsste sie zart.

»Du bist anscheinend nicht nur auf medizinischem Gebiet eine Koryphäe, meine Liebste, nein, auch was die Literatur betrifft, kann man sich auf dein Urteil verlassen.«

Patrizia lächelte ein wenig spöttisch.

»Soll ich den weiteren Inhalt nun kurz für dich exzerpieren? Ich nehme an, vielmehr hoffe ich, dass wir beide uns nicht nur wegen dieser *Geflügelten* hier getroffen haben.«

Ludwig beugte sich gefährlich weit über den Tisch, hätte dabei fast seinen Brunello umgestoßen, nahm Patrizias Gesicht in die Hände und küsste sie auf den Mund. Sie schmeckte wunderbar nach Salbei und Rotwein.

»Nein, natürlich nicht«, flüsterte er. »Ich habe da noch ganz andere Dinge im Sinn, meine Liebe!«

Patrizia lächelte wieder, lehnte sich dann zurück und begann so gewandt zu referieren, als hielte sie einen Vortrag vor Fachkollegen.

»Ich habe gesehen, wie weit du gelesen hast, das hast du ja angemerkt. Da setze ich jetzt an.«

Es war Mitte der 30er-Jahre, und die drei Geschwister von Rahnstedt waren mittlerweile fest in die nationalsozialistischen Jugendaktivitäten eingebunden. Während Berenike sich schwertat mit dem strengen Reglement beim Bund Deutscher Mädchen und ihr Bruder sich lieber mit hochgeistiger Lektüre in die Einsamkeit zurückgezogen hätte, ging die jüngere Schwester zur großen Freude ihres Vaters ganz darin auf. Berenike, willensstark und eigensinnig, ging einfach zwischendurch ihre eigenen Wege, und die führten sie auch des Öfteren zur Familie ihres Schulfreundes Benjamin Leiblein. Benjamin war eine Klasse über Berenike, und im Gegensatz zu ihr war er mathematisch außerordentlich begabt. So hatte es sich ergeben, dass Benjamin, kleingewachsen und dunkelhaarig, mit einer lustigen Nickelbrille auf der Nase, Berenike ein wenig Nachhilfe in Mathematik gab und sie ihn dafür in deutscher Literatur und Latein unterstützte.

Die Leibleins besaßen ein großes elegantes Damenkonfektionsgeschäft in der Stadt, in dem bis vor kurzer Zeit auch Berenikes Mutter eingekauft hatte. Doch die Boykottaufrufe der Nationalsozialisten, nicht mehr in jüdischen Geschäften einzukaufen, zeigten mittlerweile schon großen Erfolg, und so saß Benjamins Vater, Samuel Leiblein, jeden Abend mit sorgenzerfurchter Stirn über den immer geringer werdenden Einnahmen und wusste nicht mehr ein noch aus. Seine Frau wurde langsam schwermütig, seine Töchter fanden keine passenden Partien mehr und versauerten, und seinem Jüngsten drohte über kurz oder lang der Schulverweis. Mehrfach hatte Samuel schon über Emigration nachgedacht, doch sich bis jetzt einfach nicht dazu durchringen können. Er hing an seinem Geschäft, an dem feinen Samt der elegant geschnittenen Damenkostüme und der knisternden gestärkten Baumwolle der Blusen mit den zierlichen Knöpfen. Er hing an seiner Kleinstadt, an der reizvollen Landschaft der Umgebung und hoffte immer noch, bald wieder an der fröhlichen Männertarockrunde im *Löwen* teilnehmen zu können. Doch die Dinge nahmen ihren unheilvollen Lauf.

Eines Tages betrat Berenikes Vater ohne anzuklopfen deren Mädchenzimmer und fand dort seine Tochter mit

Benjamin Leiblein Schulter an Schulter über ein Schulheft gebeugt. Er deutete diese vollkommen unschuldsvolle Zusammenkunft natürlich ganz anders, warf Benjamin mit den harten Worten aus dem Haus, dass er es wohl darauf angelegt habe, sein jüdisches Blut mit dem reinen arischen seiner geliebten Tochter zu vermischen. Zuerst höflicher, dann hartnäckiger Widerspruch Benjamins und Berenikes Aufbegehren, Schreien und Weinen nützten nichts. Benjamin flog, und zwar nicht nur aus dem Haus, sondern wurde zwei Tage später auch durch Betreiben des Vaters der Schule verwiesen. Das Konfektionshaus Leiblein wurde wenige Wochen später zwangsliquidiert, und noch ein paar Tage später fand man das Ehepaar Leiblein eines Morgens tot in ihrem Ehebett. Offiziell handelte es sich um einen bedauernswerten Unglücksfall, doch eigentlich wusste ein jeder, dass die Leibleins sich das Leben genommen hatten. Die Töchter und Benjamin verschwanden; die einen sprachen von einer überstürzten Emigration nach England, die anderen berichteten gruselige Details von einer Abholung mitten in der Nacht.

An einem der darauffolgenden Abende beschimpfte Berenike ihren Vater als Mörder und zertrümmerte einige wertvolle Stücke der Familienporzellans. Ein harter Hausarrest war die Folge, und als sie versuchte auszubrechen, machte der Vater kurzen Prozess und schickte sie auf eine vornehme Haushaltsschule in einiger Entfernung.

»Ich nehme an«, Patrizia Kremser lehnte sich zurück und nahm einen kräftigen Schluck Brunello, »dass das wie ja fast alles andere in diesem Buch keine Fiktion ist, sondern sich damals tatsächlich so abgespielt hat.«

Ludwig, der ihrer Erzählung atemlos gelauscht hatte, nickte.

»Das würde ja die ganze Familie von Rahnstedt in Miss-kredit bringen, und deren Ruf wäre stark angeknackst, wenn nicht dahin!«

»Ja, das ist jetzt eigentlich der Knackpunkt dieses unvoll-endeten Werks«, ergänzte Patrizia.

»Was dann noch in Bruchstücken folgt, ist meiner Mei-nung nach zu vernachlässigen. Ein paar kurze Texte ero-tischer Natur, auf die ich hier nicht weiter eingehen will. Das kannst du, wenn du Lust dazu hast, selbst nachlesen.«

Zwei Stunden später betrat Ludwig Patrizias kleine Woh-nung in der Hiltenspergerstraße, und noch einmal gute drei Stunden später verließ er sie mit einem ausgesprochen glückseligen Lächeln im Gesicht.

6. JULI 1962

Polizeipräsidium
Ettstraße

Der Kaffee Alma Maders war heute besonders stark, und Korbinian und Ludwig waren sehr dankbar dafür. Korbinian steckte der Abend im *Chez Suleika* noch in den Knochen, und Ludwig, dem natürlich so einige Stunden Schlaf fehlten, spürte noch immer Patrizias weiche Lippen auf seinem Mund und ihren warmen anschmiegsamen Körper an dem Seinen.

»Es geht offensichtlich ein wenig vorwärts bei unseren Ermittlungen«, stellte Korbinian erfreut fest, nachdem sie sich ausgetauscht hatten. Korbinian hatte von seinem Besuch im *Suleika* erzählt und dass er erfahren hatte, dass Berenike von Rahnstedt dort als sogenannte Freiberuflerin tätig gewesen war.

»Also stimmten meine Vermutungen!«, bemerkte Alma Mader stolz.

»Ja, tatsächlich, Frau Mader«, bestätigte Korbinian.

»Später wird hoffentlich diese Lissie Hölldobler kommen und noch ein wenig mehr erzählen.«

Ludwig berichtete von der vollendeten Lektüre der *Geflügelten* und von der scheußlichen Geschichte der Leibleins, die darin geschildert wurde. Dass Patrizia ihm alle diese Hinweise gegeben hatte, verschwieg er guten Gewissens, hatte sie ihn doch extra darum gebeten.

»Du meinst also, dass auch das eine absolut wahre Begebenheit im Leben Berenikes war?«, überlegte Korbinian. »Da müssen wir noch einmal intensiv recherchieren und in Befragungen vor allem bei der Schwester, Sophia Baumeister, einsteigen.«

Alma Mader notierte alles eifrig auf ihrem Block.

»Ich werde die Lou-Lieselotte Berghammer und den Peter Konzelmann nochmals einbestellen, um die Schwester kümmern Sie sich, Herr Hilpert«, sagte sie gerade eifrig, als sich die Tür öffnete und Pat und Patachon von Mord II beinahe gleichzeitig den Raum betraten.

Jedes Mal, wenn Korbinian die beiden Kollegen zusammen sah, konnte er sich ein Schmunzeln nicht verkneifen. Pachmayer, groß und schlaksig, immer in ein und demselben zerknitterten grauen Anzug, ähnelte ein wenig dem bekannten Münchner Komiker Karl Valentin. Pacherl, klein und gedrungen, einen ansehnlichen Bierbauch vor sich hertragend, schien immer in sich zu ruhen, und Hektik und Aufregung schienen ihm im Gegensatz zu Pachmayer vollkommen fremd zu sein.

So war es jetzt auch Pachmayer, der losdonnerte.

»Glaubts ihr do herin, dass die Frau Mader eier Privatsekretärin is? Die hod schließlich a für uns zum tun. Mir ham seit gestern Abend a Ehedrama in Laim mit greislich zug'richteter Ehefrau. Die Frau Mader muas jetzt glei zu uns nüber, aber dalli!«

Pacherl nickte zustimmend, sagte aber kein Wort.

»Is euer Mörder schon in Haft?«, wollte Ludwig wissen. Pat und Patachon nickten.

»Na also«, entgegnete Ludwig. »Da kommt's jetzt auf ein Stünderl hin oder her wohl nicht mehr an. Der läuft euch doch nimmer weg. Wir hier haben einen äußerst komplizierten Fall mit diversen Verdächtigen, möglicherweise sogar Prominenz darunter!«

Pacherl nickte ehrfürchtig, und Alma Mader sagte mit fester Stimme:

»Meine Herren, ich muss diese Abteilung hier unbedingt noch weiter unterstützen. Sobald sich Licht am Ende des Tunnels zeigt, stehe ich wieder zu Ihrer Verfügung.«

Pachmayer wollte gerade zu einer Entgegnung ansetzen, als Korbinian ganz lässig und so nebenbei einflocht, dass man schon lange keine Weißwürste mehr miteinander gegessen habe und dass man das doch möglichst bald nachholen sollte. Pacherl grinste freudig, Pachmayer murrte vor sich hin; dann wandten sie sich zum Gehen.

»Ach so«, sagte Pachmayer auf der Schwelle, »do sitzt a Fräulein draußn für eich«, wobei er das Fräulein sehr angelegentlich betonte.

Lissie Hölldobler betrat den Raum. Sie trug einen derart engen, äußerst kurzen Rock, dass es ihr schwerfiel, Fuß vor Fuß zu setzen. Dazu ein Oberteil mit biederem Blümchenmuster, das aber einen derart gewagten Ausschnitt hatte, dass es allen im Raum kurz den Atem verschlug. Ludwig fiel die Frauenzeitschrift *Constanze* seiner Sonja ein, in der er die in England nun in Mode kommenden sehr, sehr kurzen Röcke kürzlich gesehen hatte. Schöne schlanke Beine waren Grundvoraussetzung für diese Art von Röcken, und die hatte Lissie Hölldobler ganz eindeutig.

Sie steuerte auf Korbinian zu, ließ sich auf den Besucherstuhl neben seinem Schreibtisch nieder und schlug die Beine übereinander. Ludwig konnte seinen Blick nicht von diesem Anblick abwenden und glaubte sehr deutlich gesehen zu haben, dass Lissie Hölldobler ein rosafarbenes Höschen trug. Alma Mader schnaubte verächtlich, nur Korbinian bewahrte Ruhe.

»Schön, Frau Hölldobler, dass Sie so schnell kommen konnten«, sagte er höflich.

Lissie musterte Ludwig und Alma Mader misstrauisch und wandte sich dann an Korbinian.

»I red nur mit dir, des hob i dir ja gestern scho g'sogt!«

Alma Maders großer Busen bebte empört, doch Korbinian meinte freundlich zu Ludwig und ihr, dass sie doch kurz gemeinsam in die Kantine gehen könnten. Alma Mader fügte sich widerstrebend und warf Lissie Hölldobler im Hinausgehen noch einen vernichtenden Blick zu.

»I bin richtig traurig, dass die Niki nimma do is«, meinte Lissie Hölldobler mit ehrlichem Bedauern. »Die war a so a Nette. Mia ham alle g'wusst, dass sie wos Bessers und a Gräfin is, aber die hod des überhaupt ned raushänga lassn. Schaun S'«, und sie deutete auf ihre tief ausgeschnittene Bluse, »die hod s' ma mal umg'näht. Des war a biedere Blusn von meina Mama.«

Korbinian nickte interessiert und beschloss, die Lissie einfach erzählen zu lassen, ohne groß Zwischenfragen zu stellen.

»I konn mia ned vorstelln, dass oana so bäs auf die war, dass er s' umbracht hod. Von uns sowieso ned und von ihre Kunden a ned. Die warn ja regelrecht vernarrt in sie. Eigentlich hats zwoa Hauptkundn g'habt. An Studienrat und an Geschäftsführer. Sie hod beide imma nua S und G g'nennt. Nama woaß i koane, aba i hob rausg'fundn, dass der Studienrat Lehrer im Wilhelmsgymnasium is, für so oide Sprachn, wos woaß denn i … und der G war G'schäftsführer im Hotel *Vier Jahreszeiten*. Der Lehrer war a ganz a Zahmer, aber um den Hotelmenschn hob i s' ned beneided. Des is a Brutaler; der hod ihr manchmal wehdo! Aber des konn i Eana ganz bestimmt sogn; die Niki war as letzte Mal am 30. Juni do. Do hod nämlich d' Chefin Geburtsdog g'habt und beim Höflinger a Schwarzwäldakirsch bestellt.«

Sehr viel mehr wusste Lissie nicht zu berichten; sie klagte noch ein wenig über die Chefin und über unverschämte zudringliche Kunden und erzählte davon, dass sie vorhatte, in einigen Jahren ihren eigenen Friseursalon zu eröffnen.

»Do sog i Eana B'scheid«, versprach sie. »Dann komman S' zu mia zum Schneidn und Ihr Frau zur Dauerwelle!«

Dann verabschiedete Lissie sich und stöckelte zur Tür, unter der sie gerade noch mit Ludwig und Alma Mader zusammenstieß.

*

München-Schwabing
Hohenzollernstraße

Lou hielt ihren schmerzenden Kopf unter den Wasserhahn und ließ eiskaltes Wasser auf ihren Nacken prasseln. Ihr Kopf dröhnte, ihr Nacken war steif, und ihre Beine schmerzten wie nach einem langen Dauerlauf.

Selbst schuld, Lou, schalt sie sich, aber gelohnt hat sich's doch, und wie! Erst gegen 4 Uhr morgens war sie heimgekommen, wie viele Whisky Sodas und Cola sie zu sich zugenommen und mit wie vielen Kerlen sie in diesem Tanzschuppen irgendwo hinter der Münchner Freiheit getanzt hatte, wusste sie nicht mehr. Alles war Rhythmus, Schummerlicht, Schweiß in Strömen und wilde Knutscherei gewesen. Wie oft hatte sie den »Peppermint Twist« mit den verschiedensten Partnern getanzt? Wild und heiß bis zur totalen Erschöpfung! Sie brauchte das einfach zwischendurch, um zu vergessen, ja, um einfach alles zu vergessen.

Doch während Lou kochend heißes Wasser auf etliche gehäufte Löffel Kaffeepulver schüttete, holten die Erinnerungen sie doch ein. Erinnerungen an die Frau ohne Namen in dieser etwas heruntergekommenen Siedlung in Berg am Laim, zu der Marianne sie damals gebracht hatte. Marianne, Freundin in jenen Zeiten, auch Kindermädchen bei irgendeiner betuchten Münchner Industriellenfamilie und so über die Maßen lebenslustig, dass dies ein paarmal ungut für sie geendet hatte. Marianne hatte sich also ausgekannt mit solchen Sachen, und die namenlose Frau in Berg am Laim in der Maikäfersiedlung hatte rasch die paar Geldscheine in ihre Kittelschürze gesteckt und Lou auf ihr abgewetztes, leicht modrig riechendes Sofa gebeten.

Marianne hatte Lous Hand gehalten, während die Frau ihr ziemlich grob die Unterhose heruntergestreift und mit harten rissigen Fingern in sie eingedrungen war.

»Bist scho ziemlich weit, Madl«, hatte sie vorwurfsvoll gemeint.

»Des werd jetzad koa Zuckaschleckn!«

Marianne hatte einen nicht ganz sauberen mit Chloroform getränkten Lappen auf Lous Nase gepresst, und doch hatte Lou in den nächsten Minuten gespürt, wie ein ihr endlos lang erscheinender spitzer Gegenstand, einer Nadel ähnlich, immer tiefer in sie eindrang und ihr einen höllischen, flammenden Schmerz zufügte. Sie hatte geschrien und geweint und sich gewehrt, doch die Frau ohne Namen hatte weiter und immer weiter zugestoßen.

»Kumm, stell di ned so o, glei hammas«, hatte sie gerufen, während Marianne den Chloroformlappen fester auf

Lous Gesicht gepresst hatte, sodass diese schließlich in eine gnädige Ohnmacht hinabgeglitten war.

Die Marianne hatte Lou bald darauf aus den Augen verloren, denn wenn sie ehrlich zu sich war, wollte sie einfach alles, was mit dieser schrecklichen Sache zu tun hatte, endgültig vergessen. Und dazu hatte eben auch die gute Marianne gehört.

Sieben Jahre wäre es jetzt schon alt, dachte Lou und spürte, wie eine Träne ihre Wange herabrann. Dann zündete sie sich eine Zigarette an und nahm einen Schluck von dem bitteren heißen Kaffee. Gleich würde Harald von der Gruppe kommen und mit ihr über ihre neue Collage reden. Das ist jetzt mein Leben, dachte sie sich, straffte ihre schmerzenden Schultern und trat vor die Leinwand.

Eine Stunde später saß sie voller Verzweiflung und mit immer noch schmerzenden Gliedern ihrem Werk gegenüber. Harald hatte es schlichtweg verrissen und war schnell wieder verschwunden.

»Das ist Frauenquatsch«, hatte er gemeint und sich am Bauch gekratzt. »Damit kommst du nicht weiter! Du musst dich aus deinen privaten Befindlichkeiten lösen, wir wollen doch alle das Große, das Ganze, die Weltkunst eben. Nicht so Mädchenkram mit Blut und Babys! Nee, meine Liebe, so klappt das nicht!«

Lou sprang weinend auf, nahm den Spatel und begann wie rasend damit auf ihr Werk einzuschlagen. Innerhalb weniger Minuten war das Bild, das eine Wanne voller Blut zeigte, die auf einer grünen sonnigen Waldlichtung stand und in der sich ein seltsames fischartiges Wesen krümmte, unkenntlich gemacht und verschwunden. Erschöpft ließ sich Lou danach einfach zu Boden fallen und hatte nur noch den Wunsch, ihre mittlerweile tränenlosen Augen

zu schließen und in einen tiefen Schlaf des Vergessens ein-
tauchen zu können. Da klopfte es an der Tür, und ihre
Hauswirtin rief mit äußerst missbilligender Stimme, dass
da schon wieder ein Schandi für sie da sei. Lou schleppte
sich zur Tür, öffnete diese nur einen Spalt und vernahm
von einem rotgesichtigen schwitzenden jungen Polizisten
die Aufforderung, sich am nächsten Tag um Punkt 9 Uhr
morgens bei Kriminalhauptkommissar Hilpert in der Ettstraße einzufinden. Lou spürte, wie eine würgende Übelkeit und zugleich das Gefühl totaler Schwäche von ihr
Besitz ergriffen und ihr die Kehle zuschnürten. Als der
Polizist wieder gegangen war, ließ sie sich aufstöhnend
erneut zu Boden fallen.

16.3.59
Ich finde diese SPUR-Leute zum größten Teil blöd.
Fast alles Männer mit so einem missionarischen,
total übertriebenen Eifer. Die Weltkunst wollen
sie schaffen, dass ich nicht lache!! Die Lou benut-
zen sie als Kaffeekocherin und Sekretärin; nur lei-
der merkt sie's nicht. Da ist auch nicht mit ihr zu
reden. Da ist sie halt immer noch das naive Madl
vom Land. Die betet die alle einfach an. Sie muss
einfach selbst draufkommen.

*

Thierschstraße
und Maximilianstraße

Es war nicht schwer gewesen, die Namen und Adressen
der beiden Freier von Berenike von Rahnstedt herauszu-

finden. Friedbert von Schmolcke, Studienrat für Latein und Griechisch, wohnhaft in der Thierschstraße 34, öffnete selbst. Er hatte eine Serviette im Kragen stecken, ein winziger Nudelrest klebte an seiner Lippe, und er blickte den Störer äußerst ungehalten an. Es duftete verführerisch nach Fleischsuppe mit Einlage, und Ludwig lief das Wasser im Munde zusammen. In der großen Wohnküche saßen vier blonde Mädchen und eine ebenso blonde, doch etwas verhärmt wirkende Frau am Esstisch.

»Herr von Schmolcke, ich bräuchte Ihre Zeugenaussage im Mordfall Berenike von Rahnstedt«, stellte sich Ludwig in sachlich neutralem Tonfall vor. Die blonden Mädchen starrten ihn an, kicherten dann und stießen sich gegenseitig mit den Ellbogen an; die Ehefrau erstarrte mit erhobenem Schöpflöffel in der Hand, die Augen schreckgeweitet. Von Schmolcke zerrte sich die Serviette aus dem Kragen und bugsierte Ludwig rasch in sein Studierzimmer, wo es intensiv nach Tabak roch und der Schreibtisch und auch ein Teil der Sitzgelegenheiten mit Schülerarbeiten übersät war.

»Das bleibt unter uns«, zischte von Schmolcke und bekam hektische rote Flecken im Gesicht. Offensichtlich war er über Berenikes Tod schon informiert.

»Wenn es denn möglich ist; wir bemühen uns«, antwortete Ludwig etwas vage.

Von Schmolcke hatte Berenike vor etwa drei Jahren im *Chez Suleika*, wohin er angeblich nur wegen der so authentischen orientalischen Atmosphäre ging, kennengelernt. Er stellte fest, dass sie eine ausgesprochen gebildete Frau war, mit der er sogar ein wenig Altgriechisch parlieren konnte.

Altgriechisch parlierend im Separee eines Bordells, dachte Ludwig amüsiert; was es nicht alles gibt. Auch von Schmolcke bemerkte, wie lächerlich seine Angaben waren, und ergänzte, dass ein wenig körperlicher Kontakt natürlich nicht ausgeblieben war.

»Sie war eine edle Schönheit mit dem Körper einer antiken Göttin«, schwärmte Friedbert von Schmolcke. Er bedaure ihren so schrecklichen Tod zutiefst, und es sei definitiv der Spätnachmittag des 30. Juni gewesen, an dem er Berenike das letzte Mal gesehen hatte.

»Das war ein Samstag, an dem meine Gattin mit den Mädchen ihre Eltern in Freising besucht hat«, erklärte er und tupfte sich den Schweiß von der Stirn.

Für Berenikes Todeszeitpunkt konnte von Schmolcke ein eindeutiges Alibi vorweisen. Er hatte von 8 bis 13 Uhr unterrichtet und sofort nach dem beendeten Unterricht an einer kurzfristig einberufenen Lehrerkonferenz teilgenommen.

»Zwei unserer Schüler aus dem Abiturjahrgang sind im Zuge der Krawalle in Schwabing für kurze Zeit festgenommen worden«, berichtete Schmolcke entrüstet. Das habe natürlich einer eingehenden Erörterung im Kollegium bedurft.

Ludwig glaubte ihm; was hätte dieser schon etwas angestaubte Lateinlehrer denn für ein Interesse daran gehabt, diese schöne Frau, mit der er noch ein wenig Lust und Liebe erlebt hatte, umzubringen?

Er bedankte sich für die Auskünfte, wollte sich schon zum Gehen wenden, damit von Schmolcke sich wieder seiner Nudelsuppe zuwenden konnte, als dieser noch einen Moment zögerte.

»Vor etwa sechs Wochen, als ich bei ihr war, gab es einen seltsamen und unschönen Vorfall«, berichtete er, und Ludwig räumte einen Stapel Lateinarbeiten vom nächsten Stuhl und setzte sich noch einmal.

»Wir haben gerade mit ein wenig Sekt auf den schönen Abend und unsere anregenden Gespräche angestoßen«, erzählte von Schmolcke, »als draußen im Etablissement Unruhe aufkam, und der kräftige Franzl vom Eingang vergeblich versuchte, einen Herrn aufzuhalten. Dieser stürmte in unsere Räumlichkeiten und bestand darauf, sofort mit Berenike sprechen zu wollen.

»Das können Sie nicht machen, Berenike«, rief der Herr erbost. »Sophia wird diese Schande nicht überleben!! Ich rate Ihnen, das Ganze schnell zurückzuziehen, ansonsten komme ich nicht umhin zu berichten, mit welchen Tätigkeiten Sie hier unter anderem Ihr Geld verdienen. Das wird sehr unangenehm für Sie werden!«

Der Herr sei exquisit gekleidet, gut aussehend und etwa um die 50 gewesen, berichtete von Schmolcke weiter. Berenike habe diesen Auftritt lächelnd abgetan und habe sich dann wieder ihm, Schmolcke, und reizvolleren Dingen zugewandt.

Na, da schau an, dachte Ludwig bei sich; wer könnte das gewesen sein? Vielleicht jemand von der Familie oder gar dieser seriöse Kurarzt aus Bad Reichenhall? Dem muss nachgegangen werden.

Friedbert von Schmolcke geleitete Ludwig hinaus, und da sie wohl oder übel die Küche mit der Nudelsuppe essenden Familie durchqueren mussten, raunte er Ludwig zu: »Ich gab Frau von Rahnstedt Unterricht in Latein und Griechisch … falls meine Frau was wissen will!«

Der Besuch im Hotel *Vier Jahreszeiten* in der Maximilianstraße fiel kurz aus. Der ausgesprochen arrogante und überaus unsympathische Hans Ettengruber, Geschäftsführer des Münchner Nobelhotels, bat Ludwig zwar in sein Büro, bot ihm jedoch keinen Stuhl an. Er bestätigte, dass er sich hin und wieder mit Berenike von Rahnstedt im *Chez Suleika* getroffen habe, »um sich miteinander zu vergnügen«, wie er sich ausdrückte. Das letzte Mal sei aber sicher schon vier Wochen her; er habe an einer hartnäckigen Erkältung laboriert und aus diesem Grund kein »Vergnügen« haben wollen. Auf die Nachricht von Berenikes Tod reagierte er äußerst gelassen.

»Naja, in dem Metier kommt das eben schon mal vor«, meinte er lakonisch und konnte ebenfalls ein glasklares Alibi vorweisen. Er war zu diesem Zeitpunkt bei einer Versammlung des Hotel- und Gaststättenverbandes im *Bayerischen Hof* gewesen und konnte Dutzende von Zeugen benennen.

Damit war die Unterredung auch schon beendet, und Ludwig verließ das Hotel.

An der Drehtür am Ausgang stieß er tatsächlich fast mit Maximilian Schell zusammen, der eine Blondine im Arm hielt, die eindeutig nicht Soraya war. Einen Moment überlegte Ludwig, ob er den Schell um ein Autogramm für Patrizia bitten sollte, doch dann war der günstige Moment auch schon wieder vorbei.

*

Bad Reichenhall
Hotel Axelmannstein

Sophia Baumeister lag auf ihrem extra breiten komfortablen Hotelbett, hatte ihre Bluse hochgeschoben und den Rockbund gelockert. Auf der Bettkante saß Doktor Allmendinger, hatte seine blütenweißen Hemdsärmel etwas hochgekrempelt und massierte mit sanften kreisenden Bewegungen Sophias Bauch.

»Entspann dich, meine Liebe«, wies er sie mit leiser, fast singender Stimme an.

»Lass keine störenden Gedanken zu und gib dich dieser Wohltat hin.«

Ach Kuno, dachte Sophia Baumeister, wenn du wüsstest, was die größte Wohltat jetzt für mich wäre! Eine ganze Handvoll *Mozartkugerln* auf einmal in den Mund zu schieben und dort deren Süße langsam zergehen zu lassen. Das wäre die Wohltat, die ich brauche und die mich zumindest für einen Augenblick alles vergessen lässt.

Als hätte Kuno Allmendinger ihre Gedanken erahnt, beendete er seine Bauchmassage und ließ sich in dem Sessel neben ihrem Bett nieder.

»Wir müssen reden, Sophia«, sagte er mit nun fester, kräftiger Stimme.

»Weder Massage noch Pillen werden helfen«, meinte er, »bevor du nicht endlich Klarheit schaffst. Ich habe dir schon so viel dabei geholfen, doch den entscheidenden Schritt musst schon du alleine tun.«

Sophia drehte sich aufstöhnend und ächzend zu ihm und ergriff seine Hand.

»Lass mich nicht im Stich, Kuno«, bat sie mit zitternder Stimme.

»Ohne dich bin ich ein Nichts, das weißt du ganz genau.«

Ein wenig Ungeduld und auch etwas Schärfe lag in Doktor Allmendingers Antwort.

»Mach dich nicht immer kleiner, als du bist, Sophia. Du bist ganz gut in der Lage, für dich selbst zu sorgen. Ich kann und will auch nicht weiter dein Handlanger sein. Ich habe mich schon sehr weit für dich aus dem Fenster gelehnt. Eigentlich schon zu weit!«

Sophia Baumeister schluchzte auf.

»Ich habe gedacht, dass du mich liebst, Kuno … und nun willst du mich im Stich lassen?«

»Ich bin dein Vertrauter und dein Arzt, Sophia«, antwortete Allmendinger nun sehr bestimmt.

»Doch auch du weißt sehr genau, dass von Liebe keine Rede sein kann. Wir sind uns zwischendurch auch körperlich nahe gewesen, ja, aber du bist eine verheiratete Frau, und wie ich das so sehe, machst du keine großen Anstalten, dich von deinem Ehemann zu trennen. Ich glaube, dass du dir der Annehmlichkeiten deiner Ehe sehr bewusst bist und daran auch nichts ändern willst. Ich werde als dein vertrauter Arzt weiter immer für dich da sein, aber mehr auch nicht! Das war alles zu viel für mich!«

Sophia rang nach Luft und stieß keuchende Schluchzer aus.

»Ich kann das nicht, nein, nein, Kuno! Das ist mir alles zu viel! Eine mögliche Trennung und dann noch diese schreckliche Geschichte, die Berenike in die Welt setzen wollte!«

»Berenike ist tot, Sophia«, entgegnete Doktor Allmendinger. »Sie nimmt diese unglückselige Geschichte mit ins Grab, da bin ich mir sicher. Wer hat denn schon Interesse an diesem unveröffentlichten halbfertigen Text? Außerdem habe ich ihr bei diesem letzten Treffen in München klargemacht, dass von dir und dem Rest der Familie kein Heller und Pfennig mehr zu erwarten ist, wenn sie damit an die Öffentlichkeit geht. Sie ist verschwunden und kein Problem mehr für dich, dafür habe ich schon gesorgt!«

23. Februar 1962
Ich musste es tun! Obwohl es unklug und sicher nicht zu meinem Vorteil sein wird. Ich habe Sophia mitgeteilt, dass diese ganze schreckliche Geschichte

mit den Leibleins geschrieben werden musste und dass es für mich außerordentlich wichtig ist, damit an die Öffentlichkeit zu gehen. Unser Vater hat eine ganze Familie auf dem Gewissen, und das darf nicht länger unter den Teppich gekehrt werden. Benjamin Leiblein war mein Freund, seine Familie hat mich oft gastfreundlich in ihrem Haus aufgenommen, und unsere Mutter hat seinerzeit fast ihre gesamte Garderobe bei ihnen gekauft. Er hat sie alle ins Verderben gestürzt, und damit kann ich nicht länger leben. Es muss ans Licht!

Mir ist klar, dass das der endgültige Bruch zwischen uns sein wird, und mir ist auch klar, dass es für mich mit finanziellen Zuwendungen, die sie ja zwischendurch immer geleistet hat und die ich mit halbem Herzen angenommen habe, zu Ende sein wird! Aber ich will in Zukunft aufrechten Hauptes durch die Welt gehen!

Ja, sie ist tatsächlich tot, dachte Sophia Baumeister, doch die Erleichterung, die sich nun eigentlich bei ihr hätte einstellen sollen, blieb aus. Stattdessen hatte sich, seit sie vom gewaltsamen Tod ihrer Schwester erfahren hatte, eine lähmende, tiefe Traurigkeit ihrer bemächtigt, und Schokolade und *Mozartkugerln* versagten fast vollkommen den Trost, den sie sonst zu geben stets imstande waren. Immer noch umklammerte Sophia Kuno Allmendingers Hand, und dann plötzlich durchzuckte sie schlagartig der Gedanke, dass vielleicht doch er es gewesen war. Er hatte es getan, für sie, weil er sie eben doch noch liebte! Ja, so musste es gewesen sein. Obwohl sie wusste, dass der Tadel auf der Stelle folgen würde, griff Sophia unter ihr Kopfkissen, zog die Schachtel Pralinen hervor und steckte sich einige davon genüsslich in den Mund.

Ich werde doch noch einmal mit diesem Münchner Polizisten sprechen und wohl oder übel die Bestattungskosten übernehmen müssen, dachte sie. Denn sonst gerate ich ja womöglich in Verdacht und damit womöglich auch Kuno; das muss auf jeden Fall verhindert werden.

Und Sophia Baumeister richtete sich auf, zog mit einem gurrenden Laut Doktor Allmendinger zu sich auf ihr Bett und öffnete ihre eh schon weit geöffnete Bluse noch um einiges mehr.

*

München
Am Abend

Vielleicht für längere Zeit heute noch ein letzter entspannter, sorgloser Abend, dachte Korbinian wehmütig. Er hatte sich ziemlich frühzeitig vom Amt losgeeist und Evi, Elsi und Wolferl daheim abgeholt, um mit ihnen noch einen kleinen Ausflug zum Chinesischen Turm zu machen. Jetzt saßen sie bei wunderbarem sommerlichem Biergartenwetter vor Bier, Limo, Radi und Leberkässemmeln und ließen es sich gut gehen. Sogar Wolferl schien froh gestimmt und hatte sogar schon einige Male gelacht. Er ahnte nicht, dass sich für morgen Mittag eine Frau von der Fürsorge bei ihnen angekündigt hatte und wohl bald über seinen weiteren Verbleib entschieden werden sollte. Außerdem hatte Evi am Morgen ganz klar angekündigt, dass sie ab der kommenden Woche dreimal vormittags bei der Bäckerei Wimmer arbeiten würde.

Ludwig Lucki Waldleitner war ebenfalls nicht spät nach Hause gekommen und hatte mit seinem Benjamin Ball gespielt, große Türme aus Holzbauklötzen gebaut und ihm dann eine Gutenachtgeschichte vorgelesen. Schließlich hatte er sich noch an seinen schlafenden Sohn gekuschelt, dessen friedlichen Atemzügen gelauscht und sich schwere Vorwürfe wegen seiner gestrigen Eskapaden gemacht. Das Zusammenleben mit Sonja, die im Wohnzimmer nebenan mit gedämpfter Stimme schon über eine Stunde mit irgendeiner Freundin telefonierte, war zwar nicht sonderlich berauschend, doch weit entfernt davon, unglücklich zu sein. Das wahre Glück jedoch, das er nie missen und niemals aufgeben wollte, das war sein geliebter kleiner Benjamin. Dafür musst du eben deine Opfer bringen, Lucki, dachte er sich und nahm sich fest vor, schon am nächsten Tag die Sache mit Patrizia zu beenden.

In seiner Studentenbude zerriss Peter Konzelmann die wenigen mühsam ausgearbeiteten Blätter der Seminararbeit, die er bis Mitte nächster Woche fertigzustellen hatte, und pfefferte alles in den Papierkorb. Nichts, rein gar nichts ging ihm von der Hand.

Kündige die Bude, fahr heim und steig endlich in Papas Steuerbüro ein, dachte er verzweifelt. Hier ist alles zu schwierig und viel zu kompliziert geworden. Diese schauderhaft möblierte Unterkunft bei der dicken Frau Lechner, die ihm immer morgens beim Einschenken des Kaffees ihren riesigen Busen an die Schulter drückte; das Studium, das ihn noch nie besonders gereizt hatte und das er immer nur mit größter Mühe bewältigte, und dann diese Geschichte mit Lou und Berenike. Zuerst war er ja ganz euphorisiert gewesen und hatte sich enorm in seiner Männlichkeit bestätigt gefühlt, doch dann wurde die Gratwanderung immer schwieriger, und er hatte sich sehnlichst das Ende herbeigewünscht.

Peter Konzelmann beschloss, sich vorne am Kurfürstenplatz Zigarettennachschub zu ziehen und dann noch auf ein paar Bier in den *Kaisergarten* zu gehen. Hoffentlich ist die Lou nicht da, dachte er, die will ich heute nicht sehen, ich will heute einfach nur meine Ruh haben!

Als er seine Bude verließ, entdeckte er auf der alten Truhe im Flur, auf die ihm Frau Lechner immer seine Post deponierte, eine Karte mit dem Stempel des Polizeipräsidiums. Darin wurde er gebeten, sich am morgigen Tag Punkt 9 Uhr bei Kriminalhauptkommissar Hilpert in der Ettstraße einzufinden.

Was für eine Scheiße, dachte Konzelmann. Jetzt erst recht noch ein paar Bier.

7. JULI 1962

Polizeipräsidium
Ettstraße

Auch am Samstag wurde in der Ettstraße selbstverständlich gearbeitet.

»Das Verbrechen kennt keine Wochenenden«, hatte Sigi Breitner immer gesagt. Alma Mader kochte zwei riesige Kannen Kaffee; eine für Mord I und eine für Mord II. Pat und Patachon brauchten immer eine Menge Zucker und Kondensmilch dazu, während Mord I grundsätzlich nur schwarz trank. Sie bemerkte, dass ihre Hand beim Eingießen des kochenden Wassers leicht zitterte, und ärgerte sich. Dumme Kuh, schalt sie sich, das ist jetzt einfach ein netter Spaziergang morgen, mehr auch nicht. Was sie wohl anziehen sollte? Das leichte fliederfarbene Sommerkostüm oder das rot-weiß gestreifte Kleid? Nein, das Kostüm war besser, das kaschierte Hüfte und Bauch besser. Ob sie wohl ein wenig Lippenstift auftragen sollte … und das lästige borstige Haar, das ihr am Kinn immer spross, musste sie unbedingt heute Abend noch entfernen! Sie schrak zusammen und wurde jäh aus ihren Überlegungen gerissen, als Pat, in eine riesige Nussschnecke beißend, hereinkam und sofort lautstark nach Kaffee verlangte. Gerade als sie Pat und dem inzwischen auch eingetroffenen Patachon den Kaffee einschenkte, schrillte das Telefon. Das ist sicher der Billinger, der mir für morgen absagt, schoss es ihr durch den Kopf. Doch es war nicht der Herr Billinger, sondern Laura Lüpke, die Chefin der Telefonvermittlung. Eine Preußin! Aus Lübeck! Alma Mader konnte sie nicht leiden, hatte jedoch in diesem ganz speziellen Fall ihre Dienste in Anspruch nehmen müssen.

»Sie haben mich doch nach dieser Nummer ohne Anschluss gefragt, werte Frau Mader, diese 166702«, säuselte Laura Lüpke ins Telefon.

»Dazu kann ich Ihnen nun etwas mitteilen.« Und sie senkte geheimnisvoll die Stimme.

»Diese Nummer, das habe ich nun über meine guten Beziehungen zum Fernmeldeamt herausbekommen, ist eine Nummer, die der Geheimhaltung unterliegt, weil sie zu einem wichtigen Mitglied der bayerischen Staatsregierung gehört. Es bedarf eines gewissen Vorwahlcodes, um mit dem Teilnehmer sprechen zu können.«

»Ja und?«, wollte Alma Mader atemlos wissen.

»Wem gehört denn nun die Nummer?«

Laura Lüpke schnaufte empört.

»Das weiß ich doch nicht, Frau Mader. Das unterliegt, wie gesagt, der Geheimhaltung! Um das herauszubekommen, müssen schon Ihre Chefs tätig werden!«

Eine halbe Stunde später telefonierte Ludwig Waldleitner mit seinem Onkel, dem ehemaligen Polizeipräsidenten. Er tat das nicht gern, denn er konnte die salbungsvolle, vor Selbstgefälligkeit triefende Art des Onkels überhaupt nicht leiden. Doch nachdem ihm Alma Mader die Umstände geschildert hatte, war ihm nichts anderes übrig geblieben.

»Jaja, der Kleine wächst und gedeiht, alles bestens, lieber Onkel«, berichtete Ludwig. »Und wie geht es Tante Elli mit ihrem Rheuma?«

Nach einigem ermüdenden Hin und Her konnte Ludwig dann endlich zur Sache kommen.

»Wir benötigen den Inhaber dieser Nummer nur, um in den äußerst schwierigen Ermittlungen in unserem Mordfall ein wenig Klarheit zu schaffen. Es ist nicht sehr wahrscheinlich, dass wir ihn überhaupt in dieser Sache befragen müssen«, erläuterte Ludwig seinem Onkel, der sich jedoch sehr zierte, bevor er widerwillig eventuelle Nachforschungen seinerseits zusagte. Das Gespräch endete mit einer Verabredung zum sonntäglichen Kaffeetrinken bei Onkel und Tante, vor dem Ludwig jetzt schon graute.

Doch bereits eine Stunde später rief der Onkel zurück.

»Das muss absolut diskret behandelt werden«, schärfte dieser ihm ein.

»Das ist nur für dich und deinen Kollegen bestimmt und soll, wenn möglich, in keinen Protokollen auftauchen. Ich kann mich doch auf euch verlassen?«

Ludwig sicherte ihm das noch einmal zu und heuchelte wiederholt seine Vorfreude auf das sonntägliche Kaffeetrinken.

Der vom Onkel genannte äußerst durchschnittliche Name löste ganz schwache Erinnerungen in ihm aus. Es handelte sich um ein ziemlich hochrangiges Mitglied der Christlich Sozialen Union, der vor etlichen Jahren Staatssekretär gewesen war und für kurze Zeit sogar ein Ministeramt bekleidet hatte. Damals hatte dieser Manfred Lobelsberger zum engsten Vertrautenkreis des mächtigen Franz Josef Strauß gehört, doch seit einigen Jahren war es etwas stiller um ihn geworden. Man munkelte von gesundheitlichen und seelischen Problemen, doch schien er immer noch beträchtlichen Einfluss in Parteikreisen zu besitzen.

Manfred Lobelsberger wurde 1913 auf einem äußerst wohlhabenden und stattlichen Bauernhof bei Schöngeising südlich von München in der Nähe der Kleinstadt Fürstenfeldbruck geboren. Manfred war das älteste von vier Kindern, und so stand von Anfang an fest, dass er einmal den großen Hof übernehmen würde. Das bedeutete Viehwirtschaft in großem Stil, 80 Milchkühe, ein Stall voller Sauen und einige edle Rösser auf der Koppel, dazu noch ausgedehnter Feld-, Wald- und Wiesenbesitz. Manfreds Vater, Kasimir Lobelsberger, war der Großbauer schlechthin und legte natürlich noch selbst mit Hand an. So stand er zumeist im Morgengrauen mit im Stall und bei der Ernte auf dem Heuwagen. Doch in erster Linie war er der Herr des Ganzen, befehligte eine Schar Knechte, Mägde und Arbeiter und natürlich auch seine Frau Hildegard und seine drei Söhne. Zudem war Kasimir Lobelsberger zumindest auf lokaler Ebene aktiv in der Politik tätig und ein treuer Anhänger der Bayerischen Volkspartei. Außerdem pflegte er noch zahllose Mitgliedschaften in örtlichen Vereinen und hatte auch im Bauernverband ein gewichtiges Wort mitzureden. Das alles wurde auch von Manfred erwartet, und bis zu seinem 40. Lebensjahr hinterfragte dieser das auch nie. Er hatte das große Glück, nie eingezogen zu werden, denn seine beiden Brüder blieben beide im Krieg, und der Vater begann bereits Anfang der 40er-Jahre zu kränkeln und übergab seinen gesamten Besitz sehr frühzeitig an seinen ältesten Sohn. Manfred heiratete kurz nach dem Tod des Vaters, so wie es schon lange vorgesehen war, die älteste Tochter des äußerst begüterten Brauereibesitzers Stieglinger, die eine immense Mitgift mit in die Ehe brachte. Von großer Liebe war da nie die Rede, doch man lebte ordentlich zusammen und da die Lobelsbergerin ihren ehelichen Pflichten immer gehorsam nachkam, wurden nach und nach vier Kinder geboren. Alles lief glatt, Manfred wurde ein geachteter, einflussreicher Großbauer und aufgrund seiner Redegewandtheit, seiner Beharrlichkeit und seines starken Willens legte er in der nach dem Krieg neu gegründeten CSU eine glänzende Parteikarriere hin. Sehr hilfreich erwies sich dabei natürlich auch sein enger Kontakt zum mächtigen Franz Josef Strauß, der ein Freund seines Vaters gewesen war und der Manfred nach dessen Tod unter seine Fittiche genommen hatte. So wurde Manfred Lobelsberger einer der jüngsten Landtagsabgeordneten im Maximilianeum und pendelte ständig zwischen seinem Hof in Schöngeising und dem Maximilianeum in München hin und her.

Dann stürzte Lobelsberger im Herbst 1953 von seiner Tenne. Schwerer Schädel- und Beckenbruch, komplizierter Bruch beider Beine und eines Armes waren die Folgen, und seine Frau begann bereits die Beerdigung vorzubereiten und den Nachlass zu ordnen. Doch entgegen allen ärztlichen Prognosen überlebte Lobelsberger. Aber natürlich dauerte es sehr lange, bis er körperlich wieder einigermaßen auf die Beine kam. Mehr als vier Monate, davon drei in einem starren Stützkorsett, lag er in der Universitätsklinik in München, danach kam er zur Nachbehandlung nach Bad Kohlgrub, wo er mühsam wieder das Laufen lernte. Im Frühjahr 1954 war er einigermaßen wiederhergestellt, und seine Familie, seine Angestellten und natürlich seine Parteifreunde erwarteten täglich seine Rückkehr. Doch Lobelsberger war nicht mehr der, der er vor seinem Unfall gewesen war. Durch die lange Zeit der Schmerzen, der Abgeschiedenheit und des Mitsichalleinseins in der Klinik und in Bad Kohlgrub fühlte Lobelsberger, dass er ein anderer geworden war. Er konnte sich nun nicht mehr vorstellen, so einfach wieder in das alte Leben zurückzukehren; ja, er hatte plötzlich schreckliche Angst davor, wieder der alte Lobelsberger zu werden. Und so erlitt er drei Tage, bevor er entlassen werden sollte, einen schweren Nervenzusammenbruch. »Suizidgefährdet« lautete die Diagnose der etwas überforderten Klinikärzte, und so landete Manfred Lobelsberger in der Privatklinik für Nervenleiden von Doktor Heinrich in Berg am Starnberger See. Dort sollte er »bei sich« bleiben und herausfinden, wer er, der doch sein ganzes bisheriges Leben zumeist fremdbestimmt gewesen war, in Wirklichkeit war. Er begann unter Anleitung von Doktor Heinrich, sich künstlerisch zu betätigen, schnitzte aus Fundholz seltsame Tierwesen, malte großflächige bunte Bilder und stellte nach einiger Zeit fest, dass er seinen Körper nicht nur wie bis zu seinem Unfall zur Arbeit, sondern auch zu seinem Wohlbefinden und seinem Vergnügen einsetzen konnte. Trotz immer noch starker Schmerzen schwamm er jeden Morgen im klaren kalten Wasser des Starnberger Sees und unternahm ausgedehnte Wanderungen in die Umgebung. Er lernte die Natur nun nicht nur mit den Augen des Bauern, der ja vorrangig Ernte und Ertrag im Sinn hat, zu sehen; plötzlich schwelgte er im Anblick heller, lichter grüner Baumwipfel, dicht mit Margeriten und Schlüsselblumen bewachsener Frühsommerwiesen und beobachtete Schmetterlinge und Eichhörnchen. Der schwere Stein, der immer wie selbstverständlich in seiner Brust gelegen hatte, wurde kleiner und kleiner, und eines Morgens stand er nackt und fröstelnd am Seeufer und stellte fest, dass er plötzlich richtig atmen konnte, fest und tief hinein in seinen längst nicht mehr so umfangreichen Bauch.

*

Polizeipräsidium
Ettstraße

Lou Berghammer und Peter Konzelmann saßen Korbinian mit ziemlichem Abstand zwischen ihren Sitzgelegenheiten gegenüber. Sie waren beide sehr deutlich nicht erfreut über ihr unvorhergesehenes Zusammentreffen.

Sie schauen beide richtig angegriffen aus, dachte sich Korbinian. Ist das jetzt die Trauer um Berenike von Rahnstedt oder steckt da mehr dahinter? Besonders bei Lou, die nicht eine Sekunde still sitzen konnte und die andauernd ihre Hände knetete, hatte er diesen Eindruck.

»Sie wissn jetzad doch scho ois üba uns«, meinte Lou angriffslustig.

»Warum hamm S' uns denn noch amal einb'stellt?«

»Genau das ist mein Problem, Frau Berghammer«, antwortete Korbinian. »Ich habe eben das Gefühl, dass ich noch nicht alles weiß.«

Peter Konzelmann fiel nun ebenfalls in Lous aggressiven Tonfall ein.

»Ja, mein Gott, wir haben uns auch zu dritt verlustiert, die Nike, die Lou und ich. Das ist doch meines Wissens nicht strafbar!«

»Nein, keineswegs«, entgegnete Korbinian mit ruhiger Stimme.

»Doch aus dieser Dreierkonstellation könnte sich doch so einiges ergeben haben. Eifersucht zum Beispiel oder ein stetiger Kampf darum, wer die Oberhand und wer das Sagen hat.«

Lou sprang auf.

»Ihr Kleinbürgerhirn kapiert's wohl ned! Do hods koa Rivalität zwischn uns gebn! Ganz bestimmt ned! Des hod si einfach imma so ergeben. Sog doch a wos, Peter!«

Peter kramte eine Zigarette aus der Jackentasche, steckte sie sich an und zuckte mit den Achseln.

»Naja«, murmelte er und nahm einen tiefen Zug.

»Das klingt mir aber jetzt nicht so ganz überzeugt, Herr Konzelmann«, fasste Korbinian nach.

Konzelmann wand sich auf seinem Stuhl und ignorierte Lous wütende Blicke.

»Also, ganz offen gesagt«, meinte er, »am Anfang war's toll. Aber in letzter Zeit ist's immer schwieriger geworden.«

»Wos redst do für an Schmarrn«, rief Lou aufgebracht.

»Wos soin do g'wesn sei?«

Peter wandte sich nun doch ihr zu.

»Die Niki war derart angespannt in letzter Zeit, und das hat sich dann auch auf dich übertragen, Lou! Ich hab gerätselt, was los sein könnte. Bin ich euch vielleicht langweilig geworden und ihr wolltet was Neues? War Niki so verkrampft aus Sorge um ihren Bubi? Wolltest du vielleicht mehr mit Niki zusammen sein oder, das frag ich dich jetzt ganz offen, doch mehr mit mir? Ich hab ehrlich gesagt keine Ahnung, jedenfalls hat's keinen Spaß mehr gemacht.«

Lou sprang so heftig auf, dass ihr Stuhl fast umfiel.

»Du Depp, du bläda«, schrie sie.

»Des ois hättst mit uns vorher besprechn solln und ned jetzad hier bei der Polente auspacken! Des geht die doch an Dreck o«, und plötzlich sackte sie auf ihrem Stuhl zusammen und begann bitterlich zu weinen.

»Jetzt beruhigen wir uns alle mal ein wenig«, ging Korbinian nun dazwischen. »Verstehen Sie doch, ich brauche Ihrer beider Hilfe bei der Aufklärung dieser schrecklichen Tat. Bitte erzählen Sie mir alles, was Sie wissen oder beobachtet haben; die geringste Kleinigkeit kann da wichtig sein.«

Lou, immer noch schniefend, schüttelte den Kopf.

»I hob scho ois g'sagt«, sagte sie störrisch.

»Aber das mit dem Bubi, Lou«, insistierte Peter Konzelmann, »das war doch irgendwie seltsam. Dass sie in letzter Zeit so panische Angst hatte, ihn zu verlieren. Da muss doch was vorgefallen sein.«

Lou zuckte die Achseln.

»Es is ihr ned guad ganga in letzter Zeit und sie hod a Menge Tablettn g'nomma. Sie hod sich da in wos einig'steigert. Des war ois.«

In diesem Moment betrat Alma Mader sehr selbstbewusst den Raum, musterte die beiden Einzuvernehmenden etwas abfällig und übergab Korbinian einen Zettel. Der studierte diesen kurz und wandte sich dann an Lou Berghammer und Peter Konzelmann.

»Sagt Ihnen der Name Manfred Lobelsberger etwas?«, fragte er.

Peter Konzelmann schüttelte den Kopf, und Lou murmelte etwas zu rasch »Kenn i ned.«

Doch Korbinian glaubte zu sehen, dass sich die Hände in ihrem Schoß wieder stärker ineinander verkrampften und ganz kurz ein Schatten über ihr Gesicht flog. Doch ganz offensichtlich wollte sie sich zu nichts mehr äußern, und auch Peter Konzelmann verstummte, und so entließ er die beiden nach einigen Minuten.

»Arschloch«, zischte Lou Peter Konzelmann beim Verlassen des Raumes zu, dann fiel die Tür hinter beiden zu.

Draußen vor dem Präsidiumsgebäude standen sich beide dann wie Kampfhähne gegenüber.

»Du spinnst vollkommen, du Depp, du bläda«, schimpfte Lou.

»Wos muastn unsere Angelegenheiten do bei dem Schandi auspackn. I hob scho imma g'wusst, dass d' a Weichei bist!«

»Ah ja«, konterte Peter.

»Da hast du mir aber auch schon ganz andere Sachen ins Ohr geflüstert! Und so manchmal hast du 's auch ganz gern schön weich gehabt. Warum hätte ich das nicht erzählen sollen? Das stimmt doch, dass die Niki ganz verrückt wegen ihrem Bubi war. Und dass zwischen euch zwei was nicht mehr gestimmt hat, war doch offensichtlich. Zum Liebemachen habt ihr mich schon brauchen können, aber ansonsten durfte ich nichts erfahren.«

Lou setzte sich erschöpft auf das Mäuerchen unter dem hohen schmiedeeisernen Zaun, der das Gelände des Polizeipräsidiums umgab, und stützte ihren Kopf in die Hände.

»Ach Peter, wenn du wüsstest«, schluchzte sie auf.

»Des san G'schichtn, die konn i nemands verzäin.«

Sie blickte hoch zu ihm.

»Des stimmt ja, dass i mia manchmal vorgestellt hob, dass mia zwoa so richtig mitananda gehn und beiananda bleim, ohne die Niki, nua mia zwoa. Aba des wär ned guat ganga.«

Peter Konzelmann blickte nachdenklich zu ihr hinunter.

»Wir hätten ehrlich und aufrichtig zueinander sein sollen, wir drei, von Anfang an! Jetzt ist der Wurm drinnen, und es ist zu spät. Mach's gut, Lou.«

Und eine *Roth-Händle* im Mundwinkel, schlenderte er die Ettstraße hinunter und bog dann nach rechts in die Neuhauserstraße ein.

*

Schwabing
Trautenwolfstraße

Hildegard Blomeisl von der Fürsorge hatte das Erscheinungsbild einer typischen Beamtin. Schlichtes, unauffäl-
liges graues Kostüm, weiße Bluse, unauffällige randlose
Brille, ungeschminkt und straff zurückgekämmtes asch-
blondes Haar. Nur unterhalb des rechten Ohrs – Korbinian konnte den Blick kaum davon wenden – hatte
sie einen eindeutigen Knutschfleck. Ist sie jetzt 20 oder
40 Jahre alt, überlegte er, kam jedoch zu keinem Ergebnis.

Frau Blomeisl zeigte kaum Interesse an demjenigen,
um den es ja in erster Linie ging. Sie wechselte ein, zwei
sehr belanglose Sätze mit Wolferl, der ganz offensichtlich immer noch nicht begriffen hatte, um was es ging.
Dann wandte sie sich den bürokratischen Abläufen zu,
öffnete ihre Aktentasche und platzierte etliche Formu-
lare auf dem Hilpert'schen Wohnzimmertisch. Nachdem
einige Formalitäten ziemlich umständlich und zeitrau-
bend geklärt worden waren, konnte Evi nicht mehr an
sich halten.

»Der Bub hat vor einigen Tagen seine Mutter verloren,
Frau Blomeisl«, kam sie zum springenden Punkt.

»Wir wollen auf keinen Fall, dass er in ein Heim kommt.
Wir sind für ihn im Moment eine Art Familienersatz, und
das ist sehr wichtig für ihn. Soweit wir wissen, gibt es
ja auch noch einige Verwandte, vielleicht gibt es da eine
Möglichkeit. Bis eine Lösung gefunden worden ist, kann
er gerne bei uns bleiben.«

Korbinian bewunderte seine Frau für ihre klaren und
deutlichen Worte und war etwas zerknirscht, dass er sich
über die Zukunft Wolferls bis jetzt noch kaum Gedan-

ken gemacht hatte. Er war derart auf den Fall konzentriert gewesen, dass er alles andere ausgeblendet hatte.

Frau Blomeisl musterte die Hilperts durch ihre schlichte Brille.

»Von einem Heim kann keine Rede sein«, antwortete sie etwas herablassend.

»Es ist verfügt, dass der Bub ab dem nächsten Schuljahr, also im Herbst, in ein Internat in der Schweiz kommt. Es geht jetzt nur darum, wie die Zeit bis dahin überbrückt werden soll.«

Für einen Moment waren Evi und Korbinian sprachlos.

»Internat, Schweiz ... wer hat denn das verfügt?«, wollte Korbinian wissen.

»Darüber darf ich Ihnen natürlich keinerlei Auskunft geben«, antworte Frau Blomeisl mit gestrenger Amtsmiene.

»Es geht jetzt darum zu überprüfen, ob Sie für die nächsten zwei Monate eine geeignete Bleibe für den Buben bieten können.«

»Bitte, Frau Blomeisl«, antworte Evi mit äußerst kühler Stimme.

»Sie können sich die ganze Wohnung anschauen und Sie können jederzeit unsere Lebens- und Finanzverhältnisse überprüfen. Sie werden nichts finden, was dagegenspricht, dass der Bub bei uns bleibt, und zwar länger als die nächsten zwei Monate.«

Nun schaltete sich auch Korbinian ein.

»Ich pflichte da meiner Frau ganz bei, Frau Blomeisl«, sagte er und ließ ebenfalls amtliche Strenge in seine Stimme einfließen.

»Sie wissen, dass ich Beamter bin und den Wolfgang gut versorgen kann. Meine Frau ist eine tüchtige Mutter und

Hausfrau, und in unserer Tochter Elsi hat der Wolferl eine sehr vertraute Spielgefährtin.«

Frau Blomeisl rieb gedankenverloren an ihrem Knutschfleck.

»Natürlich, Herr Hilpert, das ist mir doch alles bekannt. Wir haben da ja auch schon unsere Erkundigungen eingezogen. Was mir jedoch Sorge bereitet, ist, dass Sie leitender Ermittler in dem Mordfall an Wolfgangs Mutter sind.«

Korbinian war empört. »Glauben Sie etwa, dass ich den Buben aushorche? Das kann doch nicht Ihr Ernst sein!«

Frau Blomeisl kräuselte ihre spitze Nase und sah plötzlich ziemlich jung und nicht mehr so selbstbewusst aus.

»Nein, nein, natürlich nicht, Herr Hilpert«, beschwichtigte sie.

»Sie müssen aber verstehen, dass wir alles ausschließen müssen. Und Sie, Frau Hilpert«, wandte sie sich an Evi, »können sich ausschließlich um das Wohl des Kindes kümmern und haben keine weiteren zusätzlichen Verpflichtungen?«

»Natürlich nicht«, antwortete Evi aus voller Brust. Korbinian bewunderte die Kaltblütigkeit seiner Frau erneut, war sich aber gleichzeitig nicht so sicher, ob man den Bäcker Wimmer und die Nebenbeschäftigung dort nicht doch zur Sprache bringen sollte.

Nein, besser nicht, das würde alles nur noch komplizierter machen, entschied er dann. Wir schaffen das schon.

Frau Blomeisl besichtigte nun tatsächlich noch sämtliche Räume der Hilpert'schen Wohnung, und sogar die Besenkammer blieb nicht verschont. Sie begutachtete dann noch die Schulsachen und die Kleidungsstücke Wolferls, und Evi war froh, dass er ein frisches Hemd trug und sie seine etwas fadenscheinige Hose am Tag zuvor noch geflickt hatte. Frau Blomeisl schien zufrieden, kündigte eine Entscheidung des Amtes im Lauf der nächsten Woche an und verabschiedete sich.

»Ich bring Sie noch nach draußen«, meinte Korbinian höflich und geleitete sie ins Treppenhaus hinaus.

»Ich weiß aus meinen Ermittlungen, Frau Blomeisl, dass der Wolferl noch eine Tante in Norddeutschland hat. Hat die verfügt, dass er in dieses Internat kommt?«, fragte er angelegentlich.

Frau Blomeisl klemmte sich ihre schwere Aktentasche fest unter den Arm.

»Wie gesagt, ich darf eigentlich keine Auskünfte geben, doch Sie wissen ja wohl, dass diese Tante schon geraume Zeit mit der Mutter des kleinen Wolfgang keinerlei Verbindung mehr pflegte. Unüberbrückbare familiäre Differenzen! Und außerdem ist die Dame schwer leidend.«

»Also steckt hinter dem Internat doch dieser ominöse Herr Lobelsberger?«, fragte Korbinian nun sehr direkt.

Frau Blomeisl erstarrte, als sie diesen Namen hörte. Ihre Lippen verschlossen sich zu einem schmalen Strich, und ohne ein weiteres Wort eilte sie die Treppe hinunter.

Diesen Lobelsberger müssen wir uns nun doch so schnell wie möglich vornehmen, entschied Korbinian. Am besten, ich nehme gleich mit dem Lucki Kontakt auf, der ist jetzt am Samstagmittag doch sicher auch schon daheim.

26.3.1962

Was wohl aus meinem Bubi wird, wenn ich mal nicht mehr bin? Vielleicht ist er da noch ein Kind? Bei meinem Lebenswandel und meiner angegriffenen Gesundheit ist ja alles möglich. Ob Sophia sich kümmert? Das glaube ich eher nicht, sie hat dieses Bankert ja von Anfang an verachtet.

Und der große Manitu, dem das alles, so sehr ich's auch geheim halten wollte, ja leider doch nicht verborgen geblieben ist, der wird wohl auch seine Finger davon lassen. Obwohl, der ist ja immer für eine Überraschung gut!!
Schön wär es, so eine kleine Familie wie die lieben Hilperts hier im Haus, da hätt es der Bubi gut. Vielleicht sollte ich mal mit ihnen sprechen? Ach was, jetzt bin ich doch noch ganz gut am Leben; lass die trüben Gedanken sein, Berenike!

»Entschuldige, Sonja, das war wohl alles ein Missverständnis«, meinte Korbinian ein paar Minuten später und spürte, wie ihm der Schweiß auf die Stirn trat, »natürlich wollten der Lucki und ich noch im Amt zusammen die Wochenberichte verfassen. Ich hab das ganz vergessen, weil uns doch der Besuch von der Fürsorge ins Haus stand. Er wird wohl schon auf mich warten; ich mach mich jetzt gleich auf den Weg.«

Hoffentlich ruft sie jetzt nicht in der Ettstraße an, dachte Korbinian besorgt, als er den Hörer aufgelegt hatte. Was hatte er ihr da wieder für Lügengeschichten aufgetischt? Da steckt sicher wieder diese kleine Gerichtsmedizinerin dahinter, verflixt noch mal, der bringt sich wieder in Teufels Küche!

*

Leopoldstraße

Korbinian hatte sich nicht getäuscht. Patrizia Kremser und Ludwig Waldleitner saßen sich im *Rialto* auf der Leopoldstraße gegenüber und tranken Kaffee. Doch der gelöste und entspannte Gesichtsausdruck, den sie beide bei ihrem letzten Treffen noch zur Schau getragen hatten, war verschwunden.

»Du bist ein verheirateter Mann, Ludwig, und Vater noch dazu«, meinte Patrizia, und ihre Stimme zitterte leicht.

»Es ist besser, wenn wir das Ganze jetzt beenden, bevor es zu schmerzhaft wird.«

Ludwig nippte an seinem Kaffee und fand, dass dieser ausgesprochen schal und bitter schmeckte.

»Natürlich, Patrizia, du hast ja recht«, entgegnete er.

»Aber es hat so gut gepasst mit uns beiden … es war alles so wunderbar … und vielleicht können wir ja …«

Patrizia schnitt ihm das Wort ab.

»Nein, Ludwig, wir können gar nichts, absolut gar nichts mehr in Zukunft, hast du verstanden? Nur beruflicher Kontakt, wenn unbedingt notwendig, ist das klar?«

Ludwig nickte folgsam und sah hilflos zu, wie Patrizia das Geld für ihren Kaffee auf den Tisch zählte und, ohne noch einmal das Wort an ihn zu richten, aufstand und ging.

Er blickte ihr nach, bewunderte ihren grazilen aufrechten Gang und verspürte plötzlich ein brennendes Würgen im Hals. Gerade als er überlegte, ob er sich bei Pietro, dem schwarzhaarigen Ober des *Rialto*, einen doppelten Cognac bestellen sollte, klopfte ihm jemand von hinten kräftig auf die Schulter.

»Hey Lucki, altes Haus«, rief Theo Abenstein, mit dem er neun Jahre lang die Schulbank gedrückt hatte, »was sitzt denn du da so rum wie b'stellt und nicht abg'holt!«

Theo ließ sich ganz selbstverständlich Ludwig gegenüber nieder, bestellte auch einen Kaffee, und innerhalb kürzester Zeit waren sie in gemeinsamen Schulerinnerungen versunken.

Etwa eine Stunde und vier Cognacs später machte Theo Abenstein den glänzenden Vorschlag, doch noch gemeinsam im Wirtsgarten der Hirschau einzukehren.

»Bei dem schönen Wetter a paar süffige Maß und einen g'scheitn Leberkäs«, schwärmte Theo, der geschieden und ohne jeglichen Anhang war, »was gibt's denn Schöneres?«

Und so kam es, dass ein ziemlich angeheiterter Ludwig mit reichlich Schlagseite erst gegen 23 Uhr abends daheim eintraf. Sonja empfing ihn mit eisiger Miene.

»Der Kleine schläft natürlich schon ... und außerdem hat der Korbinian angerufen, irgendwas Dringendes. Du wolltest doch im Amt mit ihm zusammen Berichte schreiben!?«

Und ohne ein weiteres Wort pfefferte sie sein Bettzeug auf das Wohnzimmersofa und knallte die Schlafzimmertür zu.

8. JULI 1962

Sonntag!
Nicht in der Ettstraße!

Am frühen Morgen standen Elsi und Wolferl vor dem Bett der Hilperts.

»Wir können nicht mehr schlafen«, klagten sie, und Wolferl hielt ein buntes selbst gemaltes Bild hoch.

»Das hab ich für die Mama gemalt«, meinte er.

»Das schenk ich ihr zu ihrer Beerdigung.«

Die Beerdigung, fiel Korbinian siedend heiß ein. Wer soll sich denn darum kümmern? Wir von der Polizei, oder soll man in diesem Zusammenhang doch noch einmal die Schwester in Bad Reichenhall ansprechen? Sie würden ja eh wegen der ganzen unguten Geschichte aus der von Rahnstedt'schen Vergangenheit mit ihr sprechen müssen und sich auch unbedingt ihren Arzt oder Galan, oder was auch immer dieser Mann war, noch einmal vornehmen. 1000 Dinge schwirrten durch seinen Kopf, und es war ihm unmöglich, wieder einzuschlafen. Gerührt betrachtete er die Kinder, die sich beide eng an Evi gekuschelt hatten und nun wieder selig schliefen. Vielleicht sollte der Wolferl für immer bei uns bleiben, ging es Korbinian durch den Kopf. Der arme eh so sensible Kleine in einem Schweizer Internat, das war sehr schwer vorstellbar.

Gerade als Korbinian überlegte, ob er nun gleich aufstehen sollte und Frühstück machen, klingelte das Telefon.

»Ich bin's«, flüsterte eine heiser krächzende Stimme.

»Der Lucki. Entschuldige, dass ich gestern nicht mehr angerufen hab. Ich bin versumpft.«

»Ach«, Korbinian konnte sich nicht bremsen, »in der Rechtsmedizin?«

»Es hat sich ausrechtsmediziniert«, antwortete Ludwig mit Grabesstimme.

»Ist bestimmt besser so«, meinte Korbinian.

»Jaja, du weißt es ja immer besser«, seufzte Ludwig.

»Also, was ist los?«

Korbinian berichtete ihm vom Besuch der Fürsorgedame und von den Schlüssen, die er daraus gezogen hatte.

»Auch wenn dein Onkel meint, dass wir ihn verschonen sollten, es hilft nichts, wir müssen mit diesem Lobelsberger reden«, sagte er entschlossen.

»Machen wir doch nicht lang rum, probieren wir's gleich heute«, antworte Ludwig.

»Ich versuch mal mein Glück bei ihm um die Kirchgangzeit; ich melde mich dann wieder.«

Zur etwa gleichen Zeit drehte Alma Mader Lockenwickler ins Haar und cremte ihr Gesicht besonders sorgfältig ein, während gar nicht weit von ihr Patrizia Kremser immer noch leise schluchzend in ihrem zerwühlten Bett lag und mit Kamillentee getränkte Wattebäuschchen auf die geschwollenen Augenlider drückte.

In der Hohenzollernstraße versuchte sich Lou Berghammer vergebens an einer neuen aussagekräftigen Collage, und Peter Konzelmann schrieb in einem Brief an seinen Vater, dass er sich mit dem Gedanken trage, das Studium zu beenden und zu Hause die Ausbildung zum Steuerberater zu beginnen.

Im *Axelmannstein* in Bad Reichenhall frühstückte Sophia Baumeister ziemlich opulent und gönnte sich im Nachhinein noch etliche *Mozartkugerln* zusätzlich. Schließlich musste sie für die Fahrt nach München, die sie in wenigen Stunden zusammen mit Doktor Allmendinger antreten wollte, gestärkt sein.

Am frühen Nachmittag trafen sich die Familien Hilpert und Waldleitner am Marktplatz von Schöngeising. Während die Frauen mit den Kindern ein Eis essen und dann spazieren gehen wollten, würden Korbinian und Ludwig zum Lobelsberger-Hof fahren. Manfred Lobelsberger hatte tatsächlich einem Treffen zugestimmt.

*

Schöngeising
Anwesen Lobelsberger

Manfred Lobelsberger, in Lederhose und leichtem, teuer wirkendem Leinenhemd, empfing Korbinian und Ludwig in seiner Gartenlaube. Seine Frau servierte Kaffee und Streuselkuchen und verschwand sofort, nachdem sie aufgetragen hatte.

Lobelsberger, der wesentlich hagerer und auch um einiges älter wirkte als auf dem Foto, das Korbinian im Archiv gefunden hatte, schenkte ihnen den Kaffee selbst ein und bat sie, beim Kuchen zuzugreifen.

»Was kann ich für Sie tun, meine Herren«, meinte er jovial und lehnte sich so entspannt zurück, als würden sie nun das Wetter und die Fußballergebnisse der Münchner Vereine diskutieren.

»Wie Ihnen mein Kollege ja bereits am Telefon angedeutet hat, Herr Lobelsberger, geht es um den Tod von Berenike von Rahnstedt«, begann Korbinian.

Lobelsberger nickte.

»Ja, ich habe es bereits erfahren. Es ist schrecklich.«

»Wir möchten Sie bitten, Herr Lobelsberger, uns alles zu erzählen, was Sie über Berenike von Rahnstedt wissen. Sie haben sie ja wohl vor einigen Jahren recht gut gekannt«, ergänzte nun Ludwig sehr höflich.

»Da gibt es nichts herumzureden«, antwortete Manfred Lobelsberger geradeheraus.

»Ich hatte 1954 für einige Monate eine Liaison mit ihr und wäre Ihnen sehr verbunden, wenn das unter uns bleiben könnte. Wie Sie ja wissen, bin ich verheiratet. Berenike war eine sehr schöne und sehr geistreiche Frau, und es war eine gute Zeit mit ihr. Doch wir führten zu unterschiedliche Leben, und so hat es nach einiger Zeit wieder ein Ende genommen.«

»Die Liaison ist aber nicht ohne Folgen geblieben«, meinte Korbinian nun sehr direkt.

Lobelsberger musterte ihn, und seine Augen wurden schmal im zerfurchten Gesicht.

»Das spricht für Ihre gute Ermittlungsarbeit, meine Herren«, meinte er etwas süffisant.

»Ja, ich bin wohl der mutmaßliche Vater ihres Kindes.«

»Mutmaßlich?«, fiel ihm Ludwig ins Wort.

»Ja, einen Beweis konnte sie ja nie erbringen«, antwortete Lobelsberger.

»Und wie Sie wohl wissen, führte Frau von Rahnstedt ein sehr freies Leben mit vielen wechselnden Partnern.«

Korbinian schluckte.

»Ja, das stimmt schon, Herr Lobelsberger, aber wie wir

den Aufzeichnungen der Toten entnehmen konnten, stand es für sie damals fest, dass Sie der Vater des Kindes sind. Und Sie haben doch, wie uns mittlerweile bekannt ist, auch einige Anstrengungen unternommen, diesem Kind näherzukommen.«

Lobelsberger schüttelte den Kopf.

»Ich wollte nie einen Kontakt mit dem Kind. Ich wollte es einfach nur gut versorgt wissen. Das, so meine ich, gebietet der Anstand.«

»Sie wollten Ihren Sohn nie kennenlernen?« In Ludwigs Stimme schwang leichte Empörung.

»Nein«, antwortete Lobelsberger kurz angebunden.

»Das wäre mit meinem Leben als Familienvater und Politiker nicht zu vereinen gewesen. Und außerdem war das auch nie der Wunsch Frau von Rahnstedts. Es war immer ihr Bestreben, das Kind allein großzuziehen. Mehr habe ich Ihnen in dieser Angelegenheit nicht zu sagen.«

14.8.1955

Ich weiß sicher, dass M der Vater meines Wolferl ist. Ja, des Öfteren in meinem Leben hätte ich nicht sicher sagen können, wessen Samen nun in mir aufgegangen ist. Da gab es schon viel Durcheinander. Doch in der Zeit, in der ich mit M beisammen war, gab es niemanden anderen. Ja, Gustav hat mir große Avancen gemacht in der Zeit, und vielleicht hätte ich auch nachgegeben, doch der wurde ja dann krank und kam nicht mehr infrage. Und eine Sommerbekanntschaft an der Isar gab es noch, aber da war viel Geküsse und Geknutsche, aber zum Letzten ist es nicht gekommen.

*Aber es ist ja eigentlich auch wurscht. Wolferl
ist MEIN Bubi, und das zählt, alles andere ist
unwichtig!*

Lobelsberger erhob sich nun sehr schnell, und Korbinian und Ludwig konnten gerade noch hastig ihre Kaffeetassen leeren.

»Darf ich Sie abschließend noch fragen, wo Sie in den Vormittagsstunden des 2. Juli gewesen sind? Eine Routinefrage, die wir jedem stellen müssen«, wollte Korbinian wissen.

Manfred Lobelsberger wandte sich sehr rasch zu ihm, und genau in diesem Moment glaubte Korbinian einen plötzlichen starken Schmerz in seinen Zügen wahrnehmen zu können.

»An diesem Vormittag war ich zu einer ärztlichen Besprechung bei Doktor Hartlaub in München-Bogenhausen. Er betreut mich seit Jahren«, antwortete er, und sowohl Korbinian als auch Ludwig bemerkten sehr deutlich, dass nun alles gesagt war und Lobelsberger weiter keine Auskünfte mehr geben wollte.

Sie verabschiedeten sich und warfen noch einen letzten Blick auf das sehr stattliche Anwesen und die es umgebenden großzügigen Stallungen und Stadel.

»Da ist sehr, sehr viel Geld vorhanden«, bemerkte Ludwig, als sie das Gatter hinter sich geschlossen hatten.

»Da wenn ich nur ein Drittel davon hätt!«

»Ja, das wär einerseits schon schön, aber möchtest du andererseits so ein Leben führen?«, fragte Korbinian zurück.

»Ich werd nicht schlau aus dem«, dachte Ludwig laut.

»Ich hab das Gefühl, dass er uns nicht alles erzählt hat.

Außerdem macht er irgendwie einen sehr kranken, leidenden Eindruck.«

Eine halbe Stunde später trafen die beiden Ermittler wieder auf ihre Frauen und Kinder, die alle bei bester Stimmung waren. Sogar Sonja, die anfänglich noch etwas griesgrämig gewirkt hatte, begrüßte ihren Lucki nun mit einem Kuss auf die Wange.

Manfred Lobelsberger blieb, nachdem seine Frau das Kaffeegeschirr abgeräumt hatte, noch in seiner Gartenlaube sitzen und zündete sich einen der von Doktor Hartlaub strengstens untersagten Zigarillos an. Jetzt, da er wusste, dass seine Lebenszeit nur mehr sehr begrenzt sein würde, versank er oft in Erinnerungen. 1954 war das intensivste Jahr in seinem Leben gewesen. Und seine Zeit in der Klinik am Starnberger See und das kurze Intermezzo mit dem hübschen Bauernmadl aus Schäftlarn tauchten wieder deutlich vor ihm auf.

Er erinnerte sich noch genau an diesen noch frischen Tag Anfang Mai, als er zu einer seiner ausgedehnten Wanderungen aufgebrochen war. Pflichtbewusst hatte er sich bei Doktor Heinrich und dem Personal abgemeldet, etwas Proviant und Wasser in seinen Rucksack gepackt und war einfach losgezogen. Wanderungen ins ungewisse Blaue nannte er das und trotz der ständigen Schmerzen im Rücken, mit denen er wohl lernen musste zu leben, schritt er zügig aus. Von einer kleinen Anhöhe blickte er noch einmal auf den Starnberger See, der ihm mittlerweile so ans Herz gewachsen war, dann durchquerte er einen lichten frischgrünen Mischwald. Er begegnete keinem Menschen und sog die Ruhe in sich ein. Wie hatte er nur diese lautstarken Parteisitzungen ausgehalten, bei denen ein jeder der Teilnehmenden und natürlich auch er selbst so gänzlich von der enormen Bedeutung seines Anliegens überzeugt gewesen war und sich stets in mehr oder weniger eloquenter, aber immer äußerst gewichtiger lautstarker Rede bestens darstellen wollte. Wie hatte er überhaupt das alles ausgehalten? Die Ränkespiele, die Machtkämpfe, die Saufabende und die Bordellbesuche mit den Parteispezln? Lobelsberger schüttelte sich und sog die würzige klare Waldluft ein, lauschte dem Ruf eines Kuckucks und wanderte weiter. Mach dir nicht so viele Gedanken, genieße das Hier und Jetzt, befahl er sich. Doch gerade als er wieder Klarheit in seinem Kopf hergestellt hatte, stolperte er über die dicke Wurzel einer Buche, die sich quer über den ganzen Waldweg geschlängelt hatte. Erstaunlicherweise konnte er sich recht gut abfangen und trug nur leichte Abschürfungen an beiden Knien davon. Lediglich die Wasserflasche in seinem Rucksack hatte sich geöffnet und ihren Inhalt über die eingepackten Schinkenbrote ergossen. Einen Moment überlegte er, ob er besser umkehren sollte, dann jedoch entschied er sich dagegen. Wie hatte Doktor Heinrich in einer ihrer Sitzungen zu ihm gesagt: Immer wieder bereit sein, ein Wagnis einzugehen, und sei es auch ein noch so kleines! Nach etwa 20 Minuten lichtete sich der Wald, und eine große helle Sommerwiese lag vor ihm. Erfreut ließ er sich am Waldrand im Gras nieder, legte den Rucksack unter den Kopf und schloss die Augen. Gib dich ganz der Ruhe hin, lass keine Gedanken zu, hörte er noch die Stimme Doktor Heinrichs, dann war er auch schon eingeschlafen. Kurze Zeit später – oder war doch eine längere Zeitspanne verstrichen? – schreckte er hoch, weil etwas Hartes auf seine Stirn traf. Als er die Augen öffnete, lag ein kleiner bunter Ball neben ihm, und dicht dahinter stand ein etwa vier- bis fünfjähriger Bub in Lederhosen, der ihn ein wenig ängstlich anblickte.

»'tschuldigung«, sagte der Kleine und hob seinen Ball auf, blieb aber weiter vor Lobelsberger stehen und musterte ihn neugierig.

»Wer bistn du? Wos machstn do?«, wollte er wissen.

Zu Kindern dieses Alters hatte Lobelsberger noch nie einen rechten Draht gehabt; das war Frauensache gewesen. Ich will meine Ruh, dachte er bei sich, ich will jetzt nicht mit diesem Bürscherl da plaudern. Doch bevor er seinem Wunsch Ausdruck verleihen konnte, tauchten nun fast wie aus dem Nichts zwei weitere Kinder vor ihm auf. Sie waren wohl etwas älter als der Kleine, und sie musterten ihn sehr gründlich.

»Mir solln ned mit Fremdn redn«, meinte das Mädchen altklug.

»Du könntsd ja a g'fährlicha Verbrecha sei!«

Bevor Lobelsberger ihr nun doch versichern wollte, dass er ganz sicher kein Verbrecher sei, erschien hinter den Kindern eine junge Frau. Großgewachsen, schlank, rot gelockt und sommersprossig stand sie in einem schlichten Alltagsdirndl vor ihm, und Lobelsberger hatte große Mühe, seinen Blick von ihrer hübschen Erscheinung und ihren strahlenden grünbraun gesprenkelten Augen loszureißen.

»Entschuldigen S'«, sagte die junge Frau. »Meine kloana G'schwister wollten Ball spuin auf der Wiesn und ham Eana ned g'seng. Flori, Franzl, Ursi, kommts, lassts den Herrn in Rua!«

Plötzlich fand Lobelsberger diese lautstarke Unterbrechung gar nicht mehr so schlimm. Er erhob sich, stellte sich vor und nickte den Kindern freundlich zu.

Die hübsche Rothaarige lachte und strich sich mit einer graziösen, doch vollkommen ungekünstelten Bewegung die Locken aus der Stirn.

»I bin die Lieselotte, und des san meine drei jüngstn G'schwista. Olle mitanand samma zehn, i bin die Älteste. Mir wohnan in Richtung Schäftlarn drübn.«

Manfred Lobelsberger zündete sich wider jegliche Vernunft noch einen Zigarillo an und ließ seine Blicke von der Gartenlaube hinaus über die Felder, Wiesen und Wälder streifen, die alle ihm gehörten. Ja, damals war er ein ganz anderer gewesen; ein lebensfroher, spontaner, lustvoller Mensch, der mit offenem Blick neugierig in die Welt geschaut hatte. Und wieder holten ihn die Erinnerungen ein.

Von jenem Tag an, als er Lieselotte und ihre Geschwister kennengelernt hatte, traf er sich mit ihr und verschiedensten Konstellationen ihrer Geschwisterschar zumindest dreimal die Woche auf dieser Waldlichtung. Die Kinder schätzten ihn mehr und mehr, brachte er doch immer wunderbare Schinkenbrote und Süßigkeiten mit. Lieselotte steuerte die Getränke bei und brachte eine große karierte Decke mit, auf der sie sich bequem lagern konnten. Manfred Lobelsberger wusste noch sehr genau, dass er nach dem zweiten Treffen mit der rothaarigen Lieselotte abends in den frisch gestärkten Laken seines Sanatoriumsbettes gelegen hatte und an ihren Dirndlausschnitt mit den Sommersprossen auf der milchweißen Haut und den Ansatz ihrer schönen Brüste denken musste. So sehr, dass er sich schließlich selbst befriedigte und danach mit einem unbeschreiblichen Glücksgefühl wach lag, und das schlechte Gewissen, das sich sonst nach diesem Akt immer eingestellt hatte, dieses

Mal völlig ausgeblieben war. Er hatte damals sogar vollkommen vergessen, die von Doktor Heinrich verordnete Schlaftablette zu nehmen und trotzdem tief und traumlos bis zum nächsten Morgen geschlafen.

Nach und nach erfuhren Manfred und Lieselotte so einiges voneinander. Lieselotte stammte aus einem kleinen, am Rande des Existenzminimums kämpfenden Hofs in der Nähe von Schäftlarn. In diesem Frühjahr war sie ihrer verwitweten Mutter, die zusammen mit nur einem Knecht mühsam den Hof bewirtschaftete und seit einiger Zeit kränkelte, beigesprungen. Eigentlich lebte Lieselotte seit einiger Zeit als Kindermädchen in einem reichen Haushalt in München. Sie hatte seinerzeit den Hof fluchtartig verlassen, weil ihre Mutter sie mit dem ältesten Sohn des Nachbarbauern verheiraten wollte.

»Der is zwoa Meta groß, zwoa Zentna schwer und hod an Schädl wie a Gorilla«, erzählte sie angeekelt.

»Mir hod's richtig graust vor dem, der hod a imma nach Sau g'stunga.«

Sie hatte sich auf der karierten Decke zurückgelegt, die Arme hinter dem Kopf verschränkt und auf einem Grashalm gekaut.

»Wenn i mi moi mit am Mo fürs Leben zamtua, muass scho a Liebe dabei sei!«

Daraufhin hatte ihr Manfred sehr freimütig von der Beziehung zu seiner Frau erzählt und ganz offen bekannt, dass auch er die richtige Liebe noch nie kennengelernt habe.

»Do sehnen mir zwoa uns ja nachm Gleichn«, hatte Lieselotte gelächelt und ihm ganz rasch und sehr sanft über die Wange gestrichen.

Und so geschah es dann wenige Tage später an einem schon recht warmen Frühsommertag, dass Lieselotte und

Manfred, während die Geschwister im Wald nach Tannenzapfen suchten, zueinanderfanden. Natürlich ging ihre Vereinigung rasch vonstatten, doch war sie derart sanft und dennoch so innig und voller Leidenschaft, wie Manfred es noch nie erlebt hatte. Für Lieselotte war Manfred der erste Mann; außer einigen Küssen und Tändeleien hatte sie noch keinerlei Erfahrung.

Noch kurz – die hellen, aufgeregten Stimmen der Geschwisterschar kamen immer näher – lagen sie danach eng umschlungen beisammen, blickten in den blauen Sommerhimmel und dachten sich beide, dass dieser kurze Augenblick bis jetzt das Schönste in ihrer beider Leben gewesen war. Lieselotte und Manfred blieben knappe zwei Wochen, um noch einige so wunderschöne Momente miteinander zu erleben, dann wendete sich von einem Tag auf den anderen das Blatt sehr abrupt.

Manfred Lobelsberger schreckte hoch; es war kühler und schattiger geworden in seiner Gartenlaube, und in der Küche hörte er seine Frau werkeln, die wohl bereits mit der Zubereitung des Abendessens beschäftig war.

Nie würde er diesen Tag damals im Sanatorium vergessen, als bereits beim Frühstück Doktor Heinrich aufgeregt an seinem Tisch auftauchte. Sich den Schweiß von der Stirn tupfend, wand er sich nervös hüstelnd hin und her, während Manfred Lobelsberger gerade dabei war, sein Frühstücksei zu köpfen. Doktor Heinrich kündigte ihm für den frühen Vormittag wichtigen Besuch an. Besuch, der trotz Manfreds Wunsch nach Zurückgezogenheit nicht abzuwenden gewesen sei und den es mit der gebotenen Höflichkeit nun zu empfangen gelte. Manfred konnte sein Frühstück nicht mehr beenden, denn bereits kurze Zeit später fuhr eine dunkle Limousine vor dem Sanatorium vor, und ihr entstieg tatsächlich Franz Josef Strauß leibhaftig. Den aufgeregt dienernden Doktor Heinrich begrüßte dieser nur äußerst kurz angebunden, bestellte dann bei einer verdutzten Schwester ein Helles und ließ sich an Manfreds Frühstückstisch nieder.

»D' Leit müssn aussi«, befahl er, nachdem er sein Bier erhalten hatte, und kurze Zeit später saßen sich Manfred und Strauß im leer gefegten Speisesaal gegenüber.

Strauß wischte sich den Bierschaum von den Lippen und musterte Manfred eingehend.

»Guat schaust aus, wos machst dann no da«, fragte er geradeheraus.

»Komm ma jetzad ned mit Gfui und Befindlichkeitn, mei Liaba. Du wolltst doch schließlich imma wos wern, oda ned?«

Bevor Manfred zu einer Antwort überhaupt ansetzen konnte, fuhr Strauß nach einem erneuten kräftigen Schluck fort.

»Da Schlögl is alloa einfach z' schwach! Außerdem draht der sei Fahndl imma nochm Wind. Do brauchts an tüchtign Mo in seim Ministerium, und i brauch oan, der 100-prozentig auf meina Linie is. Oana, auf den i mi verlassn ko. Der Schlögl werd's eh nimma lang macha, dann konn mei Mo as Ministerium übernehma.«

Strauß tippte energisch auf Manfreds halb ausgetrunkene Kaffeetasse.

»Und der Mo, der Starke, Tüchtige, der zukünftige Minister, des bist du, Manni!«

Wieder wollte Manfred Lobelsberger antworten, als Strauß plötzlich sein fast geleertes Bierglas heftig auf den Tisch knallte.

»I brauch meine Leut im Maximilianeum und ned in irgendwelche Sanatorien. I zähl auf di«, und dann wurde seine Stimme plötzlich leiser, doch ganz scharf.

»So vui Chancen kriagt oana wie du a nimma. Könnt guad sei, dass des die letzte is!«

Abrupt erhob sich Strauß und winkte durch das Fenster nach seinem Chauffeur, der eilig ins Fahrzeug sprang und den Wagen direkt vor die Einfahrt setzte. Strauß trat auf Lobelsberger zu und packte ihn fest, ja fast schmerzhaft an den Schultern.

»Die Sach muass schnell passiern. Bis übermorgn host Zeit.«

Dann verließ er mit schwerfälligem Schritt den Speisesaal und blieb draußen vor seinem Wagen noch einen Augenblick stehen. Für einen Moment glaubte Manfred Lobelsberger, dass Strauß nun zurückkommen und ihm lachend mit der Bemerkung auf die Schulter klopfen würde, dass das alles doch nur ein blöder Witz unter Freunden gewesen sei. Doch Strauß kehrte nicht zurück. Er umrundete den Wagen, öffnete seinen Hosenstall und urinierte in hohem Bogen in die Lorbeerhecke, die die Gemeinschaftsräume des Sanatoriums vor neugierigen Blicken schützen sollte. Dann ließ er sich schwer in den Fond seines Wagens fallen, und nur wenige Sekunden später war das Gefährt verschwunden.

Sofort nach der Abfahrt des Bundesministers trat Oberschwester Annemarie an Manfreds Tisch und verkündete mit nüchterner Stimme:

»Wir machen Ihnen alle notwendigen Papiere und den Arztbrief bis heute Nachmittag fertig. Ihre Frau wird Sie heute Abend abholen. Doktor Heinrich lässt sich wegen dringender Termine entschuldigen und wünscht Ihnen alles Gute.«

Da wurde Manfred Lobelsberger klar, dass ihm keine andere Wahl mehr blieb; alles Aufbegehren oder gar eine Flucht würden nichts nutzen. Nachdem er seine Sachen gepackt hatte, blieb ihm gerade noch Zeit, ein paar Zeilen an Lieselotte zu schreiben.

Nichts für ungut, meine Liebste. Doch die Pflicht am Staate ruft nach mir, und ich muss ihr folgen. Es waren wunderbare Stunden mit dir! Es dankt dir von Herzen, dein Manni

Bereits vier Tage später wurde Manfred Lobelsberger zum Staatssekretär ernannt. Er trug zu diesem Anlass einen dunkelgrauen Lodenanzug, ein blütenweißes Hemd und eine weiß-blau gestreifte Krawatte. Für längere Wegstrecken im weitläufigen Maximilianeum benutzte er vorerst noch einen schwarz glänzenden Stock mit Elfenbeingriff, was ihn ungeheuer distinguiert wirken ließ.

Die Zeiten im Sanatorium und sein Leben dort wurden zu einem verschwommenen Traum, nur zwischendurch musste er ganz fest an Lieselottes süß schmeckende Lippen und ihre kleinen weißen Brüste denken.

Einige Wochen später, als sich im Amt alles zu seiner Zufriedenheit eingependelt hatte, nahm er dann doch Kontakt zu Lieselottes Arbeitgeber in München auf und fragte ganz angelegentlich nach dem Kindermädchen der Familie. Der Herr des Hauses, ein renommierter und bekannter Professor der Kunstakademie, erzählte ihm, dass die Lieselotte ohne Angabe von Gründen Anfang August sein Haus verlassen habe. Man habe leider keinerlei Kontakt mehr; in ihrem Elternhaus in Schäftlarn sei sie jedenfalls nicht.

»Wenns aber derart brennt bei Ihnen, Herr Staatssekretär«, meinte der Professor abschließend etwas süffisant, »kontaktieren Sie doch diese Freundin Lieselottes, die nicht weit von hier in der Trautenwolfstraße lebt. Vielleicht weiß diese Dame mehr.«

Ein paar Tage später suchte Lobelsberger besagte Dame auf und fragte nach dem Schäftlarner Madl. Doch die Dame konnte oder wollte ihm nicht viel helfen. Seine Suche nach der Sommersprossenlisl geriet dann auch äußerst rasch in Vergessenheit, denn es taten sich für ihn ganz neue, sehr berauschende Dinge auf.

12.8.54

Heute war dieser Galan von der Lou da und hat sich nach ihr erkundigt. Natürlich habe ich, wie es mit der Lou ausgemacht ist, nichts gesagt. Hab ihm nicht gesagt, was mit ihr los ist und wie schlecht es ihr geht. Eine Freundin hat sie vor ein paar Tagen bei mir abgeliefert. Sie war ein Häufchen Elend, doch nach zwei Tagen in meinem Bett hab ich sie dann wieder soweit aufgepäppelt, dass ich sie nach Frauenchiemsee zur Schwester Gottfrieda schicken konnte. Die Gottfrieda ist jetzt zwar Nonne, doch in ihrem Leben zuvor hat sie alle Abgründe kennengelernt; ihr ist nichts fremd. Die Gottfrieda wird es schaffen, die Lou wieder aus ihrem Abgrund zu holen. Aber seltsam ist's doch, dass mir dieser Galan sehr, sehr gut gefallen hat. Zu gut ... oh Berenike, was bist du doch für eine unmoralische Person!

»Was sitzdn immer no da draußn rum, Manfred«, rief nun Lobelsbergers Frau aus der Küche. »Komm rein, du musst a deine Tablettn nehma!«

»Jaja, i komm glei«, antwortete er und erhob sich langsam und vorsichtig. Und trotzdem fuhr wieder dieser scharfe gemeine Schmerz durch seinen Leib und verkrampfte seinen Bauch und seine Eingeweide.

Noch einmal war damals die Lust auf das andere Leben stärker gewesen, doch hatte ihn nach nicht langer Zeit das alte wieder eingeholt. Er wurde zurückgeholt zu Pflichtbewusstsein, Ernsthaftigkeit, unermüdlichem, fast schon krankhaftem Arbeitseifer und zu Vernunft, Vernunft und noch einmal Vernunft.

Das war es ja gewesen, was in der Zeit mit Berenike so ganz anders gewesen war; die Vernunft hatte keinerlei Rolle mehr gespielt.

»Komm, Manitu, wir fahren heute an den Chiemsee. Das Wetter ist glänzend, der Bergblick sicher famos und das Wasser noch warm genug zum Baden«, hatte Berenike vorgeschlagen und auf der Stelle ihren selbst entworfenen extravaganten Trachtenhut aufgesetzt. Ein paar Stunden später lagen sie dann nackt in der Sonne in einem Kahn im Schilfgürtel der Sassau und liebten sich. Der Parteiausschuss musste ohne Manfred Lobelsberger auskommen, doch das war ihm damals vollkommen egal gewesen.

Aber natürlich war es nicht immer so leicht gewesen. Wie sehr hatten ihn die Unordnung und der Schmutz in ihrer Wohnung gestört; wie entsetzt war er zuweilen gewesen, wenn sie zu viel getrunken hatte und ausfällig gegen ihn geworden war.

Krämerseele, Spießer, Kirchenschranze hatte sie ihn dann genannt, und mehr als einmal war er mit dem Vorsatz gegangen, nie mehr zurückzukehren.

Und erneut, wie schon im Jahr zuvor, war es FJS gewesen,

der ihm, natürlich wieder auf seine sehr unsanfte direkte Art, die Pistole auf die Brust gesetzt hatte.

»Ohne die Weiber geht's ned«, hatte er mit seiner immer etwas polternden Stimme gemeint, »aber dass de uns diktiern, dass ma von dene abhängig wern, des derf ned passieren, Manfred, niemals!! Und außerdem hast as grod du ganz g'nau beinand, du konnst da nix mehr leistn, goar nix mehr, hast mi?«

Und so war Lobelsberger wieder in sein altes Leben zurückgekehrt und hatte das Berenike-Intermezzo beendet und aus seinem Leben ausgeblendet. Erst geraume Zeit später hatte er so einiges erfahren, und das hatte ihm dann irgendwann keine Ruhe mehr gelassen.

Langsam, schwer atmend, die Hände gegen den Bauch gepresst, ging Manfred Lobelsberger zurück zu seinem Haus.

Das Bild des Kleinen mit seinen dunklen Augen und den schwarzen Locken stieg vor ihm auf, und Tränen brannten plötzlich in seinen Augen. Es wäre besser gewesen, wenn er ihn nie gesehen hätte.

9. JULI 1962

»Wir haben doch einen Aufzug, gnädige Frau«, meinte
Korbinian erschrocken. Bereits nach vier Treppenstufen
war Sophia Baumeister derart außer Atem geraten, dass
man sich ernstlich Sorgen machen musste. Auch die stüt-
zende Hand Doktor Allmendingers half da nichts mehr;
Schweiß rann in Strömen über Frau Baumeisters Gesicht,
und ihr Atem ging pfeifend.

Als Seppi Moser vom Empfang Korbinian Besuch angekündigt hatte – »A sehr dicke Dame mit am großen Hut
und a Mann dazu, a Schönling, wennst mi fragst«, hatte
Seppi in den Hörer geflüstert – war Korbinian sofort klar,
wer ihn da besuchen wollte. Vollkommen unangemeldet
und überfallartig!

Nun saß Sophia Baumeister immer noch um Luft ringend vor seinem Schreibtisch, und Doktor Allmendinger
stand neben ihr, fächelte ihr Luft zu und redete leise beruhigend auf sie ein.

Es dauerte ein paar Minuten, bis sich Sophia Baumeister – ihr tüllverzierter Hut lag nun riesig auf Korbinians
Schreibtisch und bedeckte einen Großteil davon – wieder
einigermaßen gefasst hatte. Dann jedoch straffte sie sich,
nahm einen Schluck aus ihrer Kaffeetasse und wandte sich
mit einem äußerst hoheitsvollen Blick an Korbinian wie

an einen Lakaien, dem sie nun einige Anweisungen geben wollte.

»Ich habe mich zu dieser beschwerlichen Reise trotz meines angegriffenen Gesundheitszustands entschlossen«, meinte sie, »um Klarheit zu schaffen und um alle Verdächtigungen auszuräumen.«

Aha, Verdächtigungen, dachte sich Korbinian. Ich habe dieses Wort ihr gegenüber ja noch nie in den Mund genommen, aber sie hat da anscheinend ihre Vermutungen, wie interessant!!

»Ich möchte mich bei Ihnen für mein etwas zurückweisendes Verhalten vergangene Woche entschuldigen«, fuhr Sophia Baumeister fort, und halbwegs gelang ihr ein nahezu perfekter Augenaufschlag, »doch ich stand unter Schock wegen des Ablebens meiner Schwester und all den damit verbundenen Unannehmlichkeiten«, und dabei hüstelte sie vornehm in ein blütenweißes Spitzentaschentuch.

»Kuno, die Tropfen«, befahl sie dann mit nicht mehr so lieblicher Stimme, und Doktor Allmendinger zauberte aus seiner kleinen Arzttasche sofort ein grünes Fläschchen und reichte es ihr.

Was für ein Schauspiel, dachte sich Korbinian, das ist ja nahezu bühnenreif.

Nachdem Sophia Baumeister sich einige Tropfen mit einer Pipette direkt in den Mund geträufelt hatte, sprach sie weiter.

»Ich hatte seit Jahren keinen persönlichen Kontakt mehr zu meiner Schwester, eigentlich seit der Zeit, als sie dieses illegitime Kind bekam, sich weigerte, den Vater bekanntzugeben, und darauf bestand, ihren Sprössling allein großzuziehen. Das gelang natürlich gar nicht, und nur mit zeitweiliger finanzieller Unterstützung meinerseits konnte sie dieses wahnwitzige Vorhaben einigermaßen durchhalten. Also, wie gesagt, es bestand keine Verbindung mehr zwischen uns, bis zu dem Zeitpunkt, als sie mir mitteilte, dass sie dabei sei, ihre Lebenserinnerungen niederzuschreiben. Was für eine saudumme Idee! Doch hätte sie es dabei belassen, über ihre erotischen Extravaganzen und ihren Männerverschleiß zu schreiben, hätte ich ja noch mit mir reden lassen. Doch dann hat sie begonnen, unsere Familiengeschichte umzuschreiben, und hat dabei die abstrusesten Lügenmärchen verbreitet. Das konnte ich natürlich nicht zulassen!«

Nach diesem relativ langen Redefluss lehnte sich Sophia Baumeister zurück, betupfte mit dem Batisttüchlein ihre Stirn und ergriff die Hand Doktor Allmendingers. Korbinian bemerkte deutlich, dass diesem die Berührung unangenehm war.

»Und da ich selbst mich nicht in der Lage fühlte, mit ihr zu sprechen, bat ich Herrn Doktor Allmendinger, dem ich bedingungslos vertraue und der in alle meine Belange vollkommen eingeweiht ist, dies zu übernehmen.«

Endlich kam Korbinian nun dazu, diesen Monolog zu unterbrechen.

»Und Herr Doktor Allmendinger hat ihre Schwester besucht und sie, das ist uns genauestens bekannt, gewaltig unter Druck gesetzt.«

»Nein, nein«, empörte sich Sophia Baumeister.

»Er hat sie nur gebeten, mit der Verbreitung dieser Lügen aufzuhören. Dazu war er sogar gezwungen, ein äußerst zwielichtiges Etablissement aufzusuchen. Eine Zumutung sondergleichen!«

Korbinian wandte sich nun an Doktor Allmendinger.

»Ich würde dazu gerne auch Ihre Meinung hören, Herr Doktor; Sie waren ja bisher äußerst schweigsam.«

Doktor Allmendinger, dem vom mittlerweile dazuge-kommenen Ludwig ein Stuhl angeboten worden war, löste nun seine Hand aus Sophias Umklammerung.

»Ich habe es als meine Pflicht als behandelnder Arzt ange-sehen, in diese ungute Angelegenheit einzugreifen. Schließ-lich war die Gesundheit meiner Patientin gefährdet!«

Ludwig schnaubte.

»Das war aber ein ziemlich martialisches Auftreten Ihrerseits dort im *Chez Suleika*, wie mir berichtet wurde.«

»Das ist nun Ihre Sache, wem Sie da mehr Glauben schenken. Mir oder einem Bordellbesucher, meine Her-ren«, antwortete Doktor Allmendinger blasiert.

»Er wollte nur mein Bestes!« ergänzte Sophia Baumeis-ter mit zitternder Kleinmädchenstimme.

Ludwig musterte sie und fragte dann schneidend:

»Wieso sind Sie sich eigentlich so sicher, dass es Mär-chen sind, die Ihre Schwester da an die Öffentlichkeit brin-gen wollte?

Sophia Baumeister starrte Ludwig und Korbinian kopf-schüttelnd mit geöffnetem Mund an. Sie benötigte einige Zeit, bis sie wieder in der Lage war weiterzusprechen.

»Mein Vater war der Herr von Gut Rahnstedt, ein hono-riger, angesehener Mann. Niemals hätte er …«, ihre Stimme versagte, und wieder einmal rang sie nach Luft.

»Ich glaube, Frau Baumeister«, sagte Ludwig mit immer noch äußerst scharfer Stimme, »Sie wollen in diesem Fall wohl die Wahrheit nicht akzeptieren! Es ist absolut unum-stritten, dass Ihr Vater ein hochrangiges bekanntes Mit-glied der NSDAP war und verschiedene äußerst wichtige Ämter innehatte.«

Sophia Baumeister hatte ihre Contenance wieder gefun-den.

»Ja, mein Vater war wohl Parteimitglied«, sagte sie. »Doch das war zu dieser Zeit ja fast ein jeder, und in seiner Position als Gutsbesitzer war es schier unumgänglich für ihn, dort beizutreten. Er konnte nicht anders!«

»Aber Frau Baumeister«, Korbinian schaltete sich nun rasch ein, bevor Ludwig, der neben ihm heftig atmete, die Beherrschung verlor.

»Ihre Schwester hat Ihnen ja wohl die Geschichte von den Leibleins geschildert. Wir haben das mittlerweile überprüft; das Ehepaar Leiblein hat sich das Leben genommen, nachdem Ihr Vater dafür gesorgt hat, dass ihr Modehaus zwangsliquidiert und einem arischen Eigentümer zugeführt wurde. Die Schwestern Leiblein konnten wohl emigrieren, doch Benjamin Leiblein ist, nachdem er sich einige Zeit versteckt hatte, aufgegriffen und wegen Rassenschande ins Gefängnis gebracht worden. Dort ist er an einer Herzattacke verstorben, heißt es.«

»Das hast du mir nie so erzählt, Sophia«, rief Doktor Allmendinger empört.

Sophia Baumeister nahm noch einmal einen kräftigen Schluck ihrer Beruhigungstropfen zu sich, betupfte sich zum wiederholten Mal die feuchte Stirn, und ihr Blick driftete von den im Raum Anwesenden ab und verlor sich in der Ferne.

Dieser Schulkamerad von Berenike, was war das doch für ein hübscher, zartgliedriger Junge gewesen! Schwarzes lockiges Haar und dunkle schöne Augen hinter seiner Nickelbrille. Doch diese Augen hatten nur Berenike gesehen; sie, Sophia, war für ihn Luft gewesen. Und nicht nur das, sie hatten sich beide auch noch über sie lustig gemacht.

»Schau mal, da kommt meine liebe Schwester, das runde Sahnebonbon«, hatte Berenike lachend gerufen, und er hatte in ihr Lachen eingestimmt, und sie hatten hinter ihrem Rücken beide kichernd und feixend Grimassen geschnitten. So war es immer gewesen. Immer war Berenike die Beliebte, die Schöne, die Geistreiche, und Sophia war abends im Bett gelegen und hatte sich vorgestellt, wie sie Berenike immer weiter in das Wasserbassin des kleinen Springbrunnens vor dem Gutshaus hinabdrücken würde. Immer weiter, immer tiefer, bis sie endlich aufhören würde zu zappeln und schließlich still für immer dort liegen bleiben würde. Nicht nur einmal hatte sie sich das vorgestellt, und Kuno wusste das ganz genau. Sie hatte ihm schließlich alles erzählt. Und jetzt tat er so unschuldig, dieser miese Kerl!

Sophia Baumeister kehrte langsam wieder ins Hier und Jetzt zurück.

»Ich weiß nichts von diesen Leibleins«, sagte sie mit fester Stimme

Ludwig sackte ein wenig auf seinem Stuhl zusammen und murmelte: »Da ist Hopfen und Malz verloren bei der Dame!«

»Frau Baumeister, Herr Doktor Allmendinger«, ergänzte Korbinian, »Ich muss von Ihnen wissen, wo Sie beide am Vormittag des 2. Juli gewesen sind.«

Sophia Baumeister tat, als hätte sie diese Frage nicht gehört

»Obwohl es mir schwerfällt«, meinte sie zusammenhangslos, »ich werde für die Beerdigung meiner Schwester aufkommen. Schließlich habe ich sie ja mein ganzes Leben unterstützt, warum dann nicht auch noch im Tode! Doch das ist mehr als genug; um das Kind kann ich mich nun wirklich nicht auch noch kümmern.«

Doktor Allmendinger war damit beschäftigt, etwas ganz

dringend in seiner Tasche zu suchen, und tat so, als hätte auch er die Frage nach seinem Alibi nicht gehört.

»Ich muss Sie doch bitten, meine Frage nach Ihrem Aufenthaltsort am Vormittag des 2. Juli zu beantworten«, insistierte Korbinian noch einmal.

»Das ist ja die Höhe«, rief Sophia Baumeister empört.

»Wo werde ich denn schon gewesen sein? Im *Axelmannstein* natürlich! Sie glauben doch nicht im Ernst, dass ich meine Schwester vergiftet habe?«

»Wie kommen Sie denn auf Vergiften, Frau Baumeister? Wir haben mit Ihnen doch nie über die Todesumstände Ihrer Schwester gesprochen, und Sie haben ja auch nie danach gefragt«, schoss Ludwig dazwischen.

Sophia Baumeister zuckte zusammen. Ach herrje, was hatte sie denn da wieder dahergeplappert? Das war die andere Version, wie sie Berenike seinerzeit zu Tode kommen lassen wollte; einfach schlichtes Rattengift in die heiße Schokolade, die diese so gern getrunken hatte, und kurze Zeit später hätte sich ihr schöner schlanker Körper gekrümmt vor Krämpfen, und weißer Schaum wäre vor ihren vollen roten Lippen gestanden.

22.5.1956
Jetzt hat sie mir wieder etwas überwiesen. Nur ein Geldeingang auf dem Konto, kein Brief, keine Karte, kein Wort.
Eigentlich sollte ich's nicht annehmen und ihr postwendend wieder zurückerstatten. Doch ich kann es ja so gut brauchen und ich muss ja auch an den Bubi, seine Windeln, seine Haferflocken, seine Strampelhosen denken.
Ich weiß genau, dass sie mich gerne tot sehen würde

und sicher schon mehrfach daran gedacht hat, mich
umzubringen. Mich zu vergiften, zu erschlagen, zu
ertränken! Hinter ihrer schwachen in Fett zerflie-
ßenden Fassade steckt ein ungeheuer starker Hass,
und einen Hang zur Brutalität hat sie wohl von
unserem Vater geerbt! Ich war nicht immer lieb und
gut zu ihr; ich hab sie verspottet wegen ihrer Figur,
wegen ihres miesepetrigen Hautarztes, ihres Spie-
ßertums! Ich bin wahrlich nicht unschuldig. Doch
immer schon, von klein auf, hab ich zwischen-
durch den Hass in ihren Augen gesehen. Ganz sel-
ten waren wir uns nahe, ach Sophia!

»Doktor Allmendinger steht mir während meines Auf-
enthaltes in Bad Reichenhall täglich zur Seite; so auch
sicherlich an jenem Tag«, ergänzte Sophia Baumeister nun.
»Nicht wahr, Kuno?«

Doktor Allmendinger, der in Korbinians Augen am heu-
tigen Tage ein ganz anderes Bild abgab als seinerzeit in seiner Praxis in Bad Reichenhall, nickte zustimmend, schien
sich aber in seiner Haut überhaupt nicht wohlzufühlen.

Ludwig schob Korbinian einen Zettel zu. »Ich über-
prüf das mal«, stand darauf kurz und bündig, und er verschwand im Nebenzimmer.

»So«, meinte Sophia Baumeister resolut und griff nach
ihrem riesigen Hut.

»Jetzt wissen Sie ja alles. Schicken Sie mir die Rechnung
für die Beisetzung. Kostengünstig natürlich und irgendwo
hier in München. In das Familiengrab droben kommt sie
mir jedenfalls nicht!«

Korbinian betrachtete das feiste, glänzende Gesicht
Sophias und dachte bei sich, wie diese Frau wohl wäre, wenn

ihr armer Körper sich nicht mit dieser schrecklichen Fettschicht überzogen hätte. Wäre sie so schön wie Berenike? Wäre sie milder, fröhlicher, anteilnehmender? Ein ganz klein wenig blitzte in ihren Augen und in ihrer Stimme zwischendurch noch die tote Berenike auf; doch auch dieses Wenige würde bald, so befürchtete Korbinian, ganz verschwunden sein.

Ludwig betrat das Zimmer wieder, setzte sich, verschränkte die Arme und wandte sich Doktor Allmendinger zu.

»Ich habe Erkundigungen im *Axelmannstein* eingeholt. Frau Baumeister war den ganzen Tag im Hotel. Was Sie betrifft, Herr Doktor, wird dort ja genauestens Buch geführt, wann Sie dort welchen Patienten besuchen. An dem fraglichen Tag waren Sie erst in den Abendstunden bei Frau Baumeister. Haben Sie uns dazu etwas zu sagen?«

»Ach«, rief Sophia Baumeister. »War das nicht der Tag, an dem du diese Migräneattacke hattest, Kuno?«

Ludwig blickte auf den Zettel vor sich. »Von Kopfschmerzen ist hier nicht die Rede. Nach den Unterlagen des Hauses haben Sie in den Vormittagsstunden eine Frau Luiselotte Enderle besucht.«

»Was?«, schrie Sophia Baumeister. »Bei dieser Schriftstellergeliebten, bei dieser unmöglichen Person warst du? Und mir hast du einen Migräneanfall vorgegaukelt!« und wieder ging ihr Atem pfeifend, und das Batisttüchlein kam erneut zum Einsatz.

Dr. Allmendinger rutschte auf seinem Stuhl hin und her und wusste nicht, wohin er blicken sollte.

»Ja, das ist richtig«, sagte er schließlich. »Sie benötigte dringend meinen Beistand. Sie ist in einer schweren Lebenskrise.«

»Ha, Lebenskrise«, schnaubte Sophia Baumeister. »Das ist eine absolut unmoralische Person, die mit einem saufenden abgewrackten Schriftsteller zusammenlebt. Sie hat sich alles selbst eingebrockt, diese unmögliche Frau!«

»Reg dich bitte nicht so auf, Sophia«, beschwichtigte Doktor Allmendinger sie.

»Ich hätte es dir schon noch erzählt, wenn es dir besser geht!«

»Du hast was mit der«, schrie Sophia Baumeister. »Ganz klar, das ist eine lockere Person, die sich an jeden ranschmeißt«, und Korbinian fiel sein Besuch in Doktor Allmendingers Praxis ein, bei dem ihn ein Poltern und Rumpeln im Gang auf einen unsichtbar gebliebenen Besucher hatte schließen lassen.

Sophia Baumeister erhob sich ächzend. »Ich möchte nun sofort gehen!«

Und sich an Doktor Allmendinger wendend, sagte sie mit eisiger Stimme: »Das wird Konsequenzen haben, Kuno. Doch bevor du mich wieder nach Hause bringst, möchte ich der bekannten *Konditorei Kreutzkamm* und anschließend dem berühmten *Hofbräuhaus* einen Besuch abstatten.«

Eine Minute später waren beide verschwunden, nur auf dem Gang draußen war immer noch Sophia Baumeisters keifendes Organ zu vernehmen.

»Ich bin kurz vorm Platzen«, stöhnte Ludwig.

»Was gibt es nur für Menschen! Wir müssen jetzt nur noch die Frau Enderle anrufen und uns den Termin mit Doktor Allmendinger bestätigen lassen. Übrigens, weißt du, wer diese Frau Enderle ist? Das ist die Lebensgefährtin von meinem verehrten Erich Kästner!!«

*

Hohenzollernstraße
Bäckerei Wimmer

»Vielen Dank, Frau Loichinger«, sagte Evi, zählte der Kundin das Wechselgeld auf den Verkaufstresen und reichte die Tüte Semmeln und Brezn hinterher.

»Und einen schönen Tag noch für Sie.«

Evi spürte, wie das Glücksgefühl, das sich ihrer, seit sie am frühen Morgen in der Bäckerei angefangen hatte, bemächtigt hatte, noch etwas zunahm. Es lief alles so gut und es war, als sei sie nie weggewesen aus diesem ganz speziellen Duft, dem Klingeln der Ladenglocke und dem Geplauder der Kunden. Es war einfach wunderbar! Vor einer halben Stunde war die Frau Wimmer, die mit ihren vier Kindern wahrlich genug zu tun hatte, da gewesen und hatte Evi für eine Viertelstunde abgelöst, damit sie eine Pause machen konnte. Außerdem hatte sie Evi angeboten, ihr aus dem Riesentopf Kartoffelsuppe, den sie für ihre große Familie bereits gekocht hatte, einen Henkelmann für sie und die Kinder mitzugeben.

»Des könn ma ja öfters so macha«, hatte sie vorgeschlagen.

»I bin ja so froh, dass d' do bist!«

Kurz vor dem Ende von Evis Arbeitszeit, sie war gerade dabei, die frisch aus der Backstube gekommenen Schneckennudeln ansprechend auszulegen, stand plötzlich Lou vor ihr.

»Habts a paar oide Semmeln?«, fragte sie. »I konn ned vui zahln, i bin grod pleite.«

Evi holte einige alte schon harte Semmeln aus dem Kasten, schmuggelte noch eine frische dazu und reichte sie Lou über die Theke.

»Du schaust ned gut aus, bist du krank?«, wollte sie wissen.

Lou, die sehr blass war, Ringe unter den Augen und verfilztes strähniges Haar hatte, schüttelte widerwillig den Kopf.

»Nana, nur dass d' Niki tot is, macht mi ganz fertig. Und no a boa andere Sachn komma dazua. I konn nimma richtig schlaffa!« Und ihre müden geröteten Augen füllten sich mit Tränen.

»Komm doch heut Nachmittag bei uns vorbei«, schlug Evi vor. »I mach uns an Kaffee, dann können wir reden.«

Lou schüttelte den Kopf.

»Des is nett von dir, aba des geht ned«, und sehr rasch nahm sie ihre Tüte Semmeln und verschwand. Evi blickte ihr nach, als sie gebeugt und mit schleppendem Schritt die Hohenzollernstraße überquerte. Da stimmt was ganz und gar nicht, dachte sie sich. Das muss ich heut Abend dem Bini erzählen.

＊

Polizeipräsidium
Ettstraße

Obwohl Pat und Patachon sie mit Schreibarbeit zum Ehegattenmord überhäuft hatten, schaffte es Alma Mader doch noch, den Bericht über den Besuch der Herrschaften aus Bad Reichenhall, den ihr Korbinian vor dem Mittagessen auf den Tisch gelegt hatte, fertig zu tippen. Eigentlich war sie ja nach dem Wochenende und dem wirklich gelungenen Spaziergang mit Herrn Billinger bester Stimmung, doch beim Schreiben dieses Berichts wurde ihr richtig trübsinnig zumute. Wer würde sich denn, wenn es einmal soweit war, um ihre Beerdigung kümmern? Der Neffe in Dortmund, der ihr einziger Verwandter war und der schon seit Jahren nichts mehr von sich hatte hören lassen, bestimmt nicht. Die Kollegen? Wer weiß, was bis dahin mit denen war und ob sie noch an die alte Mitarbeiterin Mader dachten, die ja dann sicher schon lange in Rente war. Kurz sah sie einen frischen Grabhügel ohne Blumenschmuck vor sich, vor dem ein einsamer Pfarrer und die Nachbarin Mayer, die sie eigentlich nie hatte leiden können, standen; beide darauf erpicht, so schnell wie möglich dem tristen Novemberregen, der doch zu einer einsamen traurigen Beerdigung einfach dazugehörte, zu entkommen.

Alma Mader schüttelte sich. Vielleicht kam es doch ganz anders, und ein weinender Frischverwitweter stand mit Rosen vor dem Grab. Sie erschrak ein wenig, als sie feststellte, dass der Witwer unverkennbar die Züge Heinrich Billingers trug.

*

Gerichtsmedizin
Nußbaumstraße

Die Augen Patrizia Kremsers waren wieder abgeschwollen und klar. Noch einmal, sie wusste selbst nicht recht, warum, hatte sie die tote Berenike von Rahnstedt aus der Kühlung geholt. Wenn ich zu starkem Psychologisieren neigen würde, dachte sich Patrizia, könnte man nun fast annehmen, dass ich an der Leiche Berenikes noch einmal meine erste Begegnung mit Ludwig wieder aufleben lassen will. Schließlich hatte angesichts dieser schönen Toten ja alles zwischen ihnen begonnen.

Noch einmal begutachtete sie die Kopfverletzung Berenikes ganz genau. Die Form der Wunde sagte deutlich aus, dass es ein eher längliches schmales Holzstück gewesen war, das da mit ziemlicher Wucht auf Berenike von Rahnstedts Kopf geschlagen wurde. Patrizia schloss für einen Moment die Augen und vergegenwärtigte sich noch einmal die Räumlichkeiten der Toten. Das hatte sie bei ihrem Doktorvater, Professor Doktor Doktor Benke-Bucher, gelernt. Nehmen Sie unbedingt auch das Umfeld des Toten in sich auf, hatte dieser immer gepredigt. Daraus lassen sich oft die wichtigsten Schlüsse ableiten! Und ganz deutlich sah sie es plötzlich vor sich, das Gemälde der beiden sich umarmenden Frauen, das gegenüber Berenikes Bett gehangen hatte. Ein wenig schief war es dort an der Wand gehangen, und eindeutig hatte die untere hölzerne Bildleiste gefehlt. War das der Spurensicherung nicht aufgefallen? Sie musste unbedingt mit dem Chef der Spurensicherung, diesem Franz Sowieso, sprechen. Nachdem sie in der Ettstraße von Kollegen zu Kollegen weitergereicht wurde und an den *Buchbinder Wanninger* des Komikers Karl Valentin denken musste, teilte ihr schließlich ein zwitscherndes Stimmchen mit, dass der Chef der Spurensicherung leider nicht mehr im Hause sei.

»Aber ich stell Sie einfach gleich zu den ermittelnden Beamten durch«, zwitscherte das Stimmchen noch einmal, und ehe Patrizia Kremser sich versah, meldete sich »Ludwig Waldleitner, Abteilung Mordermittlung I«.

Patrizia brachte kein Wort über die Lippen, erst auf ein »Hallo. Hallo, wer ist denn da?« gelang es ihr mit brüchiger, etwas krächzender Stimme zu vermelden, dass hier Kremser, Gerichtsmedizin sei.

Nun verstummte Ludwig für eine ganze Weile und

brachte schließlich nur ein ebenfalls krächzendes »Du?« zustande.

»Ich rufe rein dienstlich an und wollte eigentlich auch nicht den Mord I, sondern die Spurensicherung sprechen«, erklärte Patrizia, die sich wieder einigermaßen gefangen hatte, mit einer wieder klaren Stimme.

»Ach!«, antwortete Ludwig etwas dümmlich.

»Ich habe da noch eine Feststellung gemacht, die eventuell von Bedeutung sein könnte«, meinte Patrizia und schilderte kurz und bündig ihre Beobachtung bezüglich der Bildleiste.

»Ja, interessant, interessant«, antwortete Ludwig.

»Da müssen die noch mal dran, unbedingt. Ich geb's gleich morgen früh weiter«, dann verstummte er einen Moment und fragte wieder mit einer vollkommen veränderten Stimme, ganz weich und sanft: »Und wie geht's dir, meine Liebe?«

»Danke, bestens. Und übrigens bin ich nicht deine Liebe«, gab Patrizia zurück und hoffte, dass das Schluchzen, das aus ihrer Kehle aufstieg und gegen das sie nicht ankam, nicht zu hören war. Rasch legte sie auf, sank auf ihrem Stuhl zusammen, und wieder flossen die Tränen. Es war noch nicht vorbei, das spürte sie nun deutlich. Er hatte sie verzaubert und irgendwie auch verhext, dieser charmante Ludwig vom Mord.

»So was kann man nicht verdrängen; so was gehört einfach ausgelebt!«, hatte ihre etwas ältere, liebeserfahrene Freundin Johanna seinerzeit gesagt.

»Die Liebe kann sehr schmerzhaft sein, aber du musst dich ihr stellen!«

Ein paar Minuten später saß Patrizia Kremser wieder auf ihrer Bank im Nußbaumpark und rauchte. Sie rauchte mit Genuss, inhalierte rief und dachte nicht einmal an die Ermahnungen ihrer Mutter. Als die Zigarette fertig geraucht war, beschloss sie spontan, nicht mehr in ihre kühlen Hallen zurückzukehren, sondern früher Schluss zu machen und sich auf dem Heimweg auf die Liegewiese des Nordbads in die Sonne zu legen. Dort wollte sie endlich Günter Grass' Novelle *Katz und Maus* lesen, die erst vor kurzem erschienen war.

Plötzlich fühlte sich Patrizia viel besser. Sie war doch eine eigenständige Person, die zumeist tun und lassen konnte, was sie wollte. Und mit dem Ludwig, der tief an ihr Herz gerührt hatte und der ihren Körper so lustvoll hatte beben und zittern lassen, würde man einfach sehen, wie es weiterging.

Sie schwang sich auf ihr Fahrrad, genoss das wunderbare Sommerwetter, das dieser Stadt etwas Leichtes, Schwungvolles, ja fast Mediterranes gab, und hatte nach einer Viertelstunde das Nordbad erreicht. Sie nahm ihre Tasche vom Sattel, freute sich, dass sie im Sommer immer ihren Badeanzug dabeihatte, und wandte sich dem Eingang mit dem Kassenhäuschen zu.

Da ertönte nicht weit entfernt von ihr ein Aufschrei, Trambahnbremsen quietschten und Autos hupten. Dann herrschte für einen Moment vollkommene Stille, bis man Stimmengewirr, Rufen und das Wiederanfahren der Autos hörte. Patrizia ließ ihre Tasche fallen und rannte los. Mitten auf den Trambahnschienen, nur wenige Zentimeter von einem Wagen der Linie 7 entfernt, lag eine junge Frau. Das Erste, das Patrizia auffiel, war, dass die junge Frau trotz der sommerlichen Temperaturen einen etwas schäbigen weißen Pelzmantel trug, dessen angegrauter abgewetzter Kragen nun von dem Blut, das aus einer Kopfwunde floss, getränkt wurde. Patrizia kniete sich neben die Bewusstlose, riss ein Stück von ihrer Bluse ab und presste dieses gegen die Wunde. Dann brachte sie die junge Frau, die nun ständig fast unhörbar etwas vor sich hin flüsterte, in Seitenlage. Sie erhielt dabei schon Unterstützung von einem drahtigen älteren Herrn, der auch sofort herbeigeeilt war und nur kurz anmerkte, dass er früher mal Krankenpfleger gewesen war. Daneben stand noch schreckensbleich der Fahrer der Trambahn.

»Die is mir einfach neig'laffa, einfach so«, stammelte er und ließ sich dann heftig atmend auf das Trittbrett seiner Trambahn fallen. Patrizia hoffte, dass er nun nicht auch noch in Ohnmacht fallen würde. Da kam die Frau aus dem Kassenhäuschen des Nordbads angelaufen und vermeldete, dass sie bereits einen Krankenwagen angerufen habe.

»Da Sanka kimmt glei!«

Patrizia beugte sich ganz nah zu der jungen Frau herab und versuchte zu verstehen, was diese da leise vor sich hin flüsterte.

»I bin schuid … sie is a schuid … mir san schuid …«, flüsterte die junge Frau fast gebetsmühlenartig vor sich hin und atmete schwer. Dann kam auch schon mit Blaulicht und Sirene der Sanka angefahren. Ein blutjunger Arzt untersuchte die junge Frau, besprach sich kurz mit Patrizia, die sich als Kollegin vorgestellt hatte, und wies die beiden Sanitäter, die schon mit einer Trage bereitstanden, an, die Verletzte ins Schwabinger Krankenhaus zu fahren.

»Ich schau dann heute Abend mal nach ihr«, meinte Patrizia zu ihnen. Als sie dann kurze Zeit später im Nordbad auf ihrer Decke lag, gelang es ihr nicht, sich auf Günter Grass zu konzentrieren. Was hatte dieses verzweifelte Gestammel der jungen Frau wohl zu bedeuten? Und den

Namen der jungen Verletzten, fiel Patrizia Kremser nun ein, wusste sie auch nicht.

Sie legte Günter Grass zur Seite, schloss die Augen und fiel augenblicklich in einen leichten sanften Schlaf des angenehmen Vergessens.

*

München-Bogenhausen

Korbinian stand vor einer schmucken großen Villa im edlen Münchner Stadtteil Bogenhausen und betätigte die Klingel unter einem dezenten goldglänzenden Schild, auf dem »Privatpraxis Doktor Michael Hartlaub, Internist« stand.

Es ist wohl mein Los in dieser Ermittlungsarbeit, dachte er sich, dass ich mich sehr häufig mit ganz besonderen Ärzten der gehobenen Art zu beschäftigen habe.

Ein Dienstmädchen, klassisch mit Häubchen und blütenweißer Schürze, öffnete.

»Keine Sprechstunde mehr«, sagte sie kurz angebunden und abweisend und musterte Korbinian streng. Ich habe wohl nicht ganz das Erscheinungsbild eines betuchten Privatpatienten, dachte sich Korbinian und zückte seine Polizeimarke.

»Haben Sie einen Termin?«, fragte die Weißbeschürzte arrogant.

Korbinian reichte es.

»Ich brauche keinen Termin, mein Fräulein«, sagte er mit strenger Beamtenstimme.

»Ich muss in einer äußerst dringenden Sache sofort mit Herrn Doktor Hartlaub sprechen.«

Das Mädchen verschwand im Inneren des Hauses und ließ Korbinian tatsächlich auf der Schwelle stehen.

»Blöde Kuh, blöde«, murmelte Korbinian vor sich hin, was sich für einen soliden Staatsbeamten natürlich gar nicht ziemte. Nach einiger Zeit erschien die blöde Kuh wieder, öffnete die Tür und wies nach links. Korbinian durchquerte ein riesiges Foyer, das ähnlich kostbar ausgestattet war wie Doktor Allmendingers Praxis in Bad Reichenhall, und betrat dann einen ebenfalls sehr großen Raum, bei dem ihm überhaupt nicht klar war, ob es sich nun um ein Behandlungszimmer oder eine Art riesige Privatbibliothek handelte. Hinter einem ebenfalls äußerst ausladenden Schreibtisch saß ein kleiner unscheinbarer Mann mit Vollglatze und randloser Brille. Korbinian stutzte, der Mann kam ihm bekannt vor, er wusste nur nicht woher.

Doktor Hartlaub machte keine Anstalten aufzustehen und Korbinian zu begrüßen.

»Was kann ich für Sie tun?«, fragte er sehr beiläufig und blickte kurz von dem vor ihm liegenden Schriftstück auf. Da fiel es Korbinian ein. Das war doch dieser äußerst umstrittene Doktor Hartlaub, der Anfang der 50er-Jahre schnell Karriere gemacht und Chefarzt der Inneren Medizin des Klinikums rechts der Isar geworden war. Dann hatte sich herausgestellt, dass dieser Doktor Hartlaub seinerzeit im Konzentrationslager Dachau tätig gewesen war und dort äußerst unappetitliche Patientenversuche unternommen hatte. Warum das nicht viel früher und auch bei der Entnazifizierung nicht entdeckt worden oder von maßgeblichen Stellen gut verschleiert worden war, kam nie heraus. Ein Verfahren gegen Doktor Hartlaub wurde nie angestrengt, doch zog er sich dann doch von seinen Posten zurück und eröffnete eine Privatpraxis in Bogenhausen. Er scheint davon ja recht gut leben zu können, dachte sich Korbinian. Wie hatte sein Vater immer gesagt? Es gibt Leut, die fallen immer wieder auf d' Füß!

»Von der ärztlichem Schweigerpflicht haben Sie wohl noch nie gehört, junger Mann«, meinte Doktor Hartlaub sehr von oben herab, als Korbinian seine Frage nach Manfred Lobelsberger gestellt hatte.

»Selbstverständlich kenne ich die, Herr Doktor«, antwortete Korbinian und unterdrückte seinen Ärger so gut er konnte. »Sie müssen mir ja auch nicht erzählen, was Herrn Lobelsberger fehlt. Sie sollen mir nur bestätigen, dass er am 2. Juli vormittags bei Ihnen war.«

Doktor Hartlaub seufzte.

»Natürlich war er da; er kommt jede zweite Woche am Montagvormittag zur Untersuchung und zur Spritze. Wir kennen uns seit Jahren, er ist mehr als ein Patient für mich.«

»Sie geben aber jetzt Ihrem Mehr-als-Patienten hoffentlich kein falsches Alibi«, konnte Korbinian sich nicht beherrschen anzumerken.

Doktor Hartlaub blickte streng.

»Auf keinen Fall, ich sage Ihnen die Wahrheit!«

Oje, dachte Korbinian, daran hast du dich aber zu früheren Zeiten keineswegs immer gehalten.

»Geht es denn«, und Doktor Hartlaub beugte sich, nun doch neugierig geworden, über seinem großen Schreibtisch nach vorne, »um diesen Prostituiertenmord in Schwabing? An dieser adligen Künstlerin und Edelnutte? Stand doch heute groß in der *Abendzeitung*.«

Korbinian, der gar nichts von diesem in München äußerst beliebten Boulevardblatt hielt und ausschließlich die seriöse *Süddeutsche Zeitung* las, ärgerte sich.

»Sie als gebildeter und belesener Mann glauben doch wohl nicht alles, was in der *AZ* steht?«, gab er etwas sarkastisch zurück, »und dass wir über laufende Ermittlungen keine Auskunft geben dürfen, ist Ihnen doch wohl auch bekannt?«

»Naja, ich mein ja nur«, antwortete Doktor Hartlaub, plötzlich zutraulich geworden. »Ich glaube nämlich zu wissen, dass der Lobelsberger die Dame gekannt hat.«

»Ach«, entgegnete Korbinian, »das hat jetzt wohl nichts mit der ärztlichen Schweigepflicht zu tun?«

»Jaja, Sie haben ja recht«, meinte Doktor Hartlaub.

»Es geht einem halt ans Herz, wenn man sieht, wie einer, der jetzt sterbenskrank ist, einmal so glücklich hat sein können.«

Sofort bemerkte er, was er da ausgeplaudert hatte, und verstummte auf der Stelle.

Aus diesem Grund fiel die Verabschiedung dann auch recht einsilbig und überstürzt aus, und Korbinian beschloss, nicht mehr ins Amt zurückzukehren und gleich heimzufahren. Schließlich wollte er doch genau wissen, wie Evis erster Arbeitstag verlaufen war.

*

Schwabinger Krankenhaus

Lou bäumte sich auf, krallte ihre zitternden Hände in die Bettdecke und schrie.

»Lassts mi, lassts mi los! I wui ned, dass ihr mir wehtuts! Des hod so wehdan, i wui des nimma!«, schrie sie immer lauter und weinte heftig.

Die Gestalt, die da schemenhaft neben ihrem Bett stand,

konnte doch, obwohl sie weiß gekleidet war, niemand anderes sein als die Kittelschürzenfrau aus Berg am Laim, die ihr wieder so wehtun wollte wie damals.

Der jungen Schwester gelang es nicht, der Patientin eine Beruhigungsspritze zu setzen, und auch die Kopfwunde konnte nicht richtig versorgt werden. Zwei Pfleger aus einer benachbarten Abteilung mussten zu Hilfe geholt werden, und auch sie mussten all ihre Kräfte aufbieten, um die immer noch unbekannte Patientin, die tobte und schrie, schließlich ruhigzustellen.

»Lassts mi sterbn! Lassts mi sterbn! I mog nimma«, hatte diese zuletzt noch verzweifelt gerufen.

»Wennsd mi fragst, is des a Fall für Haar«, meinte einer der Pfleger, dem der Schweiß noch auf der Stirn stand, zu seinem Kollegen.

»I sog amoi am Arzt Bescheid.«

Und so kam es, dass eine Stunde später Patrizia Kremser, die sich im Schwabinger Krankenhaus nach der Patientin durchgefragt hatte, vor einem leeren Bett stand.

»Die hamma ins Irrenhaus bringa müssn«, berichtete eine junge Hilfsschwester ihr treuherzig.

Patrizia Kremser trat nahe vor das Mädchen hin und blickte ihm streng in die Augen.

»Das heißt Nervenheilanstalt, Mädchen, das Wort Irrenhaus gibt es nicht! Wiederhol mir bitte den Satz: Wir haben die Patientin in die Nervenheilanstalt Haar einweisen lassen. Los!«

Das Mädchen wurde puterrot und stotterte schlecht und recht den ihr vorgesprochenen Satz herunter.

Morgen ruf ich dort an, und wenn es geht, besuch ich sie ganz bald, nahm sich Patrizia vor.

10. JULI 1962

Polizeipräsidium
Ettstraße

Für die nächsten Tage war eine Hitzewelle mit durchgehend gut über 30 Grad angekündigt. Ludwig hatte sich fest vorgenommen, etwas früher Schluss zu machen und am späten Nachmittag mit seiner kleinen Familie ins Ungererbad zu gehen. Es gab dort auch ein Planschbecken für die Kleinsten, und er freute sich darauf, seinem kleinen Sohn beim Herumpritscheln im badewasserwarmen Wasser zuschauen zu können.

Korbinian kam etwas verspätet und abgehetzt ins Amt, hatte er doch an diesem Morgen die Kinder fertig gemacht und zur Schule gebracht. Jetzt war er sich nicht sicher, ob er den Herd daheim ausgeschaltet hatte. Er musste deshalb noch rasch Frau Berger von oben anrufen, die einen Schlüssel hatte. Die konnte ihn beruhigen.

Sie saßen vor ihren leeren Kaffeetassen und warteten auf Alma Mader mit der Kanne. Endlich erschien sie in einem wild geblümten Sommerkleid, das einen bei längerem Hinsehen schwindlig machte. In der einen Hand hielt sie die Kaffeekanne, mit der anderen schwenkte sie eine bunte Postkarte.

»Vom Herrn Breitner aus Bad Kissingen«, rief sie.

»Liebe Kollegen, so eine Kur ist sauanstrengend«, schrieb Siegfried Breitner, der frühere, nun pensionierte Chef von Mord I.

»Ständig muss man turnen und wassertreten und bekommt Moorwickel und schmerzhafte Massagen. Das Essen ist dürftig und bescheiden. Doch die Damen hier (Kurschatten!) sind reizend, und Freitagabend ist immer Tanz.

Ich komme um mindestens 20 Jahre verjüngt wieder zurück!

Auf bald und auf ein Wiedersehensbier im Hirschgarten.

Euer Sigi Breitner«

»Naja, Breitner und Kur, das hab ich mir schon gedacht, dass das schwierig wird«, meinte Korbinian und dachte ein wenig wehmütig an seinen früheren Kollegen und Chef.

»Ich kann mir gar nicht vorstellen, dass er tanzt«, merkte Ludwig schmunzelnd an.

»Das war die eher schöne Nachricht«, meinte Alma Mader beim Kaffeeeinschenken.

»Jetzt kommt die andere!«

Und sie berichtete, dass die Spurensicherung das Gemälde der beiden Frauen an Berenike von Rahnstedts Wand noch einmal genau untersucht hatte. Natürlich waren der Rand des Gemäldes und sein Umfeld voller Fingerabdrücke wie ja alles in der Wohnung. Die meisten davon waren wohl Berenike und Wolferl zuzuordnen, aber gerade am unteren Bildrand, wo tatsächlich ziemlich vehement die Bildleiste weggerissen worden war, waren viele andere Fingerabdrücke auszumachen.

»Es ist zu empfehlen, vom gesamten bekannten Umfeld der Toten Fingerabdrücke zu nehmen«, schrieb der Spurensicherungs-Franz. Korbinian ärgerte sich, dass man nicht sofort von Lou Berghammer und Peter Konzelmann Abdrücke genommen hatte, doch waren sie bis jetzt nicht als direkte Verdächtige behandelt worden, weil sie da beide ein einigermaßen hieb- und stichfestes Alibi nachweisen konnten.

»Die untere Bildleiste ist weggebrochen worden und könnte der Form nach möglicherweise das Tatwerkzeug sein«, schrieb der Franz weiter.

»Doch genauere Untersuchungen ergaben, dass die Leiste schon vorher gelockert wurde und dahinter in einem schmalen Hohlraum etwas aufbewahrt worden war.«

»Was versteckt man denn in einem Bild?«, fragte sich Ludwig kopfschüttelnd.

»Etwas sehr Geheimes, das niemand zu sehen bekommen soll. Papiere oder Briefe vielleicht«, mutmaßte Alma Mader.

»Wurde irgendetwas Entsprechendes in den zahllosen Unterlagen gefunden?«, fragte Korbinian.

»Irgendetwas, das Berenike von Rahnstedt vor der ganzen Welt verstecken wollte?«

Ludwig seufzte.

»Wie du schon sagst, es gibt zahllose Schriftstücke. Aber in der Richtung ist nichts dabei.«

Alma Mader hüstelte und hob die Hand wie ein braves Schulmädchen.

»Da ist noch was. Der Peter Konzelmann hat sich heute am frühen Morgen im Revier Giselastraße gemeldet. Er vermisst die Lou Berghammer. Er wollte ihr gestern am späten Abend noch einen Besuch abstatten, da fand er ihre Wohnungstür sperrangelweit offen und einen Topf mit angebrannter Milch auf dem eingeschalteten Herd. Es grenzt an ein Wunder, dass da nichts weiter passiert ist. Die Frau Berghammer ist jedenfalls verschwunden.«

»So wie ich diese Lou einschätze, führt die kein sehr konventionelles Leben«, meinte Ludwig, »ist doch möglich, dass sie schnell wegmusste und dann über Nacht irgendwo hängen geblieben ist.«

»Aber Wohnungstür offenlassen und Milch auf dem Herd? Da muss doch was passiert sein«, mutmaßte Korbinian. »Ich schlage vor, dass du mal hinschaust, Lucki.«

✳

Schöngeising
Anwesen Lobelsberger

Manfred Lobelsberger war an diesem Morgen nicht aus dem Bett gekommen. Die ganze Nacht hatte er höllische Schmerzen gehabt und so hatte er schon in den frühen Morgenstunden bei Doktor Hartlaub angerufen. Dieser wollte rasch seinen Fahrer mit einem stärkeren Medikament schicken und gegen Abend selbst vorbeikommen.

Es geht zu Ende, dachte sich Lobelsberger. Den schönen Sommer und die Fertigstellung des neuen Stallanbaus werde ich nun höchstwahrscheinlich nicht mehr erleben. Ob der Franz Josef wohl zu meiner Beerdigung kommt? Ob er womöglich sogar eine Grabrede hält?

Was den Hof und die Versorgung seiner Familie anging, war bereits alles geregelt. Nur die Sache mit dem Schwabinger Buben war noch nicht vollends geklärt, und ob er das noch schaffen würde, wusste er nicht.

Seine Frau trat ins Zimmer und stellte ihm ein kleines Fläschchen und ein Glas Wasser hin.

»Zehn Tropfen höchstens«, sagte sie kurz angebunden und verließ den Raum wieder. Sie nahm ihm seine Krankheit persönlich übel; sie kochte, versorgte den Haushalt wie eh und je, machte die Wäsche und alles, was anfiel. Doch sie machte kein »Extra-G'schiss«, wie sie es nannte, um ihn, und irgendwie war er ihr dankbar dafür.

Er schraubte das Fläschchen auf – zehn Tropfen höchstens, hatte Doktor Hartlaub gesagt – Manfred Lobelsberger nahm 15. Innerhalb von nur wenigen Minuten fühlte er sich schmerzfrei und wie in Watte gepackt. Noch einmal blinzelte er durch die halb geschlossenen Vorhänge hinaus in den Hochsommertag, dann schloss er die Augen, und erneut rollten die Erinnerungswellen heran.

In einer wehmütigen Anwandlung und mit einem reichlich schlechten Gewissen war er seinerzeit, er war schon etablierter Staatssekretär, noch einmal nach Schäftlarn zum Hof der Berghammers gefahren. Er hatte einen Blumenstrauß und ein großes Paket dabei. Es kam ihm zwar etwas lächerlich vor, im Sommer einen Pelzmantel zu verschenken, doch hatte er sich genau daran erinnert, was Lieselotte einmal gesagt hatte.

»Oamoi mechad i wie a vornehme Dame auf der Maximiliansstraß im Pelzmantel spaziern gehn!«

So war er rasch in der Mittagspause zum Kaufhaus *Hertie* gegangen und hatte dort, was im Sommer keineswegs einfach war, einen weißen Kunstpelzmantel gekauft. Ein echter Pelz erschien ihm dann doch zu übertrieben.

Lieselottes Mutter, eine abgekämpfte hagere Person, die wesentlich älter aussah als Mitte 40, öffnete und musterte ihn misstrauisch. Manfred stellte sich vor und fragte, ob denn die Lieselotte daheim sei.

»Die hob i scho lang nimmer g'seng«, antwortete die Mutter unwirsch.

»Die hod si rar g'macht in letzter Zeit!«

Auf die Frage nach Lieselottes derzeitigem Aufenthaltsort zuckte Frau Berghammer nur die Schultern. So ließ Manfred den Blumenstrauß und das Pelzmantelpaket zurück und bat, schöne Grüße auszurichten. Gerade als er sich zum Gehen wenden wollte, wurde ein Fenster im ersten Stock aufgerissen und zwei Buben riefen heraus: »Host Schinkenbrote dabei, Manni, oder an Schoklad?«

In seinen nachfolgenden Morphinträumen bewegten sich nun in einem bunten Kaleidoskop zusammenhangslos alle durcheinander. Berenike, nur mit einem durchsichtigen seidenen Morgenmantel bekleidet; FJS, vor einer schäumenden Maß sitzend und mit schneidend scharfer Stimme auf ihn einredend, und die Sommersprossenlisl, im Sommerdirndl und mit einer weißen Margarite im roten Haar, die sich über ihn beugte und ihn sanft auf den Mund küsste. Zwischen all diesen Gestalten seiner Vergangenheit rannte ein dunkelhaariger kleiner Bub umher, der verzweifelt nach seiner Mama rief.

Manfred Lobelsberger schreckte hoch. Sein Schlafanzug war schweißdurchtränkt, und draußen schien schon später Nachmittag zu sein. Es wäre nun an der Zeit gewesen, seinen spätnachmittäglichen Rundgang durch Hof, Stallungen und Weiden anzutreten, und für einen Moment glaubte er tatsächlich, dass er es schaffen würde. Doch schon als er auf der Bettkante saß, verließen ihn seine Kräfte, und er sank erschöpft wieder in die Kissen zurück.

Was hab ich ihr nur angetan, der Berenike, dachte er

verzweifelt. Nur weil der Tod auf meiner Bettkante sitzt, wollte ich noch mal Schicksal spielen! Ich hätte alles so lassen sollen, wie es war!

Überdeutlich und klar stiegen wieder die Erinnerungen in ihm auf.

Damals vor nahezu acht Jahren war er mit dem Amtskollegen Doktor Klinger unterwegs zu einem Termin in der Buchhandlung Lehmkuhl in Schwabing. Doktor Klinger, Feingeist und Kunsthistoriker, hatte ein Buch über die Gärten und Parks Münchens geschrieben, und nun stand eine Buchvorstellung in der Buchhandlung mit anschließender Signierstunde an. Warum Doktor Klinger ihn, den Großbauern vom Land, dazu auserkoren hatte, die einführenden Worte zu sprechen, war Lobelsberger ein Rätsel, doch natürlich hatte er sich dazu bereit erklärt. Als sie die Buchhandlung betraten, gerieten sie in eine sehr unerfreuliche Situation an der Kasse. Ein junger Buchhändler stand einer Dame, die einen sehr weiten Mantel trug, gegenüber und hielt anklagend zwei Bücher in die Höhe. Die Dame hatte wohl versucht, die beiden Bücher unter ihrer weiten Pelerine an der Kasse vorbeizuschmuggeln, ohne zu bezahlen.

»Ich wollt doch bezahlen«, rief die Dame mit gespielter Empörung. »Ich hab's einfach vergessen!«

Es war Berenike, die da stand und des Diebstahls bezichtigt wurde. Lobelsberger klopfte das Herz bis zum Halse; ihre Stimme hatte er sofort erkannt, doch ihr Äußeres schien verändert. Ihr Gesicht war blass und etwas aufgedunsen, und ihr schönes volles Haar wirkte strähnig und ungepflegt. Sie blickte ihn nun auch an, zeigte jedoch keinerlei Zeichen des Erkennens. Ihre Augen waren stumpf und leer und schauten durch ihn hindurch.

»Ich übernehme das für die Dame«, sagte Lobelsberger zu dem erstaunten Buchhändler, und Berenike nahm ohne ein Wort des Dankes die Bücher an sich. Für einen kurzen Moment standen sie sich gegenüber. Berenikes Mantel öffnete sich leicht, und sie legte ihre schöne schlanke Hand auf einen deutlich gewölbten Bauch.

Die einführenden Worte zum Werk des Doktor Klinger brachte Lobelsberger mehr schlecht als recht über die Bühne. Erst als er zurück im Maximilianeum war und dort hinter seinem wuchtigen Schreibtisch saß, wurde es ihm klar. Sie bekommt ein Kind, und das kann mit sehr großer Wahrscheinlichkeit von mir sein, überlegte Lobelsberger, und äußerst zwiespältige Gefühle stiegen in ihm auf. Natürlich wäre das einerseits als Staatssekretär und möglicher zukünftiger Minister eine Katastrophe; andererseits jedoch konnte er Stolz und eine nahezu unbändige Freude nicht unterdrücken. Das war eindeutig ein Kind der Liebe, auch wenn diese nicht sehr lange gewährt hatte.

Doch die Zeit verging, und Lobelsberger unternahm, ebenso wie Berenike, die sich nie bei ihm meldete, nichts. Das Leben ging einfach weiter, viele andere wichtige Dinge geschahen, und nur manchmal dachte er an den Buben, der irgendwann wohl angefangen hatte zu laufen, zu sprechen und größer wurde und schließlich eingeschult wurde. Alles Wichtige aus dessen Leben und dem Leben Berenikes wurde ihm immer zuverlässig zugetragen. Die kleinen Diebstähle in Schwabinger Geschäften, die sie immer wieder versuchte, die aber zumeist aufflogen, bügelte er oft aus und kam für den Schaden auf. Er erinnerte sich genau, dass sie einmal versucht hatte, eine schwarze Corsage und schwarze Seidenstrümpfe zu entwenden; er hatte das Schlimmste gerade noch so abwenden können. Doch die Gedanken an diese verführerische Wäsche und wer sich wohl nun an ihr erfreuen würde, ließen Bitterkeit in ihm aufsteigen, taten ihm weh und beschworen melancholische lustvolle Erinnerungen an früher in ihm herauf.

Auch als ihm seinerzeit ein leicht amüsierter Innenstadtpolizist berichtete, dass Berenike mit anderen nackt im Wittelsbacher Brunnen gebadet hatte, hatte er die unguten Folgen der Anzeige ebenfalls abwenden können. Und doch war so etwas wie Neid und Eifersucht auf die mitbadenden Herren in ihm aufgestiegen, obwohl es natürlich klar war, dass ein nacktbadender Staatssekretär in einem Münchner Brunnen der Skandal schlechthin gewesen wäre.

Ich hätte mir den Bub nicht anschauen sollen damals im vergangenen Jahr im Frühherbst vor der Hohenzollernschule, dachte sich Lobelsberger. Das hat alles viel schlimmer gemacht.

Er war sich nicht sicher gewesen, ob er ihn überhaupt erkennen würde, doch das war keine Schwierigkeit gewesen. Er hatte Berenikes Augen und ihren Mund und von ihm hatte er die dicke widerspenstige Haartolle, die einfach nicht zu bändigen war und immer wieder in die Stirn fiel. Einen Moment war er versucht gewesen, den Buben anzusprechen, doch dann trat eine junge Frau in einem bunten Sommerkleid auf den Buben und auf das kleine Mädchen mit den Affenschaukelzöpfen neben ihm zu und nahm beide an der Hand. Ganz nah gingen sie an ihm vorbei, und das kleine Mädchen fragte, was es denn zum Mittagessen geben würde.

»Kaiserschmarrn«, antwortete die junge Frau liebevoll, »und hinterher gehen wir in den Englischen Garten.« Und dann bogen sie auch schon um die Ecke in die Hilten-spergerstraße. Lobelsberger blieb zurück und spürte mit Erschrecken, wie eine große Träne seine Wange herabrann.

Doch diese letzte Geschichte bei den Krawallen auf der Leopoldstraße konnte er Berenike nicht verzeihen. Nahezu alle seine Parteifreunde, sein gesamtes Umfeld und natürlich auch er verurteilten diese aufmüpfigen arbeitsscheuen Subjekte, die keinerlei Respekt oder Ehrfurcht vor den bestehenden Regeln hatten und alles durcheinanderbringen wollten. Seiner Meinung nach waren die Polizeieinsätze nicht straff genug und schlecht organisiert gewesen. Man hätte alles viel schneller in den Griff bekommen müssen.

Und dann machte sich Berenike, diese schöne, geistreiche, kluge Frau gemein mit diesen Randalebrüdern, griff einen Polizisten an, machte Radau auf dem Revier und hatte auch noch so einen blutjungen blöden Studenten an ihrer Seite.

Doch da war er schon zu schwach und zu krank gewesen, um ihr wirklich einmal einen gehörigen Dämpfer zu versetzen, und paukte sie auch da wieder heraus. Doch er war sehr gekränkt und wütend auf sie. So jemand konnte kein Kind erziehen! Das zumindest musste er unterbinden, bevor sein Ende kam!

Lobelsberger fröstelte plötzlich sehr stark und zog trotz der sommerlichen Temperaturen die Bettdecke bis zum Kinn hoch. Aus dem Buben muss was Gescheites werden, was Ordentliches, dachte er. Nicht so ein lässiger Schwabinger Müßiggänger!

20.9.61
Ich glaub, der Manitu spioniert hinter dem Wolferl her. Die Evi hat mir gestern erzählt, dass ein Herr an

der Schule gestanden ist und sie und die Kinder ganz
genau angeschaut hat. Einen Moment hatte sie sogar
das Gefühl, dass er mit ihnen sprechen will. Sie hat
mir das erzählt, weil ja schon zweimal die Fürsorge
bei uns war, und sie befürchtet, dass das jemand von
denen war. Doch wie sie mir den Herrn geschildert
hat, war es der Manitu. Was will er denn? Ich hab
Angst ... der Wolferl gehört mir, ausschließlich mir!

✳

Schwabing
Hohenzollernstraße

»Des is a Sauerei! Die hätt ma ja des ganze Haus abfackeln
könna!«, empörte sich Herr Kleinschmidt, der Hausbesit-
zer. Er war wohl von den Nachbarn geholt worden, um
sich der Sache um die verschwundene Lou Berghammer
anzunehmen. Allerdings interessierte ihn der Verbleib dieser kaum; nur der Schaden, der in der Wohnung entstanden
war, war ihm wichtig. Dieser war jedoch, abgesehen von
dem eingebrannten Topf, dem stark verschmutzten Herd
und mäßigen Rußspuren in der Küche, nicht sehr groß.

»A Künstlerin halt«, wetterte Herr Kleinschmidt weiter.

»Meiner Miete hob i a immer nochrenna müssn. Die
braucht sie goar nimma seng lassn hier!«

Ludwig versuchte gar nicht erst, den Herrn Kleinschmidt zu beruhigen, und mit mittlerweile geübtem Kri-
minalerblick wanderte er durch die Wohnung. Nicht nur
die kleine Küche war unordentlich, nein, überall herrschte
großes Durcheinander. Im Schlafzimmer stapelten sich
Kleiderberge auf dem zerwühlten Bett, schmutzige Unter-

wäsche lag am Boden verstreut, und in der kleinen Ecke, die Lou sich als Mal- und Arbeitsplatz eingerichtet hatte, lagen zerrissene und zerschnittene bereits bemalte Leinwandreste. Die Schubladen eines Schranks standen offen, deren Inhalt war herausgerissen worden, und auch da war vieles bereits zerknüllt oder zerrissen. Sie wollte ihr ganzes Werk zerstören und auslöschen, stellte Ludwig bestürzt fest, denn man sah deutlich, dass Lou dort selbst tätig gewesen war. Fremdeinwirkung war so gut wie ausgeschlossen; das hatte sie mit eigener Hand vollbracht. Sie muss verzweifelt gewesen sein, dachte sich Ludwig. Über Berenikes Tod, über das Zerbrechen der Beziehung zu Peter Konzelmann, über ihren ausbleibenden künstlerischen Erfolg. Er hob ein Skizzenheft auf, das noch relativ unbeschädigt war, und blätterte darin. Das Buch enthielt erstaunlich viele Zeichnungen von Säuglingen, Kleinkindern, Schulkindern und Heranwachsenden. Hatte Lou da ihre zahlreichen Geschwister porträtiert? Oder Berenikes Sohn Wolferl? Ludwig beschloss, das Heft mitzunehmen.

Herr Kleinschmidt hatte mittlerweile eine akribische Liste der Beschädigungen erstellt und schimpfte immer noch leise vor sich hin.

Da erschienen gleichzeitig Peter Konzelmann und ein Polizist aus dem nahegelegenen Revier. Konzelmann wollte gerade beginnen zu sprechen, da schob sich der Polizist gewichtig nach vorne.

»Die Frau Berghammer ist gefunden worden«, berichtete er.

»Sie befindet sich derzeit draußen in der Nervenheilanstalt Haar.«

Peter Konzelmann ließ sich auf den nächsten Stuhl fallen und schlug die Hand vor den Mund.

»Um Gottes willen, Lou«, stammelte er, »was hast du denn gemacht?«

Herr Kleinschmidt mit seiner Liste und der Polizist verabschiedeten sich rasch, und Ludwig saß nun Peter Konzelmann an Lous unaufgeräumtem Küchentisch gegenüber.

»Ich versteh das alles nicht«, klagte Konzelmann, und seine Stimme bebte.

»Was ist nur los mit ihr? Warum hat sie nicht mit mir gesprochen? Dieses Durcheinander hier in der Wohnung sieht ihr gar nicht ähnlich!«

»Nun«, warf Ludwig ein, »sie hat sich Ihnen seit dem letzten Gespräch bei uns im Polizeipräsidium wohl nicht mehr anvertrauen wollen. Ihre ganze Dreiecksbeziehung ist wohl irgendwann völlig aus dem Ruder gelaufen.«

»Ja, ich war blöd«, stimmte ihm Konzelmann zu.

»Sie, die Lou allein, lag mir doch wirklich am Herzen. Das mit der Niki war ein Spiel, ein schönes erotisches, aber mehr auch nicht. Kann ich sie denn besuchen in Haar?«

Ludwig versprach ihm, das herauszufinden, bestellte ihn aber gleichzeitig noch einmal in die Ettstraße ein.

»Da gibt es doch noch einige Ungereimtheiten, Herr Konzelmann. Das muss jetzt einmal endgültig geklärt werden!«

Peter Konzelmann nickte gottergeben. Schaut jetzt so ein Täter aus, fragte sich Ludwig. So folgsam und brav?

Dann machte er sich auf den Weg zurück ins Präsidium, um sofort Bericht an Korbinian zu erstatten.

Dort angekommen fiel ihm jedoch siedend heiß ein, dass er die Freundin Kästners in Bad Reichenhall, die Frau Enderle, vergessen hatte anzurufen. Sofort ließ er sich mit dem *Axelmannstein* verbinden.

»Die gnädige Frau ist gestern abgereist«, berichtete ihm eine arrogant näselnde Stimme. Das ist die Chance, dachte sich Ludwig, der den Schriftsteller Kästner, den Autor des Kinderbuches *Emil und die Detektive* als auch des Erwachsenenromans *Fabian*, schon zeitlebens verehrte. Vielleicht lern ich ihn jetzt mal persönlich kennen, wenn ich die Frau Enderle aufsuche.

Und das Wunder geschah. Er bekam Erich Kästner persönlich an den Apparat, und dieser bat ihn, am nächsten Tag um 11 Uhr vorbeizukommen.

»Da sind wir dann sicher mit dem Frühstück fertig«, meinte Kästner, der sich gar nicht besonders für den Grund von Ludwigs Besuch interessierte.

Als die anderen sich bereits in den Feierabend verabschiedet hatten, blieb Korbinian noch sitzen und setzte die »Zettelwirtschaft à la Breitner« fort, an der er schon den ganzen Tag herumbastelte. Es war eine Marotte Siegfried Breitners gewesen, für jeden am Fall Beteiligten einen Zettel anzulegen und darauf jeweils in Stichpunkten alle Überlegungen und Gedanken zu dieser Person zu notieren. Eine von den Mitarbeitern oft belächelte Aktion, die sich aber des Öfteren als erhellend und zielführend herausgestellt hatte.

Beginnend mit dem Opfer Berenike von Rahnstedt, weiter zu ihrer Schwester Sophia und deren Kurarzt Allmendinger, bis zu Manfred Lobelsberger, Peter Konzelmann und Lou Berghammer; so lagen nun etliche eng beschriebene weiße Zettelchen vor Korbinian.

Er schob sie in verschiedensten Konstellationen auf seinem Schreibtisch hin und her, doch leider offenbarten sie ihm nichts Neues. Der Breitner hätte jetzt eine Leberkässemmel gegessen und dazu aus dem Fenster geschaut, dachte sich Korbinian, und ich sitz da und komm nicht weiter. Mit oder ohne Leberkässemmel! Das Einzige, das ihm auffiel und gleichzeitig missfiel, war, dass alle Beteiligten keine ganz einwandfreien Alibis hatten. Außer der Sophia Baumeister vielleicht, die aufgrund der räumlichen Entfernung, ihrer Erkrankung und ihres Gewichts wohl nicht in der Lage gewesen war, ihre Schwester an jenem Vormittag umzubringen. Ihr Arzt, Doktor Allmendinger, hatte zwar angegeben, eine Patientin im *Axelmannstein* besucht zu haben, doch das war noch nicht bestätigt. Da die Todesstunde Berenikes von Rahnstedt ja nur ungefähr feststand, hätte er es vielleicht doch noch schaffen können, nach München zu fahren, um Berenike von Rahnstedt ihrer Schwester und seiner Patientin Sophia Baumeister zuliebe mundtot zu machen. Der Vater Wolferls, Manfred Lobelsberger, hatte zwar durch den Arzt seines Vertrauens ein Alibi erhalten, doch das konnte angezweifelt werden. Dieser Mann war aufgrund seiner Vergangenheit nicht gerade sehr glaubwürdig. Aber wäre der schwerkranke Lobelsberger noch in der Lage gewesen, einen Mord auszuführen? Obwohl, Verzweiflung aktiviert doch oft enorme Kräfte. Peter Konzelmann hatte die Aussage eines Kommilitonen, dass er im Seminar gewesen sei, doch vom Germanistischen Seminar bis zur Trautenwolfstraße waren es höchstens zehn Minuten; er hätte sich also schnell einmal zwischendurch absentieren können. Und die arme Lou Berghammer, die jetzt in Haar draußen war, was war denn eigentlich mit der? Sie war in Schäftlarn auf dem elterlichen Hof gewesen, hatte sie Korbinian bei ihrem ersten Gespräch erzählt – hatte das eigentlich jemand überprüft?

Schlamperei, und zwar eindeutig meine, schimpfte Korbinian vor sich hin, griff sofort zum Telefon und ließ sich von der Bereitschaft ein Auto zum umgehenden Einsatz bereitstellen.

*

Berghammerhof
bei Schäftlarn

Fünf Minuten später brauste er mit dem Wachtmeister Zenglein am Steuer Richtung Schäftlarn.

»Soll isch des Blaulischt oustelle?«, fragte der Zenglein, der aus einem kleinen Ort in der Nähe Aschaffenburgs in Unterfranken stammte.

Korbinian schüttelte den Kopf, hoffte, dass der etwas geschwätzige Zenglein ihm nicht eine Unterhaltung aufzwang, und blickte aus dem Autofenster.

»Berufsverkehr«, stöhnte Zenglein.

»Ach, bei mir dahaam is um die Zeit die Stroß so gud wie leer. Isch kumm nämlich aus Häisbisch bei Aschebersch, wissen Se! Mir senn de Schwonz vum Bayrische Löbbe do obbe in Unnerfrange!«

Korbinian verstand so gut wie nichts und nickte nur. Hoffentlich traf er jemanden an auf dem Berghammerhof, und wussten die überhaupt schon, was mit der Lou passiert war?

Eine knappe halbe Stunde später hielten sie vor dem Berghammerhof, direkt vor einem dampfenden Misthaufen. Einige freilaufende Hühner pickten unbeeindruckt in dem kleinen Hof vor dem Hauseingang herum. Ansonsten war es still.

»Verdächtisch«, murmelte Zenglein und griff tatsächlich an seinen Hosenbund mit Pistolenhalfter.

»Zenglein, wie sind hier zu einer Zeugeneinvernahme, nicht zur Festnahme eines Verdächtigen! Lassen Sie um Gottes willen die Pistole stecken«, bat Korbinian.

»Isch hob hald gmaant«, stotterte Zenglein und blieb dann regungslos und etwas beleidigt hinter dem Steuer sitzen. Korbinian stieg aus und klopfte energisch an die Haustür. Nichts rührte sich. Er klopfte noch einmal, wieder ohne Erfolg.

Vorsichtig öffnete er die Tür und trat in einen schmalen Ern, in dem in ziemlichem Durcheinander Dutzende von Schuhen und Kleidungsstücken herumlagen. In der Mitte dieses Chaos stand ein klappriges kleines Kinderfahrrad, an dessen Lenker ein Kinderrucksack hing.

»Hallo, Frau Berghammer«, rief Korbinian. »Sind Sie daheim?«

Er klopfte an die Tür rechts von ihm, die, wie er mutmaßte, zur Küche und Stube führen musste, und betrat dann einen kleinen Raum, in dem es trotz des noch hellen Sommerlichts draußen sehr düster war. Auf der Eckbank unter dem Herrgottswinkel lag eine Frau in Stallkleidung mit wirrem Haar, die wie bewusstlos schlief. Ganz sanft berührte Korbinian ihre Schulter und nahm sehr deutlich Stallgeruch, Schweiß- und Alkoholausdünstungen wahr.

Die Frau fuhr hoch und schrie erschrocken auf.

»Wer san jetzt nachad Sie?«, stammelte sie und wischte sich einen dünnen Speichelfaden aus dem Mundwinkel.

»Ich wollt Sie nicht erschrecken, Frau Berghammer«, beruhigte Korbinian die Frau und stellte sich vor.

Sie setzte sich auf und starrte ihn aus angstgeweiteten Augen an.

»Is wos bassiert? Die Kinda san beim Badn«, sagte sie mit zitternder Stimme und griff nach der Flasche, die auf dem Tisch vor ihr stand, und setzte sie ungeniert an die Lippen.

»Ja, der Lieselotte geht's nicht gut«, begann Korbinian etwas zögerlich und berichtete dann, was mit Lou geschehen war und wo diese sich zurzeit befand.

Resi Berghammer schien diese Nachricht ziemlich kalt zu lassen. Sie nahm einen weiteren Schluck aus der Flasche, die klare Flüssigkeit, die jedoch sicher kein Wasser war, enthielt.

»Es hod ja moi soweit komma müssn mit ihr«, meinte sie. »Die is einfach g'schpinnert, war's scho imma!«

Korbinian setzte sich ihr gegenüber auf einen äußerst wackligen uralten Stuhl.

»Erzählen Sie mir doch ein wenig von der Lieselotte«, forderte er sie auf, und nach noch einigen weiteren Schlucken aus der Flasche begann Resi Berghammer zu reden.

»Imma scho woits wos B'sonders sei«, begann sie und berichtete, dass Lou schon als Kind und noch mehr als junges Mädchen aus den vorgegebenen Bahnen eines Schäftlarner Bauernmädels ausgebrochen war. So weigerte sie sich standhaft, zur Ersten Heiligen Kommunion und zur Firmung zu gehen.

»I glaab ned an den liabn Gott«, hatte sie immer steif und fest behauptet.

»Sovui Unglück und Dreck auf da Wäid, des gibt's ned, dass a liaba Gott so wos zualasst!«

Nach dem plötzlichen Tod des Vaters, der eines Morgens einfach tot im Stall gelegen hatte, sei es noch schlimmer geworden mit ihr, und als dann der Nachbarbursch bereit gewesen sei, sie zu heiraten, sei sie völlig durchgedreht und weggelaufen.

»Obg'haut is, einfach so und hod mi und die Kloana alloa sitzn lassen«, klagte Resi Berghammer.

Sie gestand zwar im Laufe ihres weiteren Berichts Lieselotte zu, dass sie sich immer wieder sehr gut um ihre jüngeren Geschwister gekümmert und auch zwischendurch auf dem Hof ausgeholfen habe.

»Aba sie g'hert nimma zu uns, sie moant, dass jetzad a Schwabinger Künstlerin is«, beendete Frau Berghammer ihren Bericht mit einer verächtlichen wegwerfenden Geste, mit der sie fast die Flasche vom Tisch gefegt hätte. Sie schien nicht vorzuhaben, ihre Tochter in der Nervenheilanstalt besuchen zu wollen und wollte auch sonst weiter nichts wissen.

Gerade als Korbinian zu der Frage ansetzen wollte, ob Lou an besagtem Tag zu Besuch auf dem Hof gewesen sei, wurde die Tür aufgerissen, und fünf bis sechs Kinder, alle mit noch feuchten Haaren und sonnenverbrannten Gesichtern, polterten in die Stube herein.

»I hob so an Hunger«, schrie einer der Buben, und zwei andere kämpften auf dem Boden der Stube um einen schon angebissenen Apfel. Resi Berghammer schob die Flasche glasklaren Inhalts schnell in das kleine Holzschränkchen neben dem Herrgottswinkel.

»A Rua is«, schrie sie mit gellender Stimme. »Raamts eier Sach zam, dann gibt's wos zum Essn.«

In diesem Durcheinander musste Korbinian ihr nun die Frage stellen, ob ihre Tochter am 2. Juli in den Vormittagsstunden bei ihr gewesen sei.

Resi Berghammer, die nun dabei war, mehr als ein Dutzend Eier in eine schwere gusseiserne Pfanne zu schlagen, nickte ein wenig abwesend.

»Jaja, i glaab scho, dass do da war. Mir ham Johannisbeergelee g'macht. Ja, i glaab scho, am Montag oda Dienstag war des!«

19.8.1959
Heute war ich mit dem Bubi draußen in Schäftlarn
bei den Berghammers. Ich hab gedacht, dass sich

*der Bubi über ein paar Kinder zum Spielen freut.
Aber diese ganzen Mädeln und Buben – wie viele
sind's denn nun eigentlich? – waren ihm viel zu
wild und zu laut. Am frühen Nachmittag wollte
er schon wieder heim. Wir blieben noch kurz, weil
die Frau Berghammer extra einen Kuchen für uns
gebacken hat, doch der war trocken und bröselig,
und so sind wir mit dem Zug um halb fünf wieder
heimgefahren. Der Bubi war so erschöpft, dass er
gleich im Abteil eingeschlafen ist, und mir hat's auch
gereicht. Die Lou ist auch ein ganz anderer Mensch
da draußen bei ihrer Familie und sie war mir richtig fremd da. Außerdem hat die Frau Berghammer
so seltsame Bemerkungen gemacht, und dabei hat
sie mich immer so komisch angeschaut. Ich glaube
nicht, dass wir da noch mal hinfahren.*

*

**Polizeipräsidium
Ettstraße**

Auf der Rückfahrt nach München saß Korbinian schweigend neben Zenglein und hoffte inständig, dass dieser den
Mund halten würde. Er versuchte, noch einmal alle Einzelheiten des Falls zu rekapitulieren, doch sein Kopf streikte
mehr und mehr, und als sie in der Ettstraße einfuhren, war
er kein Stück weitergekommen. Zenglein, der wohl etwas
eingeschnappt war, weil er so gar nicht zum Zuge gekommen war, wünschte ihm einen kurz angebundenen »Gudde
Owend« und verschwand auf der Stelle.

Obwohl es eigentlich höchste Zeit zum Heimgehen war, setzte sich Korbinian noch einmal an seinen Schreibtisch. Was wäre es jetzt gut, wenn der Sigi da wäre, dachte er. Mit seiner ungeheuren Ruhe, seiner Geradlinigkeit und seinem analytischen Verstand.

»Ned aufgebn! Ruhig bleim und einfach weitermacha!«, hörte er Siegfried Breitners Stimme so deutlich, als säße der ehemalige Kollege direkt neben ihm.

11. JULI 1962

Im Hause Kästner

Luiselotte Enderle, wie Ludwig inzwischen herausgefunden hatte, die Lebensgefährtin Kästners seit Jahrzehnten, öffnete ihm. Sie war eine nicht sehr attraktive, aber gepflegte Frau um die 60 mit einem herben leidvollen Zug um den Mund. Eine grau getigerte Katze strich um ihre Beine.

»Kommen Sie nur herein, Herr Waldleitner«, bat sie freundlich.

»Sie wollen doch sicher einen Kaffee?«

Kurze Zeit später saß Ludwig im Wohnzimmer und bewunderte die Bücherregale, die einen Großteil des Raumes beanspruchten. Vom Hausherrn war nichts zu sehen oder zu hören; die grau getigerte Katze hatte sich besitzergreifend neben ihn auf das Sofa gesetzt und ließ ihn nicht aus den Augen.

»Ja natürlich, ich war für sechs Wochen im *Axelmannstein*«, bestätigte Enderle, »vorgestern bin ich zurückgekommen.«

Der Doktor Allmendinger, ja, der sei des Öfteren bei ihr gewesen. Er habe sich wirklich hervorragend um ihr Nervenleiden gekümmert. Ja, auch am 2. Juli am Vormittag sei er bei ihr gewesen, das wisse sie ganz genau, denn da habe sie nämlich einen ganz schlimmen Zusammenbruch gehabt.

Auf Ludwigs vorsichtige Nachfrage, welcher Art der

Zusammenbruch denn gewesen sei, antwortete sie sehr unverblümt.

»Ich hatte wieder mal das Gefühl, dass der Erich etwas hinter meinem Rücken macht. Aber er ist immer so geschickt, dass ich ihm nie was nachweisen kann.«

Ludwig wusste nicht recht, was er darauf sagen sollte, und er fragte sich, ob er sich in solchen Fällen denn auch immer so geschickt anstellte wie der Erich Kästner.

»Wir leben seit Jahrzehnten zusammen«, fuhr Frau Enderle fort.

»Ich bin seine Lebensgefährtin seit langem, aber nur eine zu lieben, das schafft er nicht. Das bringt mich manchmal an den Rand meiner Nerven, und deshalb einmal im Jahr das *Axelmannstein*. Der Doktor Allmendinger ist ein sehr guter einfühlsamer Arzt für mich; aber das ist auch schon alles!

Ich kenne die Frau Doktor Baumeister natürlich; sie glaubt, dass das ganze *Axelmannstein* sich nur um sie dreht und der Doktor Allmendinger ihr Privatbesitz ist. Eine arme kranke Person ist das. Der trau ich, ehrlich gesagt, fast alles zu!«

Ludwig bedankte sich für ihre Offenheit und streichelte die grau getigerte Katze. Diese jedoch fauchte ihn empört an und sprang vom Sofa. In diesem Moment öffnete sich die Tür, und ein relativ kleiner nahezu weißhaariger Mann, der einen sehr fadenscheinigen Pullover trug, kam herein. Erst auf den zweiten Blick erkannte Ludwig den berühmten Schriftsteller. Der blieb im Türrahmen stehen und schmunzelte.

»Ah, das Rendezvous mit dem Kriminaler! Hätte ich gewusst, dass das so ein junger gut aussehender ist, wäre ich schon früher gekommen! Wollen S' einen Whisky?«

Ludwig stammelte etwas von »im Dienst« und sprang auf, um dem verehrten Schriftsteller die Hand zu reichen. Der jedoch steuerte an ihm vorbei auf die gut bestückte Hausbar zu, goss sich mindestens drei Finger breit der bernsteinfarbenen Flüssigkeit in ein Glas und prostete ihnen zu.

»Erich!«, sagte Frau Enderle strafend, doch Kästner schien nichts gehört zu haben und setzte sich neben Ludwig auf das Sofa, worauf die Graugetigerte ihm sofort auf den Schoß sprang und lautstark anfing zu schnurren.

»Waren Sie bei den Studentenunruhen dabei?«, wollte Kästner wissen.

»Haben Sie sich auch so saublöd verhalten wie der Rest Ihrer Truppe? Jaja, die deutsche Obrigkeit in Reinform, der Polizeistaat wie gehabt, Zucht und Ordnung sowieso ...«, dozierte er etwas zusammenhangslos.

»Nichts hat sich verändert seit 45 ... alles gleich geblieben!«

Ludwig fühlte sich unschuldig angegriffen und setzte an, das Ganze etwas sachlicher zu beleuchten, als Kästner, der sein Glas schon geleert hatte, ohne Rücksicht auf das schnurrende Tier auf seinem Schoß wieder aufsprang und auf den Sekretär in der Ecke zusteuerte.

»Sie waren ja wahrscheinlich nicht dabei. Sie sind ja ein Kriminaler«, meinte er eindeutig ironisch und hielt Ludwig ein Büchlein entgegen.

»*Die dreizehn Monate*, letztes Jahr erschienen«, sagte er.

»Lyrik vom alten Kästner! Soll ich Ihnen was reinschreiben?«

Ludwig nickte brav wie ein Schulbub, und Kästner zog einen Füller aus seiner Hemdtasche und begann zu schreiben.

Draußen im Auto schlug Ludwig das Gedichtbändchen auf.

Vernunft muss jeder selber lernen,
die Dummheit aber pflanzt sich gratis fort!

Dem jungen Kriminaler
vom alten Kästner,
im Juli 1962

63 ist er, überlegte Ludwig. So alt ist das dann doch noch nicht! Dann steckte er die *Dreizehn Monate* vorsichtig in seine Jackentasche und machte sich auf den Weg in die Ettstraße.

> *27.1.60*
> *Gestern war ich im neuen Programm der Lach- und Schieß!*
> *War wieder mal grandios und so nett vom Sammy,*
> *dass er mir immer ein paar Karten zukommen lässt.*
> *In der Pause trat ein älterer grauhaariger Herr auf*
> *mich zu und reichte mir ein Glas Sekt. Er wolle ein*
> *wenig mit einer schönen Frau plaudern, meinte er.*
> *Zuerst war ich nicht begeistert; waren doch viele*
> *wesentlich jüngere und besser aussehende Herren*
> *da. Doch dann stellte sich der Herr als Erich Käst-*
> *ner vor und entwickelte im Lauf unserer Unter-*
> *haltung einen derartigen Witz und Charme, dass*
> *ich äußerst angetan war. Wir unterhielten uns*
> *blendend, er machte mir wirklich reizende Kom-*
> *plimente, und wäre nicht der Sammy gekommen*
> *und hätte mich zu einer anderen Gruppe entführt,*

wer weiß, wie der Abend geendet hätte. Ich werd
dem Wolferl, wenn er noch ein wenig älter ist, alle
Kinderbücher vom Kästner kaufen und vorlesen.

*

Nervenheilanstalt Haar

Bevor sie das alte Jugendstilhaus mit den zum größten Teil
vergitterten Fenstern betrat, blieb Patrizia Kremser noch
kurz im Schatten der alten Kastanienbäume stehen und
atmete tief durch. Im Laufe ihres zwar noch nicht sehr langen, aber doch recht intensiven Medizinerlebens hatte sie
schon viel gesehen; schmerzvolle leidbringende, bisweilen
mit dem Tod endende Krankheiten; schwere grässliche Verletzungen nach Unfällen, Gebrechen und Elend des Alters;
und in den vergangenen Jahren natürlich Tote, sehr, sehr
viele Tote. Sie hatte irgendwann aufgehört, sie zu zählen.

Das, was aber hier vor ihr lag, war ihr nahezu unbekannt. Das waren die Krankheiten und Verletzungen der
Seele, und sie fühlte sich fast so hilflos wie ein Erstsemes-
ter vor einer Blinddarmentzündung.

»Kommen S' mit«, meinte die freundliche Schwester
am Eingang.

»Die Patientin Berghammer liegt in Saal 2. Heute ist sie
ruhiger; vielleicht kann sie mit Ihnen ein wenig vor dem
Haus spazieren gehen. Sie sind ja schließlich vom Fach.«

In einem hellen Saal, dessen eine Seite fast nur Fenster-
front war, standen etwa 20 Betten; dazwischen wahllos
angeordnet einige Tische und Stühle. Manche der Patientin-
nen lagen in ihren Betten, die meisten wirkten lethargisch,
einige waren jedoch sehr unruhig. Ein paar Frauen saßen

an den Tischen, und nur wenige davon hatten eine Handarbeit oder ein Buch vor sich liegen. Die anderen starrten vor sich hin oder blickten mit leeren Augen durch die vergitterten Fenster nach draußen. Eine der Frauen stand am Fenster, hatte ihre Hände und ihr Gesicht gegen die Scheiben gepresst und sang mit monotoner Stimme

»… Kommt a Vogerl geflogen, setzt sich nieder auf mein Fuß …«

Genau an dieser Stelle hielt sie inne, und nie kam sie in Melodie und Text weiter als bis dorthin; immer wieder und wieder begann sie das kleine Lied von vorne zu singen.

Lou Berghammer lag in einem Bett ganz nahe am Fenster. Patrizia erschrak; Lou sah entsetzlich aus. Sie trug einen unordentlichen, leicht angeschmutzten Kopfverband, aus dem einzelne strähnige rote Locken hervorquollen; ihr Gesicht war bleich und die Augen waren blutunterlaufen. Über die rechte Wange zog sich eine tiefe Schramme, die offensichtlich nur oberflächlich gereinigt worden war.

Die begleitende Schwester, die Patrizias kritische Blicke wohl bemerkt hatte, erklärte, dass es sehr schwierig sei, an die Patientin heranzukommen. Sie würde sich allen Annäherungsversuchen widersetzen.

»Ja, die san bäs zu mia; die woin ma wehtun«, rief Lou und streckte abwehrend die Hände vor sich. Patrizia trat näher an Lou heran und versuchte, ihre Hände zu nehmen.

»Niemand will Ihnen wehtun, Frau Berghammer«, sagte sie beschwichtigend.

Doch Lou stieß sie von sich.

»Na, dir glaab i a nix, du bist da Daifi«, schrie sie.

»I wui mein Mantel wieda, den hamms ma wegg'nomma!«

Patrizia wandte sich an die immer noch neben dem Bett stehende Schwester.

»Wo sind denn die Sachen der Patientin?«

Die Stimme der Schwester wurde ungeduldig.

»Die Patienten bekommen die einheitliche Anstaltskleidung bei Einlieferung«, entgegnete diese.

»Die persönlichen Sachen werden weggeschlossen.«

Patrizia nahm nun ihren gestrengen Ärztinnentonfall an.

»Sie bringen mir nun augenblicklich den Mantel der Patientin, oder ich spreche sofort mit dem diensthabenden Arzt.«

Die Schwester gab einen seltsam zischenden Laut von sich und verschwand. Patrizia setzte sich auf Lous Bettkante.

»Ich bin die Frau, die dabei war, als Sie am Nordbad vor die Trambahn gelaufen sind. Können Sie sich an mich erinnern, Frau Berghammer? Können Sie sich überhaupt an irgendetwas erinnern?«

Lou starrte sie an und schüttelte verständnislos den Kopf.

Inzwischen war die Schwester wieder erschienen und legte mit spitzen Fingern den reichlich verschmutzten und leicht blutbesudelten Kunstpelzmantel auf das Bett.

»Entgegen der ärztlichen Anordnung. Ich komm in Teufels Küche!«, maulte sie.

Lou zog den Mantel fest an sich, und Patrizia glaubte, ein ganz kurzes glückliches Lächeln über ihr Gesicht huschen zu sehen.

»Jetzad lassts mi in Rua! I wui schlaffa«, murmelte sie, zog den Mantel über ihren Kopf und rührte sich nicht mehr. Patrizia blieb noch für einen Moment auf Lous Bettkante sitzen und schaute, dass der unansehnliche, doch offenbar sehr geliebte Mantel sie gut bedeckte. Dabei entdeckte sie, dass aus dem ein wenig aufgerissenen Saum des Mantels unter dem Futter etwas hervorlugte. Vorsichtig zog sie daran und hielt schließlich einen zerknitterten Briefumschlag, in dem wohl zwei oder drei Schriftstücke steckten, in Händen. Ganz behutsam faltete sie eines auseinander und las.

»Ich habe nur noch eine kurze Wegstrecke vor mir, und es ist mir ein großes Anliegen, dass der Bub eine ordentliche Erziehung und eine exzellente Ausbildung erhält. Wir wissen doch beide schon lange, dass du nicht dazu in der Lage bist, das zu leisten. Deine äußerst beschränkten finanziellen Mittel und vor allem dein Lebenswandel lassen dies nicht zu. Deine letzte Entgleisung hat das überaus deutlich gezeigt. Ich werde nun sehr rasch alles in die Wege …«

Weiter war das Schriftstück nicht zu entziffern; ganz eindeutig hatte jemand rote Flüssigkeit in größeren Mengen darüber verschüttet. Könnte sich um Rotwein handeln, mutmaßte Patrizia. Dann steckte sie ganz rasch das Papier zu den anderen in den Umschlag zurück und deponierte diesen in der Schublade von Lous Nachttischchen. Das geht dich nichts an, Patrizia, schalt sie sich. Du kannst doch nicht einfach privaten Schriftverkehr von Patienten lesen.

Draußen ließ sie sich auf eine Bank fallen und steckte sich eine Zigarette an. Ich komme morgen wieder, nahm sie sich fest vor, und wenn ich meine Toten dann halt des Nachts aufschneiden muss! Und insgeheim wusste sich auch schon ganz genau, dass sie das Geheimnis um diese Lou und diese ominösen Briefe in deren Mantel unbedingt lösen wollte.

*

Polizeipräsidium
Ettstraße

Gleich nachdem Korbinian am Morgen ins Amt gekommen war, hatte er noch einmal Peter Konzelmann vorladen lassen. Doch bevor dies richtig in die Wege geleitet wurde, saß Konzelmann nun schon händeringend vor seinem Schreibtisch. Er war aus freien Stücken gekommen, und seine Hände zitterten beim Entzünden einer *Roth-Händle.*

»Ich muss zur Lou; ich will wissen, wie es ihr geht. Kann ich denn nicht gleich zu ihr?«, bat er flehentlich.

»Ich brauch eine Genehmigung da draußen in dieser Anstalt; wenn ich nichts in Händen hab, lassen die mich nicht rein.«

Korbinian fühlte ein wenig Mitleid mit dem armen Studenten in sich aufsteigen.

»Und außerdem wollte ich fragen, wann man die Berenike beerdigen kann?«, wollte Konzelmann weiter wissen. Er hatte sogar schon ein paar Abschiedsworte zu diesem Anlass vorbereitet.

Den kann ich wohl auch aus meiner Verdächtigenliste streichen, überlegte Korbinian, der nicht anders konnte, als dem Konzelmann seine Sorge und Trauer abzunehmen. Dennoch bat er ihn, sich nach beendetem Gespräch noch Fingerabdrücke abnehmen zu lassen.

»Gestern hat mich das Beerdigungsinstitut Brettschneider angerufen«, konnte er Konzelmann mitteilen. »Die Beerdigung ist für nächsten Montag im Westfriedhof festgesetzt.«

Der Bestatter Brettschneider hatte am gestrigen Tag angerufen und Korbinian mit dem Termin und allem, was dazugehörte, vertraut gemacht. Es sei alles bereits bezahlt, hatte ihn Brettschneider wissen lassen, und es sei sogar noch zusätzlich Geld eingegangen, das man ja dann für schönen Grabschmuck verwenden könne. Ein Schriftsteller vom Bodensee habe einen größeren Betrag überwiesen, und auch anonym sei noch eine große Summe eingegangen. Korbinian war sofort klar, von wem diese anonyme Zahlung stammte.

23.5.1959
Alle, die mich schätzen, mögen und lieben, sollen zu meiner Beerdigung kommen, hier in meinem geliebten Schwabing natürlich und nicht in der schauerlichen Familiengruft droben! Natürlich nicht in Trauerkleidern, nein, bunt und fröhlich soll es zugehen. Der Michi, einer der fünf Musiker von den Krawallnächten, könnte »Oh lonesome me« spielen und singen, und der Peter soll ein Rilkegedicht vortragen. Er hat so eine schöne Stimme. Vielleicht liest auch der Martin noch was, der hat ja einen Riesenfundus! Hinterher soll's Weißwürst geben und Bier und Schnaps in Mengen! Am schönsten wär's, wenn sie alle meine Asche in den Wind streuen würden, aber das ist, glaub ich, verboten. Na und, was soll's???

Korbinian versprach Peter Konzelmann, sich um eine Besuchsgenehmigung für die Nervenheilanstalt zu kümmern, vorausgesetzt, dass Lou Berghammer ihn überhaupt sehen wollte.

Konzelmann bedankte sich, machte aber noch keine Anstalten zu gehen. Er zog an seiner Zigarette und sprach mehr zu sich selbst als zu Korbinian.

»Ich hab einiges gutzumachen bei der Lou. Und bei der Berenike irgendwie auch. Ich hab mich von Anfang an nicht richtig verhalten, mit beiden …!«

Dann richtete er das Wort doch direkt an Korbinian: »Ich weiß, dass Sie mir nichts sagen dürfen, aber haben Sie denn schon irgendeinen Verdacht?«

»Wie Sie sagen, Herr Konzelmann«, antwortete Korbinian bedauernd, »ich darf Ihnen darüber wirklich keine Auskunft geben.«

Es wäre ja so gut, wenn ich dir was dazu sagen könnte, dachte er bei sich, und die Regale unten im Archiv mit den ungelösten Fällen fielen ihm ein, die Sigi Breitner ihm einmal gezeigt hatte.

Als sich Konzelmann verabschiedet hatte, öffnete Korbinian das Fenster weit und schaute hinunter in den Hof des Präsidiums. Der Zenglein aus Unterfranken stand gerade unten, unterhielt sich mit einem Kollegen und blickte der hübschen jungen Sekretärin vom Betrug hinterher, die einen dieser recht kurzen Röcke trug, die immer mehr in Mode kamen.

Es wäre vielleicht doch besser gewesen, wenn ich damals vor acht Jahren nicht nach München gegangen und als einfacher Dorfpolizist am Chiemsee geblieben wäre, dachte Korbinian. Was hätte ich mir da Arbeit und Ärger erspart! Und er dachte etwas wehmütig an die kleine Polizeistation in Rimsting und an den immer Zigarre rauchenden immens dicken Kollegen Hofer, der mittlerweile schon auf dem Rimstinger Friedhof lag. Wie oft war er, Korbinian, im Sommer in der Mittagspause hinunter nach Schafwaschen gelaufen, hatte dort im *Seehof* eine Leberknödelsuppe gegessen und war dann noch schnell in den See gesprungen. Manchmal war auch Evi, wenn sie ihren freien Tag hatte, von Seebruck herübergeradelt, und sie waren am Badesteg gesessen, hatten süße Schmalznudeln verspeist und sich geküsst.

Korbinian schüttelte sich. Nicht wieder melancholisch werden, Bini, hätte Evi, die diesen schwermütigen Wesenszug an ihm sehr gut kannte, jetzt gesagt. Und Sigi Breitner, der ja dieser Tage aus Bad Kissingen zurückkommen würde, hätte auf seinen Schreibtisch geklopft und »Weidamacha, ned aufgebn!« gerufen. Korbinian schloss die Augen und versuchte, ruhig zu werden, da schreckte ihn das Läuten des Telefons auf.

»Mei, Korbinian, entschuldige, dass i di stör«, hörte er die wohlbekannte Stimme seiner Tante Natalie.

»Aber mir is so wos von langweilig, die ganzn oidn depperten Leid do; des is ned zum Aushoitn!«

Tante Natalie, mittlerweile 80 Jahre alt, lebte seit wenigen Monaten im Altersheim *Münchenstift*. Ganz schnell war sie im vergangenen Jahr hinfällig geworden, die Beine wollten nicht mehr mitmachen, und sie war mehrfach schwer gestürzt. Wenn auch ihr Körper mehr und mehr abbaute; ihr Kopf war immer noch so hell und klar wie eh und je.

»Wos machstn grod? Host an spannendn Foi?«, wollte Tante Natalie wissen, und ohne lang zu überlegen, begann Korbinian, ihr seinen schwierigen Fall zu schildern. Bei Tante Natalie im *Münchenstift* musste er doch keine Angst haben, dass da etwas nach außen drang.

Tante Natalie hörte ihm, nur zwischendurch unterbrochen von einigen »A geh!« oder »Mei, a so wos«, sehr genau zu. Als Korbinian geendet hatte, schwieg sie einen Moment, dann sagte sie:

»Woaßt as, Korbinian, damals wia mei Metzger plötzlich von oam Dog aufn andern verschwundn is, hamm olle denkt, dass er wega die Schuidn abg'haut is. Der hod ja ned wirtschaftn kenna, des war koa Kaufmann! Koana hod weida denkt. Und dann hod si noch a boa Monat rausg'stellt, dass er todunglücklich in d' Frau von seim Bruada verliebt woa. Die hod nix von ihm wissen woin, und deshoib hod a si umbracht im Perlacher Forst draußen. I woit dir nur sogn, dass des Lebn manchmoi furchtbare Umweg macht, die mir uns goaned vorstelln kenna.

Schaug da doch no amoi ganz genau die zwoa Fraun o, diese dode Biriniki und diese Lulu oda so ähnlich; vielleicht steckt do no vui mehr dahinta! Fraun ham oft vui Geheimnisse!«

Nachdem sich Tante Natalie noch einmal schwer über die langweiligen alten Leute im *Münchenstift* beklagt hatte, beendeten sie das Gespräch, und Korbinian versprach, sie am kommenden Sonntag zu besuchen.

Tante Natalie jubelte.

»Do mach ma aba dann an Ausflug. I wui naus aus dem Dodnhaus do!«

Irgendwie war es Korbinian nach dem Gespräch mit der Tante Natalie viel leichter ums Herz, und er ging beschwingt nach Hause. In der Leopoldstraße passierte er einige kleine Gruppen von jungen Leuten, die Plakate und Spruchbänder hochhielten.

»Schlagstöcke gegen friedliche Musikanten – weg mit der Polizeiwillkür«,

»Heigl, nimm deinen Hut«,

»München – Weltstadt mit Schmerz«

war da zu lesen. Heigl war der Polizeipräsident Münchens, der durch sein extrem hartes Durchgreifen und seine Ablehnung jeglicher Vermittlungsversuche bei den

Schwabinger Krawallen keine gute Figur bei der ganzen Sache gemacht hatte. »Weltstadt mit Schmerz« zielte auf das sich gerade in Entwicklung befindliche Motto »München – Weltstadt mit Herz«, das eine Münchner Hausfrau kreiert hatte.

Es gärt noch, dachte sich Korbinian und war froh, nicht als Polizist erkannt zu werden. Ihm war zu Ohren gekommen, dass der derzeitige Kriminaldirektor, Manfred Schreiber, dabei war, eine vollkommen andere Strategie im Umgang mit jungen unkonventionellen Menschen, die gern feierten und allgemein mehr Freiheit forderten, zu entwickeln. Das war kein leichtes Unterfangen in den teilweise noch recht verknöcherten Reihen der Münchner Polizei, und der Vorschlag Schreibers, notfalls einen Polizeipsychologen hinzuzuziehen, wurde zumeist mit Hohngelächter quittiert.

Hoffentlich gibt er nicht auf, der Schreiber, hoffte Korbinian und näherte sich mit raschen Schritten seinem Zuhause.

*

Trautenwolfstraße

Daheim angekommen, erwartete Korbinian allerdings kein beschaulicher Feierabend. Elsi und Wolferl saßen weinend auf dem Sofa.

»Der Wolferl soll bei uns bleiben«, rief Elsi schluchzend, und Wolferl klammerte sich heulend an Evi.

»Ich will dableiben«, flehte er, und sein kleiner Körper wurde von Weinkrämpfen geschüttelt.

Wie sich herausstellte, war ein äußerst unsensibler Herr von der Fürsorge dagewesen und hatte die Sache mit dem Schweizer Internat im Beisein der Kinder verkündet.

Das war nicht gerade ein guter Tag heute und jetzt auch noch das, dachte sich Korbinian. Er nahm auf jedes Knie ein Kind, reichte ihnen Taschentücher zum Trocknen der Tränen und versuchte, beide zu beruhigen.

»Wir haben doch noch Zeit bis zum Herbst«, erklärte er den Kindern.

»Bis dahin kann noch viel passieren!«

Die Kinder bemerkten jedoch sofort die Halbherzigkeit seiner Aussage. Wolferl zählte angestrengt an seinen Fingern ab, dass das doch gerade noch sieben oder acht Wochen wären. Elsi, die im Rechnen lang nicht so rasch und so gut war wie ihr Freund, pflichtete ihm bei.

»Die Zeit rast so schnell dahin, schneller als dir der Wind um die Ohren pfeift, hat die Mama immer gesagt«, klagte Wolferl und begann wieder zu weinen.

»Außerdem ist es in der Schweiz so was von langweilig«, ergänzte er, »die Mama war da mal zu einer vegetarischen Kur.«

Nach einigem Hin und Her klatschte Evi in die Hände.

»Meine Lieben, das bringt jetzt nichts mehr heute. Ich schlag vor, dass ich im Bett noch ein wenig Kasperltheater mit euch spiel, und der Korbinian und ich versprechen euch, dass wir noch mal über alles nachdenken!«

Die Kinder beruhigten sich tatsächlich, und eine Stunde später saßen Evi und Korbinian auf ihrer neuen Wohnzimmercouch und tranken Kirschlikör von der Mama.

»Des brauch i jetzt unbedingt«, hatte Evi gemeint, und Korbinian, obwohl ihm mehr nach einem Bier gewesen wäre, hatte sich ihr angeschlossen.

»Des hilft gar nichts, wenn wir jetzt hin und her überlegen«, meinte Evi und leckte sich die Kirschlikörsüße von den Lippen. »Wir müssen mit diesem Lobelsberger reden. Von dem kommt ja schließlich diese Idee mit dem Internat.«

»Da seh ich keine großen Chancen«, überlegte Korbinian.

»Der Mann hat das sozusagen als seine Hinterlassenschaft festgelegt. Er ist schwerkrank und wird da nicht mehr sehr zugänglich sein.«

»Wir müssen es trotzdem versuchen«, insistierte Evi.

»Wir können den Wolferl nicht einfach so ziehen lassen. Ich würd meines Lebens nicht mehr froh werden! Der Wolferl ist doch unser zweites Kind geworden; das Kind, des ich nimmer kriegen kann!«

Lange Zeit lagen sie später noch wach und hingen ihren Gedanken nach. Sie hatten beide geglaubt, sich mit dem Umstand, dass Evi nach Elsis Geburt davon abgeraten worden war, noch einmal ein Kind zu bekommen, mittlerweile abgefunden zu haben. Doch da war sie wieder, diese Sehnsucht und der Wunsch, Elsi nicht als Einzelkind aufwachsen zu lassen.

Der Wolferl ist ein Geschenk des Himmels für uns, dachte sich der sonst nicht sehr gläubige Korbinian und schmiegte sich eng an seine Frau. Durch die weit geöffneten Fenster hörten sie das Rauschen des Verkehrs auf der Leopoldstraße und die Rufe und das Lachen der Nachtschwärmer in dieser lauen Sommernacht.

12. JULI 1962

Hohenzollernstraße
Bäckerei Wimmer

Evi schichtete die frischen Brezen ansprechend in den Verkaufstresen, füllte die Kaisersemmerl auf und platzierte noch ein paar Hefehörndl darüber. Sie hatte sich mittlerweile bestens in der Bäckerei Wimmer eingelebt, und selbst der Umstand, dass die letzte Nacht ziemlich schlaflos gewesen war, machte ihr kaum etwas aus. Es war eine gute Entscheidung gewesen, wieder zu arbeiten, und dass Korbinian diese nun offensichtlich vorbehaltlos mittrug, machte die Angelegenheit noch leichter.

Nur dass jetzt als erste Kundin des Morgens Frau Schmidt-Klüger erschien, war nicht gerade das, was sich Evi als guten Start in den Tag vorstellte. Frau Schmidt-Klüger, äußerst korpulente Arztgattin aus der Kaiserstraße, war eine schwierige Kundin und zudem, man konnte es nicht anders sagen, eine schreckliche Ratschn. Nun beugte sie sich heftig schnaufend über die Theke, orderte vier Milchsemmeln für den empfindlichen Magen ihres Gatten, verwarf diese Bestellung aber, kaum dass sie sie ausgesprochen hatte, und änderte noch zweimal, bis sie sich endlich entschieden hatte. Evi atmete erleichtert auf, doch Frau Schmidt-Klüger blieb stehen, auch als sie bereits bezahlt und ihre Tüte in der Einkaufstasche verstaut hatte.

»Dieser schreckliche Mord bei Ihnen im Haus, Frau Hilpert ... weiß man denn schon was? Oder ist Ihr Gatte noch auf Mörderjagd?«, wollte sie wissen, und ihre kurzsichtigen Äuglein funkelten neugierig.

Ohne eine Antwort abzuwarten, fuhr sie in ihrem Redefluss fort; dass schon einige weitere Kunden hinter ihr standen, störte sie keineswegs.

»Ich wollte sie ja Anfang letzter Woche noch besuchen, die Frau von Rahnstedt. Wegen unseres Lesekreises, wissen Sie!

Die Frau Kerschbaumer, die Frau Böberle und ich, wir haben doch einen Lesekreis gegründet. Wir lesen zur Zeit Thomas Mann, und da habe ich mir gedacht, dass die Frau von Rahnstedt vielleicht auch Interesse hat. Sie lebte wohl etwas extravagant; aber wir sind da ja vollkommen offen, wissen Sie!«

Neugierig seid ihr, sonst nichts, dachte sich Evi und wollte sich der nächsten Kundin zuwenden.

»Aber sie hat nicht aufgemacht, die Rahnstedt, obwohl sie zu Hause war!«, fuhr Frau Schmidt-Klüger fort.

»Sie hatte eindeutig Besuch, und es ging laut zu, das kann ich Ihnen sagen. Geschrei, lauter Streit und so, als würden Möbel zerschlagen! Da habe ich lieber wieder das Weite gesucht, wissen Sie ...«

Evi hob die Hand und gebot dem Redefluss der Schmidt-Klüger Einhalt.

»Das müssen Sie nicht mir, gnädige Frau, sondern auf der Stelle der Polizei erzählen«, sagte sie energisch.

»Ich informiere jetzt sofort meinen Mann, und der schickt Ihnen sicher eine Streife, die Sie zum Präsidium bringt. Das kann von größter Bedeutung für die Aufklärung des Falls sein.«

Frau Schmidt-Klüger bekam hektische rote Flecken im Gesicht und trocknete sich den Schweiß von der Stirn. Die anderen anwesenden Kunden schauten sehr neugierig und tuschelten aufgeregt miteinander.

*

Schöngeising
Anwesen Lobelsberger

Er hatte es tatsächlich bis in den Stall geschafft. Dort allerdings musste ihm der Toni einen Stuhl hinstellen, weil ihm plötzlich schwindlig geworden war. Der Toni, der schon unter seinem Vater auf dem Hof gearbeitet hatte, holte Klinga und dann Friedl aus ihren Boxen und führte sie ihm vor. Die anderen waren ja draußen auf der Koppel, und bis dahin hätte Manfred Lobelsberger es nie und nimmer geschafft.

Klinga stupste ihn mit ihrer feuchten Pferdenase in den Nacken, und Friedl scharrte mit den Hufen. Der vertraute Heu- und Pferdedunggeruch stieg ihm in die Nase, und für einen kurzen Moment glaubte er tatsächlich, dass ihm dies nun die Heilung bringen könnte. Doch er wusste es ja sehr genau, dass da nichts mehr zu heilen war.

Es wäre schön gewesen, wenn ich dem Buben das alles noch hätte zeigen können, dachte er und sah sich mit dem Kleinen vor sich auf dem Sattel über die Wiesen und durch die Wälder ringsum reiten. Vielleicht hätte er ja sogar das Zeug zum Landwirt, überlegte Lobelsberger, sozusagen von mir geerbt. Doch wie sollte der Kleine da darauf kommen; der kennt ja nichts anderes als dieses verweichlichte Schwabing und das Lotterleben seiner Mutter.

Ein krächzendes heiseres Stöhnen, über das er selbst erschrak, quälte sich über seine Lippen. Toni sprang herbei und musste ihn stützen, damit er nicht vom Stuhl fiel.

»I bring di eini, Manfred«, sagte Toni mitfühlend.

»I kümmer mi um ois, des versprech i dia.«

Toni begleitete ihn bis in sein Schlafzimmer, half ihm, die Schuhe auszuziehen, und deckte ihn zu.

»Vertrau auf deinen Herrgott, Bua«, sagte er noch, bevor er verschwand.

Damals im Nymphenburger Krankenhaus hätte ich ihn gleich mitnehmen sollen, dachte Lobelsberger, und sein irrwitziger Auftritt dort kam ihm wieder in den Sinn. In den Kleidern und mit dem Hut seiner Frau war er damals dort hingefahren, und eigentlich hatte er vorgehabt, sich als enge Verwandte Berenikes auszugeben, um das Neugeborene zu sehen und womöglich an sich zu nehmen. Was für ein wahnwitziger verrückter Plan! Doch das alles war ja auch nur eine kurze Aufwallung gewesen, bevor er wieder zur Vernunft kam. Ganz kurz hatte er in Berenikes Zimmer geschaut; sie hatte tief und fest geschlafen und sehr erschöpft gewirkt. Schnell war er wieder gegangen, und auf dem Weg in die Säuglingsstation hatte ihn der Mut dann ganz verlassen. Und so war er lediglich zur Kasse gegangen und hatte dort ihren Aufenthalt bezahlt.

Dann hatten der Hof, das Maximilianeum und der Franz Josef dies alles wieder in den Hintergrund gedrängt, und er hatte nur noch aus der Ferne zugesehen, wie der Bub größer wurde. Erst ab dem Zeitpunkt, als er vor fast genau einem Jahr die furchtbare Diagnose bekommen hatte, nahm der Gedanke an den Buben immer mehr Raum in ihm ein. Manchmal hatte er an fast gar nichts anderes mehr denken können, und zahllose Pläne und Vorhaben waren durch seinen Kopf gekreist. Von einem Kollegen hatte er dann von diesem Sankt Gallener Internat erfahren, wo neben strenger Schulbildung und viel Sport auch Betätigung in der freien Natur und landwirtschaftliches Arbeiten angeboten wurden. Das ist genau das Richtige für ihn, hatte Lobelsberger beschlossen, und über vielerlei Beziehungen und mit einem recht ansehnlichen Geldbetrag hatte er es geschafft, den Buben dort anzumelden.

Als dann diese ungute Geschichte bei den Schwabinger Studentenkrawallen passierte, hatte er nicht mehr an sich halten können und sich entschlossen, Berenike aufzusuchen.

Lobelsberger nahm ein paar Tropfen der Wundermedizin, die immer griffbereit auf seinem Nachttisch stand, und erwartete sehnsüchtig die schwebende Leichtigkeit, die sich nun bald einstellen würde. Er schloss die Augen und seufzte; nein, an diesen schrecklichen Besuch bei Berenike wollte er jetzt nicht denken! Besser, er erinnerte sich an den Kauf Klingas im Gut Leutstetten draußen. Ein munteres, übermütiges Fohlen mit wunderschönem Fell und noch schöneren Augen war sie gewesen, und er hatte sich auf der Stelle in sie verliebt.

*

Bad Reichenhall
Hotel *Axelmannstein*

Sophia Baumeister hatte nicht sehr gut geschlafen. Seit ihrer Rückkehr aus München hatte sich einiges verändert. Dass ihr Verhältnis zu Doktor Allmendinger seitdem sehr abgekühlt war, dass sie doch wesentlich mehr, als sie es wollte, an ihre tote Schwester denken musste, das alles war schon nicht einfach für sie. Doch dass sie plötzlich keinerlei Lust mehr auf *Mozartkugerln* oder süßes Gebäck hatte, erschreckte sie und machte ihr Angst, aber gleichzeitig auch Mut. Gestern hatte sie nur die Mittag- und Abendessenportionen, die ihr aufs Zimmer serviert wurden, gegessen und den jungen Pagen mit den *Mozartkugerln* tatsächlich wieder fortgeschickt.

Nun stand sie am Fenster und blickte hinaus in den weitläufigen Hotelpark des *Axelmannstein*, der sie immer schon ein wenig an den Park, der ihr Elternhaus umgeben hatte, erinnerte. Sie sah die beiden kleinen Mädchen, Berenike und Sophia, vor sich, die dort im Schatten einer großen alten Eiche mit ihren Puppen spielten. Während Sophia sorgfältig und liebevoll das Haar ihre Puppe kämmte, galoppierte Berenikes Puppe wild auf einem Stock durch die Gegend. Später servierte das Dienstmädchen Anna Getränke; für Berenike eiskalte Limonade und für Sophia heiße Schokolade mit einem dicken Schlag Sahne obendrauf. Damals habe ich sie noch geliebt, dachte Sophia. Wann hat es denn angefangen, dass ich so voller Neid und Hass auf sie war? Sie hat doch nichts dafürgekonnt, dass ich mit mir selbst nicht mehr zurechtgekommen bin.

Dann ging sie kurz entschlossen zum Telefon und rief den Empfangschef an. Mit fester Stimme orderte sie für den Tag der Beisetzung einen Wagen nach München, dann eine Übernachtung dort im *Bayerischen Hof* und anschließend eine Fahrkarte erster Klasse nach Schneverdingen.

Der Empfangschef schnappte nach Luft.

»Gnädige Frau«, stammelte er, »Sie wollen abreisen? Ist etwas geschehen? Ist etwas nicht zu Ihrer Zufriedenheit hier? Haben Sie das denn mit Ihrem Arzt abgesprochen?«

»Ich bin Ihnen da keinerlei Rechenschaft schuldig, guter Mann«, erwiderte Sophia Baumeister kurz angebunden.

»Führen Sie doch einfach meine Anordnungen aus und schicken Sie mir ein Mädchen, das mir beim Packen behilflich ist!«

Dann setzte sie sich an ihren Sekretär und schrieb einen höflichen, äußerst sachlichen Brief an Doktor Allmendinger, in dem sie ihn bat, ihr alle Unterlagen, die sich noch bei ihm befanden, und seine noch ausstehenden Rechnungen zukommen zu lassen.

Noch einmal blickte sie aus dem Fenster in den Park hinunter, doch die kleinen puppenspielenden Mädchen waren verschwunden. Nicht mehr zurück, Sophia, nur noch nach vorne schauen, gebot sie sich, und plötzlich hatte sie keine Angst mehr vor der sauertöpfischen Miene ihres Ehemannes und dem geringschätzigen Geglotze der Schneverdinger Damen. Sie würde ihren eigenen Weg gehen. Die Kraft und der unerschütterliche Lebensmut Berenikes waren mit deren Tod nun auf sie, Sophia, übergegangen.

Zwei Stunden später hatte Doktor Allmendinger Sophia Baumeisters Brief bereits auf seinem Schreibtisch liegen. Der Page mit der schlimmen Pubertätsakne aus dem *Axelmannstein* hatte ihm ihr Schreiben vorbeigebracht. Nachdem er Sophias Brief aufmerksam gelesen und nicht zum ersten Mal ihre schöne ausdrucksstarke Handschrift bewundert hatte, lehnte Doktor Allmendinger sich zurück und zündete sich einen Zigarillo an. Er wunderte sich ein wenig über sich selbst, dass er keinerlei Ärger oder Enttäuschung über den Brief verspürte; nein, er fühlte tatsächlich nur Aufatmen und Erleichterung. Er war frei! Schon seit geraumer Zeit hatte sich die Sache mit Sophia irgendwie verselbstständigt, und oft war ihm in der letzten Zeit seine Rolle keineswegs mehr klar gewesen. Arzt, Therapeut, Liebhaber, Diätberater, Seelentröster, das alles war er gewesen und fast, es hatte nicht mehr viel gefehlt, wäre er auch noch zum Mörder geworden.

Umgehend griff er nach einem seiner Rechnungsformulare und stellte eine ziemlich hohe, doch eindeutig gerechtfertigte Liquidation an Doktor Sophia Baumeister aus. Auf die persönlichen Abschiedsworte für den Patienten und die guten Wünsche für dessen Zukunft, die er ansonsten jeder Endliquidation anfügte, verzichtete er wohlweislich.

*

Schöngeising
Anwesen Lobelsberger

Er hatte von Klinga geträumt, mit der er in leichtem beschwingtem Galopp dahingeritten war; zuerst durch die Schöngeisinger Gemarkung, die ja fast ausschließlich ihm gehörte, wo er jeden Strauch, Baum, Pfad und jede noch so kleine Wiese kannte. Dann jedoch war er plötzlich am Siegestor in München ganz nahe der Universität und sah die Studenten lachend dahinbummeln und lässig ihre Zigaretten rauchen. Widerwillen und Neid stiegen gleichzeitig in ihm hoch; wie hart hatte er in deren Alter schon auf dem Hof gearbeitet und sich kaum eine Zigarettenpause gegönnt! Vom galoppierenden Ross herab beschimpfte er sie, sie jedoch lachten und deuteten voller Spott auf ihn. Schauts ihn an, den blöden ungebildeten Bauern auf seinem Pferd, was will denn der da in der Stadt herinnen? Da wurde ihm erst richtig bewusst, was für eine lächerliche Figur er da auf seinem Ross machte und er wollte vor Scham in der Erde versinken. Doch da kam Berenike die Leopoldstraße herunter auf ihn zu und winkte ihm. Ein unbändiges Glückgefühl durchströmte ihn, und voller Freude ritt er ihr entgegen und rief ihren Namen.

Abrupt und um Luft ringend schreckte Lobelsberger aus seinem Traum hoch und erblickte das Gesicht seiner Frau über sich.

»Was schreist denn so rum, Manfred«, sagte sie vorwurfsvoll.

»Den Namen von deiner verrückten Schwabinger Geliebten weiß i a so!«

Lobelsberger erschrak; sie hatte also wirklich immer Bescheid gewusst. Eine Welle des Bedauerns und des schlechten Gewissens durchflutete ihn, und er streckte ihr seine Hand entgegen.

»Theres«, stammelte er mit heiserer Stimme.

Sie jedoch übersah diese Geste und zupfte nur seine Bettdecke gerade.

»Der Mann von der Polizei, dieser Hilpert, hat angerufen«, meinte sie kurz angebunden. »Der kommt heut Abend vorbei.«

Auf Lobelsbergers Frage, was der Polizist denn noch wollte, zuckte sie nur die Achseln und verschwand, ohne ein weiteres Wort an ihn gerichtet zu haben.

Angst stieg in Manfred Lobelsberger hoch. Was wollte dieser Hilpert denn noch, und was genau wusste er? Und ganz deutlich sah er Berenikes bleiches schmerzverzerrtes Gesicht vor sich und die wenigen Worte, die sie zuletzt hervorgestoßen hatte, gellten ihm in den Ohren.

Wie hatte er sich denn so vergessen können? Was hatte er ihr nur angetan? Plötzlich sah er noch einmal Berenikes

Wohnzimmer in der ihm immer noch sehr wohlbekannten, lässig eleganten Unordnung vor sich. Er, Manfred, saß in dem alten knarzenden Korbsessel, und Berenike in einem schwarzsamtenen Hausanzug saß ihm gegenüber auf ihrem Bett. Sie hatte sich eine Zigarette angesteckt, der überquellende Aschenbecher stand neben ihr auf der roten Damastbettdecke, und ihre Augen funkelten.

»Was willst du, Manitu?«, fragte sie spöttisch.

»Willst du jetzt plötzlich bei mir für Zucht und Ordnung sorgen? Früher hat's dir doch ganz gut gefallen, wenn's nicht so züchtig und ordentlich zuging?«

Sie schnippte die Asche ihrer Zigarette achtlos in Richtung Aschenbecher, und tatsächlich fiel ein Teil davon auf die Bettdecke. Sie wischte oberflächlich darüber.

»Klar, dass dir das alles, was da auf der Leopoldstraße passiert ist, nicht gefällt; dir und deinen konservativen Parteispezln und eurem Übervater Franz-Josef! Aber ich steh dazu und rücke von meiner Einstellung nicht ab. Das war reinste Polizeiwillkür, was da passiert ist! Es war deine Entscheidung, mich da schnell wieder rauszuholen; ich hab's nicht verlangt von dir! Und davon jetzt abzuleiten«, und ihre Stimme schwoll an, »dass ich keine gute Mutter für mein Kind bin, ist saumäßig ungerecht!«

»Berenike«, versuchte Manfred dazwischenzugehen, »so geht das nicht mehr weiter! Ich habe meine Informationen von der Fürsorge, die euch schon mehrfach aufgesucht hat; ich sehe den Zustand deiner Behausung und weiß genau, dass der Bub oft bei den Nachbarn untergebracht ist und dort auch isst. Es muss etwas geschehen. Der Bub verwahrlost, und ich werde mich ab jetzt kümmern.«

Der dumpfe Schmerz in Manfred Lobelsbergers Magen und Bauch verstärkte sich, und für einen Moment hatte er

Angst, dass er sich entweder übergeben oder das Bewusstsein verlieren würde. Er stützte sich an der Armlehne des unbequemen Korbstuhls ab, versuchte aufzustehen und auf Berenike zuzugehen. Diese missdeutete das; sie hielt sich schützend die Arme vor das Gesicht und begann zu schreien.

»Du kannst mich tausendmal schlagen, du kannst mich auch umbringen, Manfred! Den Wolferl bekommst du nicht; das ist allein mein Kind, und du nimmst ihn mir nicht weg. Niemals!«

Manfred, der mittlerweile seine Schmerzen wieder einigermaßen im Griff hatte, trat nun auf sie zu und wollte sie beruhigen. Doch Berenike sprang auf, schrie noch lauter und begann auf seine Brust einzuhämmern.

»Du … bekommst … ihn … nicht«, und ihr schönes, so ebenmäßig klares Gesicht, das er einst so geliebt hatte, verzerrte sich zu einer wütenden Fratze.

Da schlugen Schmerz, Angst und Verzweiflung wie eine riesige Welle über Manfred Lobelsberger zusammen und er erhob die Hand und ballte die Faust …

*

**Polizeipräsidium
Ettstraße**

»Was ist los mit dir, Lucki? Bist du krank?«, wollte Korbinian sorgenvoll wissen und betrachtete ziemlich hilflos seinen Freund und Kollegen, der zusammengesunken und sehr blass hinter seinem Schreibtisch saß.

»Sonja will die Scheidung«, antwortete Ludwig mit zittriger Stimme.

»Was? Scheidung? Wieso?« Korbinian war nicht in der Lage, in zusammenhängenden Sätzen zu sprechen, so geschockt war er.

»Ich liebe sie nicht mehr, sagt sie. Ich vernachlässige sie. Ich hintergehe sie«, antwortete Ludwig fast gebetsmühlenartig. »Und irgendwie hat sie ja mit allem recht. Aber mein Benjamin …«, und ein Schluchzen stieg aus seiner Kehle.

»Ich kann ihn doch nicht zurücklassen. Er ist doch mein Ein und Alles!«

Korbinian nickte und fühlte mit seinem Freund, denn es war ihm auch wie diesem sonnenklar, dass bei einer Trennung der Kleine der Mutter zugesprochen werden würde.

»Versuchs doch noch mal mit der Sonja. Vielleicht lässt sie sich noch einmal umstimmen?«, schlug er halbherzig vor.

Ludwig schüttelte den Kopf.

»Da ist nichts mehr zu machen. Ich bin ja selber schuld, ich hab's versaut. Ich bin einfach für eine Ehe nicht gemacht!«

Dass die horrende Rechnung der *Osteria Italiana*, die er mit Patrizia besucht hatte, Sonja in die Hände gefallen und so alles herausgekommen war, erzählte er Korbinian lieber nicht.

»Es gibt doch ein Besuchsrecht«, ertönte plötzlich Alma Maders Stimme hinter ihnen.

»Ich wollte nicht lauschen, aber ich steh schon die ganze Zeit hier beim Kaffee und hab es wohl oder übel mit anhören müssen.«

Ludwig nickte.

»Ja, das hat mir der Rechtsanwalt Roth, mit dem ich gleich heute Morgen telefoniert habe, auch gesagt. Darum soll ich mit allen Mitteln kämpfen«, und an Alma Mader gewandt, bat er sie, das Ganze für sich zu behalten.

»Selbstverständlich, für was halten Sie mich denn? Ich bin doch keine Flurratschn«, antwortete diese leicht empört und begann den Kaffee auszuschenken.

»Arbeit ist das beste Mittel gegen Trübsal und Sorge«, meinte Ludwig dann, schüttelte sich und rieb sich voller Tatendrang die Hände. »Was gibt's zu tun?«

»Ich schlag vor, dass wir nach Haar fahren und dort die Lou Berghammer besuchen«, antwortete Korbinian, obwohl ihm eigentlich nicht so klar war, was er genau von der Frau Berghammer wollte. Doch seit dem Gespräch mit Tante Natalie ließ ihn der Gedanke an die Verbindung zwischen dem Mordopfer und dieser Lou nicht mehr los; die verschiedensten Konstellationen gingen ihm schier unablässig durch den Kopf, und er war sich mittlerweile ziemlich sicher, dass da ein Geheimnis und eventuell auch eine Lösung verborgen lagen. Um noch ein wenig mehr Klarheit zu erlangen, musste er der Lou Berghammer einfach selbst gegenüberstehen.

Gerade als sie sich auf den Weg machen wollten, betrat der unterfränkische Zenglein mit einer gewichtigen, heftig schnaufenden Dame fortgeschrittenen Alters im Schlepptau das Büro.

»Die Fra mescht a Aussage machn«, verkündete Zenglein aufgeregt und führte die Frau mit einem derart energischen Zugriff zur nächsten Sitzgelegenheit, als wäre sie Verhaftete und nicht Zeugin.

Alma Mader nahm die Personalien der Zeugin auf, und anschließend bat Korbinian Frau Schmidt-Klüger, nun alles, was sie wusste, genau zu berichten. Das tat sie dann folgsam und in einer derartigen Ausführlichkeit, dass es Korbinian und Ludwig sowohl die Sprache als auch den Atem verschlug. Sie erfuhren viel über Thomas Mann,

über den Lesekreis und die Damen Böberle und Kerschbaumer, weiterhin über den äußerst anstrengenden Beruf
ihres Mannes und seine daraus resultierende Magenschwä-
che. Als Frau Schmidt-Klüger dann endlich zum springenden Punkt kam, stellte Korbinian fest, dass Ludwig
sehr blass um die Nasenspitze war und er ein seltsames
stolperndes Herzrasen an sich feststellte, wie er es noch
nie gehabt hatte.

Doch sie hielten wacker durch bis zum Ende, und Frau
Schmidt-Klüger berichtete erneut von dem Lärm und
Streit in der Rahnstedt'schen Wohnung und von den seltsamen Geräuschen, die sie vernommen hatte. Nach längerem Nachdenken konnte sie auch fest bezeugen, dass es
der Vormittag des 2. Juli gewesen war, an dem sie Berenike
von Rahnstedt aufsuchen wollte. Doch auf die Frage, wie
viele Personen denn in der Wohnung gewesen sein könnten und ob es sich um Frauen- oder Männerstimmen oder
beides gehandelt hatte, konnte sie leider keine sehr genauen
Angaben machen.

»Sehr laute, gellende Stimmen, ein großes Durcheinander an Geräuschen«, war ihre etwas diffuse Antwort.

Als diese mehr als anstrengende Dame endlich das Büro
verlassen hatte, senkte Ludwig für einen Moment seinen
Kopf auf den Schreibtisch und stieß ein seltsam pfeifendes
Geräusch aus, und Korbinian bat Alma Mader, ihm aus-
nahmsweise ein Leichtbier aus der Kantine zu holen. Er
brauchte etwas Beruhigendes, das sein Herz wieder in den
richtigen Takt brachte.

»Sie war höchstwahrscheinlich Zeugin des Mordes«,
überlegte Korbinian nach einigen großen Schlucken Bier.

»Ja, das war sie. Aber wir wissen nicht, wer da zu Besuch
war«, sinnierte Ludwig.

»Wir nehmen das jetzt zur Kenntnis«, meinte Korbinian, »und gehen weiter vor wie besprochen. Wir fahren jetzt raus nach Haar«, entschied er schließlich.

Ludwig nickte. Dann schlug er sich kurz an die Stirn.

»Jetzt hab ich doch die letzte Stunde gar nicht mehr an meine Scheidung gedacht!«

Und so saßen sie kurze Zeit später schon wieder mit dem unterfränkischen Zenglein im Auto und fuhren Richtung Haar, und wiederum konnte Korbinian den Zenglein nur schwer davon abhalten, das Blaulicht anzuschalten.

Alma Mader blieb zurück und tippte Berichte. Einmal hatte auch sie seinerzeit an Scheidung gedacht, als ihr Benno selig für ein paar Monate geradezu schamlos mit der Kollegin Monika von der Versicherungskammer poussiert hatte.

Aber irgendwie hatten sie und der Benno sich wieder zusammengerauft, und die letzten Jahre vor seinem plötzlichen Tod waren dann ihre glücklichsten gewesen.

Aber die jungen Leute heutzutage wollten so etwas eben nicht mehr aussitzen! Alma Mader legte die säuberlich getippten Berichte auf Korbinians Schreibtisch, und als sie dann die Räume von Mord II betrat, dachte sie an die schönen Worte, die ihr Herr Billinger gestern am Telefon gesagt hatte.

»Alma, meine Liebe, du meine zeitlose Göttin der Schönheit, ich freue mich so auf unser nächstes Stelldichein.«

*

Gerichtsmedizin
Nußbaumstraße

Patrizia Kremser deckte den alten Herrn, der eindeutig ganz normal an einem Herzschlag verstorben war, fast liebevoll mit dem weißen Laken zu.

»Jetzt haben Sie Ihren Frieden, Herr Hohberger«, murmelte sie. »Wie ich gleich vermutete, sind Sie nicht vergiftet worden, so wie es Ihre hysterische Tochter vermutete. Ein klarer sauberer Infarkt, der Ihnen wohl kaum große Schmerzen bereitet haben dürfte.«

Jetzt wartete noch die Isarleiche auf sie, die ihr die seltsamen Herren von Mord II geschickt hatten. Eine noch junge Frau, die Gott sei Dank noch nicht sehr lange im Wasser gelegen hatte und deshalb noch einigermaßen ordentlich aussah. Die Isarleiche hatte noch keinen Namen; unbekannte weibliche Tote, Fundort unterhalb Flaucherbrücke, nackt und ohne persönliche Gegenstände aufgefunden; so hatten es die Mord II-Herren vermerkt. Dürfte etwa in meinem Alter sein oder gar noch jünger, dachte Patrizia; vielleicht erst so alt wie die Lou Berghammer in Haar draußen.

Patrizia Kremser hielt inne, bedeckte die Isarleiche dann kurz entschlossen wieder mit ihrem Laken und rief nach Joe, ihrem jungen Assistenten.

»Ich muss zu einem dringenden Außentermin, Joe. Bereite mir die Frau soweit vor, ich bin in zwei, drei Stunden wieder da.«

Joe, jung, unverbraucht und voller Tatendrang, eilte herbei und machte sich sofort an die Arbeit, und so konnte Patrizia schon eine knappe Stunde später wieder den Haupteingang der Nervenheilanstalt Haar passieren.

29.7.1961

Gestern war ich wieder mal im Chez Suleika. Der sanfte Oberstudienrat und der grässliche Hotelmensch hatten sich schon länger nicht mehr gemeldet, und ich wollte doch mal nachschauen, ob nicht die blonde Lale sie mir abspenstig gemacht hat. Ich brauche sehr, sehr dringend Geld; überall, beim Bäcker Wimmer, beim Metzger und bei der Standlfrau, hab ich Schulden, und gestern wollte mir die Elvira tatsächlich nicht mehr die Haare machen. Du musst zuerst mal deine Schulden von den letzten drei Mal zahlen, bevor ich wieder an deine Locken geh, Niki, hat sie gemeint und ich versteh sie ja. Sie ist ja auch nicht auf Rosen gebettet.

Im Suleika erfuhr ich, dass der Oberstudienrat mit der Familie in Ferien ist und der Hotelmensch sich den Arm gebrochen hat. Die Chefin hat mir als Ersatz einen ganz schüchternen jungen Mann zugeführt, und kaum hatten wir angefangen, war's auch schon wieder vorbei. Schon beim Anblick und einer kurzen Berührung meines nackten Busens hat er sich ergossen. Um dem Ganzen die Peinlichkeit zu nehmen, hab ich mich noch ein wenig mit ihm unterhalten. Was für ein Schock! Er war angehender Pathologe; also einer, der die Leichen aufschneidet! Da wurde er dann plötzlich selbstbewusst und hat mir alles Mögliche über Brustschnitt, Organentnahme und ähnlich Schauderhaftes erzählt. Oh was für ein Graus. Aber er hat mich gut bezahlt.

*

Nervenheilanstalt Haar

Was Patrizia Kremser dort erwartete, war alles andere als gut. Lous Zustand hatte sich eindeutig verschlechtert.

»Des oane Kind, des Kind«, schrie diese verzweifelt und umklammerte ihren Mantel. »Des is dod! Die zwoa hättn mitnanda spuin und in d' Schui gehen kenna! I wui nimma lebn!«, und weder durch gutes Zureden Patrizias noch durch die herbeigeeilten Schwester war sie zu beruhigen.

»Ich will den zuständigen Arzt sprechen, sofort«, sagte Patrizia und wurde sogleich von der Schwester zu diesem geleitet.

Doktor Hugo Blankenberg stammte aus Hamburg. Dort geboren und aufgewachsen hatte er nach dem Abitur ebenfalls dort Medizin studiert und zuletzt als Assistenzarzt für Psychiatrie in der Nervenheilanstalt Fuhlsbüttel praktiziert. Nie hatte er, der Junge von der Waterkant, es für möglich gehalten, dass er einmal in einer Einrichtung im Süden Deutschlands, wo die Menschen einen ihm völlig unverständlichen Dialekt sprachen, landen würde. Doch die Affäre mit der Gattin des Klinikleiters in Fuhlsbüttel hatte ihm den Hals gebrochen; da hatten auch die verschiedensten Interventionen seiner hoch angesehenen, äußerst einflussreichen Familie nichts mehr ausrichten können.

Nun stand Blankenberg am Fenster seines Büros im zweiten Stock, rauchte einen Zigarillo, blickte hinaus ins Grün des Anstaltsparks und haderte mit seinem Schicksal. Gerade hatte Frau Pechtleitner den Raum verlassen; eine 50-jährige Bäuerin aus Oberammergau, die unter massiven wohl klimakteriell ausgelösten Wahnvorstellungen litt. Kein einziges Wort des Gejammers und des Geschreis der Frau Pechtleitner hatte er verstanden, obwohl Schwester Ulrike dauernd versucht hatte zu dolmetschen. Schließlich hatte er kurzum Lithium und temperaturansteigende Bäder verordnet, ohne von seiner Vorgehensweise auch nur ansatzweise überzeugt zu sein. Er hatte das Gefühl, hier in dieser Klinik nur grobschlächtige, ungebildete und sturköpfige Patienten vor sich zu haben, wusste aber natürlich insgeheim, dass das seiner momentanen Gemütsverfassung zuzuschreiben war.

Schwester Ulrike erschien und wedelte tadelnd den Rauch seines Zigarillos von sich.

»Machen S' doch das Fenster auf, Herr Doktor, das ist ja eine Zumutung«, schimpfte sie.

»Eine Frau Doktor Kremser möchte Sie gerne sprechen. Sie ist Chefin der Münchner Gerichtsmedizin und ist in Sachen Lieselotte Berghammer hier. Die junge Frau, die vorgestern eingeliefert wurde; die mit dem Pelzmantel, wissen S'.«

Auch eine, die ich nicht verstanden habe, erinnerte sich Blankenberg, der die Patientin Berghammer nach ihrer Einlieferung nur kurz untersucht hatte. Aber diese Kollegin und Gerichtsmedizinerin würde ja wohl hoffentlich einigermaßen anständiges Hochdeutsch sprechen!

Und da stand sie auch schon vor ihm, die Frau Doktor Kremser, eine winzige, zierliche und ausnehmend hübsche Person, die ihm höchstens bis zur Brust reichte. Das schien die Frau Doktor jedoch nicht zu beeindrucken; selbstbewusst schüttelte sie seine Hand und nahm dann unaufgefordert in seinem Besuchersessel Platz. Sie schlug die Beine graziös übereinander und entblößte dabei ein gutes Stück ihres hübschen Oberschenkels. Doktor Blankenberg hatte Mühe, den Blick davon abzuwenden.

»Ich war zur Stelle, als die Patientin Berghammer am Münchner Nordbad in eine Straßenbahn gelaufen ist. Sie stand unter Schock, war vollkommen absorbiert und wie in Trance. Aus ihren unzusammenhängenden Äußerungen meine ich abzuleiten, dass bei der Patientin ein eindeutiger Schock und ein starkes Trauma vorliegen«, begann Frau Doktor Kremser ihre Ausführungen.

Doktor Blankenberg runzelte die Stirn und griff nach einem neuen Zigarillo. Das konnte er nun schon gar nicht leiden; Kollegen, die von draußen daherkamen und sich sofort Diagnosen anmaßten!

»Werte Kollegin«, unterbrach er den Redefluss der Doktor Kremser.

»Befund und Diagnostik müssen Sie bitte schon mir überlassen. Was führt Sie denn nun eigentlich zu mir?«

Patrizia Kremser saß kerzengerade in ihrem Sessel und war keineswegs verunsichert.

»Ich möchte Sie bitten, werter Herr Kollege, dass Sie auf der Stelle die Patientin noch einmal begutachten, und zwar in meinem Beisein. Auch die Sache mit ihrem Mantel, an dem sie ja derart hängt, muss dabei unbedingt genauer untersucht werden.«

Doktor Blankenberg platzte der Kragen.

»Frau Kollegin, Sie stürmen da in meine Ordination, belehren mich, was Befund und Diagnose betrifft, und erwarten nun, dass ich meine anderen Patienten vernachlässige und warten lasse, nur weil Sie der Ansicht sind, dass die Frau Berghammer jetzt sofort und auf der Stelle behandelt werden muss. So geht das auf keinen Fall.«

Patrizia Kremser erhob sich.

»Ich war soeben bei der Patientin. Ich befürchte, dass sie sich etwas antun will. Sie ist eine tickende Zeitbombe, Herr Doktor Blankenberg!«

»Ich konnte bei der Patientin keinerlei suizidale Absichten erkennen«, entgegnete Doktor Blankenberg.

»Ich muss Sie nun ersuchen zu gehen, ich muss meine Sprechstunde fortsetzen.«

Patrizia Kremser warf ihm einen vernichtenden Blick zu.

»Ich komme wieder«, entgegnete sie kühl und verließ dann das Zimmer. Die Tür knallte.

*

Auf der Landstraße nach Haar

Peter Konzelmann hatte sich das Fahrrad eines Kommilitonen ausgeliehen. Mit Straßenbahn und Omnibus nach Haar zu kommen, war äußerst kompliziert, und er wollte so schnell wie möglich bei Lou sein. Seit er erfahren hatte, was am Nordbad geschehen war und dass sie nun draußen in der Nervenheilanstalt war, rätselte er hin und her, wie es denn soweit hatte kommen können. Ich hätte besser auf sie aufpassen müssen, von Anfang an, dachte er reumütig. Sie konnte nie ganz sie selbst sein; weder als Freundin der schillernden, extravaganten Berenike noch als Künstlerin und eine der wenigen Frauen in dieser seltsamen Künstlergruppe. Immer ist sie manipuliert und ausgenutzt worden. Sie hat immer eine bestimmte Rolle spielen müssen, sie wusste wohl selbst nicht mehr recht, wer sie eigentlich ist.

Als er an einer blühenden Sommerwiese vorbeifuhr, beschloss er anzuhalten und für Lou dort einen Wiesenblumenstrauß zu pflücken. Während er etwas unbeholfen damit begann, weil ihm nicht recht klar war, was nun Blume oder Grashalm oder schlichtes Unkraut war, fiel ihm eine Begebenheit ein, die sicher bald schon ein Jahr zurücklag.

Es war zu der Zeit gewesen, als Berenike mit Wolferl verreist war und er allein mit Lou Verschiedenes unternehmen konnte. Damals war Lous kleine zehnjährige Schwester Annerl für einige Tage zu Besuch gewesen, und an einem heißen Sommertag beschlossen sie, der Kleinen, die ja nur den Badetümpel daheim bei Schäftlarn kannte, einmal ein richtiges Freibad mit verschiedenen Becken und einer Rutsche zu zeigen. Das Michaelibad im Münchner Osten, erst vor wenigen Jahren eröffnet, bot sich da an, und beladen mit Bade- und Provianttaschen machten sie sich an einem frühen Vormittag auf den Weg.

Obwohl noch nicht Mittag war, waren die weitflächigen Liegewiesen des Bades schon gut belegt, aber sie fanden zum Glück im hinteren Bereich noch einen der wenigen Schattenplätze. Annerl war natürlich nicht mehr zu halten, sie wollte unbedingt sofort zum Kinderbecken und zur Rutsche. Peter, der merkte, dass Lou noch ein wenig Ruhe brauchte, bot sich an, mit Annerl gleich dorthin zu gehen, und Lou streckte sich dankbar auf der Decke aus und versprach, bald nachzukommen.

Annerl war von der Rutsche nicht mehr wegzubekommen, und wenn sie gerade nicht rutschte, sprang sie gefühlte hundertmal vom Beckenrand juchzend ins seichte Wasser des Kinderbeckens. Nach einiger Zeit setzte sich Peter erschöpft auf eine der Bänke in der Nähe, überlegte, ob er denn wirklich einmal eigene Kinder haben wollte, und wunderte sich, dass Lou nicht nachkam. Nach einiger Zeit gelang es ihm, Annerl zu ihrem Platz zurückzulotsen, doch von Lou war weit und breit nichts zu sehen. Nach einiger

Zeit stellte Peter dann auch fest, dass ihre Badetasche nicht mehr da war, und leichte Panik stieg in ihm hoch. Gerade als er sich auf die Suche machen wollte, trat ein kleiner Junge in einer viel zu großen Strickbadehose, die er notdürftig mit einem alten Gürtel an seinem mageren Bauch befestigt hatte, auf sie zu.

»Die Frau is ganga«, erklärte er.

»Die hod mei Oma og'schrian und dann is davog'laffa!«

Ein paar Meter weiter saß auf einer karierten alten Wolldecke eine schwergewichtige ältere Frau in einem geblümten Badeanzug und schaute unbeteiligt in die andere Richtung. Peter nahm Annerl an der Hand und trat auf die Frau zu.

»Was ist denn passiert?«, fragte er.

Die Frau zuckte die Schultern.

»Wos woaß denn i«, antwortete sie schmallippig.

»Die hod rumg'schbonna, Ihr Freindin!«

Demonstrativ wandte sie sich dann ab und studierte angelegentlich das Muster ihrer Wolldecke.

»Die hod g'schrian, dass du ihr a Kind wegg'nomma host, Oma«, rief der Kleine in der Strickbadehose aufgeregt.

»Hoit dei Mei, Bepperl«, fauchte da die Oma, und an Peter und Annerl gewandt, fügte sie sehr unfreundlich hinzu:

»Schaugts, dass ia weitakommts, mia sogn nix mehr!«

Peter und Annerl fanden Lou schließlich an der Straßenbahnhaltestelle Michaelibad, wo sie mit starrem Gesicht verkrampft und unansprechbar auf einer Bank saß. Sowohl Peters Fragen als auch Annerls Gezeter, dass sie nun doch nicht schon wieder heimfahren wolle, prallten vollkommen an ihr ab. Nur als sie bei der Heimfahrt die Maikäfersiedlung passierten, wies sie stumm kurz aus dem Straßenbahnfenster hinaus, und Tränen standen in ihren Augen. Es gelang Peter nie herauszufinden, was es mit der Begegnung mit dieser Frau im Michaelibad auf sich gehabt hatte und was denn die Maikäfersiedlung damit zu tun hatte.

Der Wiesenblumenstrauß hatte mittlerweile eine beachtliche Größe angenommen, und Peter bemühte sich, ihn auf dem Gepäckträger gut zu befestigen. Als er kurz aufblickte, fuhr gerade ein Auto vorbei, und für einen kurzen Moment glaubte er, darin die beiden Kriminaler aus der Ettstraße zu erkennen.

*

Nervenheilanstalt Haar

»Ich werde nun versuchen, mit der Patientin ein wenig draußen im Park spazieren zu gehen. Das lenkt sie vielleicht etwas ab und beruhigt sie etwas«, sagte Patrizia zu der blutjungen, etwas unsicher wirkenden Schwester, die heute für Saal 2 zuständig war.

Auf deren Einwände, dass zuerst eine Erlaubnis des behandelnden Arztes eingeholt werden müsse, winkte sie ab.

»Ich bin Ärztin, gutes Mädchen«, meinte sie etwas von oben herab.

»Ich habe alles im Griff.«

Sie hängte Lou ihren Pelzmantel um die Schultern, ordnete ein wenig ihre wirren roten Locken und nahm sie an der Hand.

»Kommen Sie, Frau Berghammer, wir gehen ein wenig nach draußen.«

Die bis dahin unruhig zappelnde und zumeist Unverständliches vor sich hin brabbelnde Lou schien wirklich etwas ruhiger zu werden, erhob sich und schlüpfte in ihre Sandalen.

»Gemma aussi, naus in d' Wäid«, murmelte sie und schlurfte an Patrizias Seite vorbei an den zumeist lethargisch vor sich hin stierenden Mitpatientinnen nach draußen in den sommerlichen Park. Eine Weile gingen sie schweigend nebeneinanderher, Patrizia hatte Lou untergehakt, und so vermittelten sie von Weitem fast den Eindruck von zwei friedlich in der Nachmittagssonne dahinspazierenden Freundinnen. Nach einiger Zeit steuerte Patrizia eine Bank an, und sie setzten sich.

»Wollen Sie mir nicht ein wenig von sich erzählen, Frau Berghammer? Oder darf ich Lou sagen?«, fragte sie vorsichtig.

Lou blickte langsam um sich, so als würde sie erst in diesem Moment wahrnehmen, wo sie sich befanden. Dann schaute sie auch Patrizia so an, als würde sie diese das erste Mal in ihrem Leben sehen.

»Du bist schee«, sagte sie und strich für einen Moment zart über Patrizias Wange.

»Wenn ma schee is, konn ma ois ham!«

Patrizia schüttelte verneinend den Kopf. »Da täuschst du dich, Lou«, sagte sie und stellte fest, dass ihre Stimme ein klein wenig zitterte.

»Ich hätte so gern jemanden, den ich so sehr lieb hab; aber ich krieg ihn nicht.«

Lou widersprach.

»Wennsd as richtig ostäist, dann kriagstn, den Mo! Do braucht's nua a boa Zaubertricks; d' Niki hod a Menge von dene kenna!«

»Du nicht?«, fragte Patrizia zurück.

Lou schüttelte den Kopf.

»Na, i bin z' bläd dazua, und a ned schee!«

Gerade als Patrizia vorsichtig weitersprechen und auch nach dieser ominösen Niki fragen wollte, verschleierte sich Lous Blick, und sie wurde wieder unruhig. Sie wies auf die grüne Sommerwiese, die vor ihnen lag.

»Do hamma uns imma troffa. Der Himmi war imma blau, und oft war a so a scheena Wind.«

»Wen hast du da getroffen, Lou?«, wollte Patrizia wissen.

Lous ganzer Körper begann zu beben, und ihre Züge verzerrten sich. Sie sprang auf.

»Des gäd di nix o! Lass mi in Rua«, schrie sie, und ehe Patrizia reagieren konnte, war sie aufgesprungen und rannte nun über die Sommerwiese davon.

»Lou, bleib stehen!«, schrie Patrizia, schleuderte die Sandalen von ihren Füßen und setzte ihr barfuß nach.

Am Ende der Wiese begrenzte ein hoher Zaun das Gelände der Nervenheilanstalt, und das war Patrizias Rettung. Denn Lou, eh geschwächt von ihrem Unfall und dazu noch behindert durch ihren schweren Mantel, brach vor dem Zaun weinend zusammen.

»I wui hoam; i wui zum Annerl, zum Xaverl, zur Mama«, rief sie schluchzend.

Patrizia, die sie mittlerweile erreicht hatte, kniete sich neben sie und nahm sie in die Arme.

»Komm mit, Lou«, bat sie. »Jetzt gehen wir zuerst einmal zurück zum Haus, dann sehen wir weiter.« Und wirklich ließ sich die erschöpfte Lou wieder zurückführen. Im Haus angekommen, schwenkte Patrizia jedoch um und geleitete Lou nicht wieder zurück in den Saal 2, sondern hinauf in den dritten Stock ins Behandlungszimmer von

Doktor Blankenberg. Mehrere Schwestern und Pfleger, die ihnen entgegenkamen, stutzten für einen Moment; doch Patrizias derart selbstbewusstes Auftreten und ihre Zielstrebigkeit hielten alle davon ab nachzufragen, geschweige denn einzugreifen.

Doktor Blankenberg hatte gerade seine ungeliebte Sprechstunde beendet und stand am geöffneten Fenster, um seinen Feierabendzigarillo zu genießen. Gerade als er den ersten Zug getan hatte, öffnete sich die Tür, und herein trat festen Schrittes diese unmögliche Ärztin, die eben erst da gewesen war. An der Hand führte sie eine seltsame Gestalt in einem zerfledderten, verschmutzten Pelzmantel, die einen ebenso schmutzigen blutverkrusteten Kopfverband trug. Das war wohl diese Patientin, von der sie zuvor gesprochen hatte, Doktor Blankenberg kam nicht mehr auf den Namen.

Helle Wut loderte in ihm auf.

»Das ist ja wohl die Höhe, Frau Kollegin!«, schrie er.

»Verlassen Sie mit der Patientin sofort diesen Raum! Was nehmen Sie sich eigentlich heraus?«

Patrizia Kremser jedoch blieb mit der Patientin an der Hand unbeirrt vor seinem Schreibtisch stehen.

»Ich bestehe darauf, dass Sie sich die Frau Berghammer unverzüglich und in meinem Beisein anschauen, Herr Doktor«, sagte sie mit sehr energischer Stimme und machte sich daran, Lou in Richtung der in der Ecke des Behandlungszimmers befindlichen Untersuchungsliege zu bugsieren. Doktor Blankenberg trat den beiden in den Weg und wollte sie mit aller Macht davon abhalten. Nur den Bruchteil einer Sekunde später bemerkte er, dass er damit vollkommen falsch gehandelt hatte, denn die Patientin Berghammer deutete sein Zugehen auf sie wohl eindeutig als

Angriff, riss sich von Patrizia Kremser los und stand nur wenige Sekunden später auf dem Fensterbrett des wegen des Zigarillorauchs immer noch sperrangelweit geöffneten Fensters. In den Räumen für die Patienten waren die Fenster wohlweislich eng vergittert, doch im Ärztetrakt hier im dritten Stock hatte man davon abgesehen.

Doktor Blankenberg und auch Patrizia Kremser stockte der Atem. Lou hielt sich nur locker am Fensterrahmen fest und schwankte bedenklich.

»Lassts mi in Rua!«, schrie sie.

»Kommts ja ned näa, sonst spring i!«

Währenddessen waren Korbinian und Ludwig mit dem unterfränkischen Zenglein am Steuer des Dienstwagens auf dem Gelände der Nervenheilanstalt Haar eingetroffen und fanden auf Anhieb einen geeigneten Parkplatz vor dem Hauptgebäude. Gerade als sie dabei waren, aus dem Auto auszusteigen, stürzten zwei äußerst kräftige Pfleger, die die Staturen von Boxern oder Schwerklasseringern besaßen, an ihnen vorbei. Ihnen entgegen kamen drei aufgeregte, ja fast aufgelöste Schwestern gelaufen, die wild mit den Armen fuchtelten.

»Oben, oben im Dritten beim Doktor Blankenberg!«, schrie eine und deutete hinauf.

Niemand nahm von den drei Herren von der Polizei Notiz. Alle rannten an ihnen vorbei, schrien laut durcheinander und stürzten aufgeregt ins Haus.

Es war Zenglein, der als Erster reagierte.

»Isch werd verrückt«, rief er und war sich sicher nicht bewusst, wie seltsam dieser Ausruf in einer Nervenheilanstalt wohl klang. Aufgeregt deutete er nun ebenfalls nach oben.

»Dou stäid a Fraa im Fensta!«

Korbinian fasste Ludwig am Arm und hielt ihn für einen Moment fest umklammert.

»Das ist die Lou«, rief er mit kippender Stimme, und dann rannten auch sie ins Haus hinein und hinauf in den dritten Stock.

Doktor Blankenberg spürte deutlich, wie sich sein Magen und sein Darm verkrampften, und hoffte sehr, dass sich, wie es bei ihm des Öfteren in brenzligen Situationen vorkam, kein vehementer Durchfall einstellen würde. Wenn diese Verrückte wirklich springt, ist das dein Ende, Hugo, dachte er bei sich. Vielleicht kannst du dann gerade noch als Dorfarzt in einem verlassenen Kaff arbeiten, dort, wo keiner deine Vergangenheit kennt.

Patrizia, deren Herz wie rasend bis zum Hals schlug, hoffte, dass man ihr ihre Aufregung nicht anmerkte, und trat ganz langsam und vorsichtig auf Lou zu.

»Komm, Lou«, sprach sie mit sanfter Stimme. »Komm her zu mir und erzähl mir alles. Nur mir, wir sind doch Freundinnen.«

Lou jedoch lachte nur hämisch, machte keinerlei Anstalten, von ihrem Fensterbrett herabzusteigen, und schwankte noch heftiger als zuvor.

Mittlerweile waren auch die zwei wuchtigen Pfleger in den Raum gekommen, hielten sich jedoch noch ein wenig im Hintergrund und warteten wohl auf ärztliche Anweisungen. Doch offensichtlich war Doktor Blankenberg mit der Situation ziemlich überfordert. Die Hände auf Magen und Bauch gepresst, stand er da und war anscheinend unfähig, in irgendeine Aktion zu treten.

Draußen auf dem Gang vor der halb geöffneten Tür zum Sprechzimmer waren inzwischen auch Korbinian, Ludwig und der Zenglein angekommen. Natürlich war es Zenglein, der sofort in den Raum hineinpreschen und Lou im Hauruckverfahren vom Fensterbrett herabreißen wollte. Wahrscheinlich hatte er schon Zeitungsschlagzeilen wie

»Mutiger Polizist aus Unterfranken rettet Lebensmüde in letzter Sekunde«

vor Augen, doch Korbinian gelang es gerade noch, ihn zurückzuhalten.

Ludwig stand wie angewurzelt im Gang, hatte er doch durch den Türspalt Patrizia erblickt, die aufrecht und scheinbar vollkommen gelassen vor der schwankenden Lou auf dem Fensterbrett stand und leise auf diese einsprach.

Sie ist's tatsächlich, sie ist's wahrhaftig, dachte er sich; was tut sie denn hier? Ein Wirrwarr aus Gedankenfetzen schoss ihm durch den Kopf, doch er konnte sich beim besten Willen keinen Reim auf das Ganze machen. Schließlich kam er zu dem Schluss, dass dieses Zusammentreffen hier von höheren Mächten vorbereitet und eindeutig ein Wink des Schicksals war.

Korbinian war inzwischen ohne Zaudern in das Zimmer nebenan gelaufen und hatte einen verdutzten, Pfeife rauchenden älteren Arzt, der von der ganzen Aufregung wohl noch nichts mitbekommen hatte, ziemlich rüde zur Seite geschoben.

»Gefahr im Verzug!«, hatte er gerufen und war schnell an das Fenster des Sprechzimmers getreten, um die Situation von dort aus begutachten zu können. Als er sich weit hinausbeugte, konnte er ein Stück von Lous Pelzmantel und ihren Fuß, der gefährlich über dem Abgrund schwebte, erspähen.

Von hier aus kann ich nicht eingreifen, dachte er, da bringe ich Lou und mich in Gefahr, und für einen kurzen

Augenblick fiel ihm seine Jagd über die Münchner Dächer vor acht Jahren ein, die damals Gott sei Dank glimpflich ausgegangen war.

Dann bemerkte er, dass unten auf dem Weg ein Feuerwehrauto vorgefahren war und einige Männer dabei waren, ein Sprungtuch auszubreiten.

Sie hat eine Chance, falls sie wirklich springt, dachte er erleichtert bei sich.

Ich brauche sie lebend und einigermaßen wohlbehalten vor mir, dachte er weiter, denn sie wird das Rätsel um Berenikes Tod lösen. Da war er sich mittlerweile sicher.

Gerade als er vom Fenster zurücktreten wollte, sah er auf einem klapprigen Fahrrad Peter Konzelmann heranbrausen.

Der sprang so rasch von seinem Drahtesel, dass dieser scheppernd auf den Wegesrand fiel, und starrte entsetzt nach oben.

Als hätten wir uns alle hier verabredet, dachte sich Korbinian und musste kurz an eines seiner geliebten Kriminalhörspiele denken, in die solche Begebenheiten natürlich zur Steigerung der Spannung dramaturgisch geschickt eingebaut wurden. Das hier ist aber kein Hörspiel, das ist einfach die schnöde Wirklichkeit, ging es ihm durch den Kopf, bevor er sich daranmachte, Peter Konzelmann so schnell wie möglich an den Ort des Geschehens zu holen.

Patrizia hatte sich mittlerweile noch ein wenig näher an Lou auf ihrem Fensterbrett vorgearbeitet. Sie befürchtete, dass diese bald kollabieren würde, denn Lou war leichenblass, Schweiß stand auf ihrer Stirn, und ihre Beine zitterten deutlich sichtbar. Patrizia war sich bewusst, dass sie ziemlich allein die Verantwortung hatte, denn Doktor Blankenberg hatte kurz zuvor ein eigenartiges Würgegeräusch ausgestoßen, sich die Hand auf den Bauch gepresst und dann fluchtartig den Raum verlassen. Nur einer der beiden Pfleger hatte sich vorsichtig, für Lou nicht sichtbar, an der Wand entlang in die Nähe des Fensters vorgearbeitet und Patrizia signalisiert, dass er zur Hilfestellung bereitstand. Im Hintergrund vermutete sie die Herren von der Ettstraße, die sie ankommen gesehen hatte, und überdeutlich spürte sie Ludwigs Anwesenheit in ihrer Nähe. Dass wir uns hier wiedersehen, wie seltsam, ging es ihr durch den Kopf. Das hat etwas zu bedeuten!

Dann konzentrierte sie sich wieder auf Lou, die mittlerweile wie ein Rohr im Wind schwankte. Da sie mit der freundschaftlich milden Tour nicht weitergekommen war, versuchte sie es nun auf die energische.

»Komm jetzt da runter, Lou«, rief sie im Befehlston mit erhobener Stimme.

»Du weißt genau, dass du mit dieser Aktion nicht nur dich, sondern auch andere gefährdest. Komm bitte!«

Lou blickte mit leeren Augen durch sie hindurch, und Patrizia zweifelte daran, dass sie sie überhaupt verstanden hatte. Gerade als sich große Ratlosigkeit und Verzweiflung in ihr breitmachen wollten, wurde Lou plötzlich lebendiger. Ein kurzes Leuchten ging über ihr Gesicht, und ihr Körper straffte sich ein wenig.

»Peter, du?«, rief sie mit etwas heiserer Stimme. »Wo kummsdn du her?«

Peter Konzelmann trat unerschrocken direkt vor Lou und breitete seine Arme aus.

»Komm runter, Lou, komm zu mir«, rief er mit fester Stimme. Und tatsächlich ließ sich Lou vom Fensterbrett herab in seine Arme sinken und brach dort weinend zusammen.

Wenige Minuten später lag Lou, mit einer Wolldecke zuge-
deckt, auf der Untersuchungsliege. Peter Konzelmann saß
dicht bei ihr und hielt ihre Hand, und Doktor Blankenberg,
der mittlerweile wieder anwesend war, wollte gerade zur
Schonung der Patientin alle Anwesenden aus dem Raum
schicken, als Lou zu sprechen begann.

»I woits ned … es is einfach so passiert … i hob d' Berenike umbrocht«, stieß sie hervor.

Und dann begann sie, zwischendurch unterbrochen von
verzweifeltem Weinen, die ganze traurige Geschichte zu
erzählen.

Von Anfang an war in der engen Freundschaft zwischen
Berenike und Lou Niki die Tonangebende gewesen. Das
hatte sich einfach so ergeben und wurde auch nie von einer
der beiden infrage gestellt. Niki schätzte Lous bäuerliche
zupackende Art und ihren Sinn fürs Praktische. Hinzu kam
natürlich auch der nahezu gleiche Geschmack der Freundinnen, was Männer betraf.

»Mir ham so vui Spaß mitananda g'habt!«, berichtete
Lou und musste trotz der ernsten Situation, in der sie sich
gerade befand, lächeln.

Erst als Peter Konzelmann in das Leben der beiden
Frauen trat, wurde es komplizierter. Für Berenike war
Peter eines ihrer vielen Lustobjekte; Lou aber bemerkte
rasch, dass sie mehr für Peter empfand und er wohl auch für
sie. Doch Berenike behielt weiter das Ruder in der Hand
und wollte oder konnte nicht sehen, dass da auch andere
Gefühle im Spiel waren.

»Seit da Peter do war, is schwierig worn«, berichtete
Lou.

»Aba des hätt ma vielleicht no hikriagt. Aber dann is d'

Niki so was von nervös worn wegam Wolferl, hod aba nia genau g'sogt, warum.«

So beschloss Lou eines Tages, Niki eine Freude zu machen und endlich das Freundinnengemälde, das sie Niki im Jahr zuvor geschenkt hatte, richtig zu rahmen.

Sie besorgte Bildleisten und einen schlichten Rahmen, steckte Handwerkszeug ein und machte sich auf den Weg in die Trautenwolfstraße. Niki und Wolferl waren noch nicht zu Hause; Wolferl war wohl noch in der Schule und Niki möglicherweise auf einer ihrer ominösen Touren durch die Münchner Geschäfte, wo sie immer das eine oder andere geschickt, unter einer weiten Bluse verborgen, mitgehen ließ.

Lou, die wusste, dass der Wohnungsschlüssel ganz schlicht und einfach unter der Fußmatte vor der Tür lag, betrat die Wohnung und machte sich sofort ans Werk.

Vorsichtig nahm sie das Bild ab, lehnte es gegen die Wand und betrachtete es noch einmal. Sie war stolz auf ihr Werk und fand, dass es eines ihrer besten war. Da konnten die *SPUR*-Leute noch so sehr daran herumkritisieren, es war gelungen und vor allem steckte viel Herzblut darin. Berenike und Lou, die beiden Herzensfreundinnen! Eindeutig war Berenike, die auf dem Gemälde wie so oft ein wenig herausfordernd lachte und in ein wunderschönes, blaues samtglänzendes Gewand gehüllt war, die Größere der beiden. Sie blickte zwar liebevoll, doch ein wenig von oben auf ihre Freundin Lou herab, die mit ihrer Feuermähne zwar einen kräftigen Farbakzent setzte, jedoch ein äußerst schlichtes bäuerlich anmutendes Kleid trug. Erst jetzt bei nochmaligem Betrachten wurde es Lou bewusst, dass hinter ihrem etwas aufgesetzt wirkenden fröhlichen Lachen ganz deutlich eine gewisse Skepsis, ja womöglich gar so etwas wie Angst zu entdecken war.

Sie hatte gerade begonnen, die einfachen Holzleisten von der Leinwand zu lösen, als ihr ein schmaler Umschlag vor die Füße fiel, der wohl in der unteren Leiste auf der Rückseite des Bildes gesteckt hatte. Sie konnte nicht anders, als ihn zu öffnen, und nachdem sie den ersten Brief aus dem Kuvert gelesen hatte, sank Lou vor dem Freundinnengemälde zu Boden und hatte für einen Augenblick das Gefühl, keine Luft mehr zu bekommen. Die Schrift des Briefschreibers war ihr wohlbekannt, hatte sie doch zu Hause in ihrem Kästlein für besondere Dinge ihres Lebens einen einzelnen weißen Briefbogen, der die gleiche Schrift aufwies und den sie immer wieder zur Hand nahm und las.

Nichts für ungut, meine Liebste! Doch die Pflicht am Staate ruft nach mir. Es waren wunderbare Stunden …

Es war die Schrift Manfreds, ihres Geliebten von der Waldlichtung damals, des Mannes, für den sie die Sommersprossenlisl gewesen war und den sie wohl als Einzigen in ihrem Leben so tief, klar und ohne jegliche Einschränkung geliebt hatte. Dessen Kind sie für kurze Zeit unter dem Herzen getragen hatte und das sie dann, weil sie meinte, dass alles völlig aussichtslos war, umgebracht hatte.

Und da stand es nun ganz deutlich in diesen beiden Briefen, die eindeutig von Manfred Lobelsberger an Berenike von Rahnstedt gerichtet waren: Wahrscheinlich zu der Zeit, als Lou zur Erholung auf Frauenchiemsee gewesen war, aber auch noch später musste Berenike mit Lobelsberger eine Liebschaft gehabt haben, und Wolferl war ganz eindeutig sein Kind! Berenike hatte den Mut gehabt, das Kind auszutragen und allein aufzuziehen, im Gegensatz zu ihr, die zu verzagt und zu ängstlich gewesen war!

Lous Verzweiflung wandelte sich in eine ungeheure Wut. Sie war so gemein hintergangen worden, so abscheulich und so gemein! Von den beiden wichtigsten Menschen in ihrem Leben, von ihrer besten Freundin Berenike und von Manfred von der Sommerwiese damals! Jetzt plötzlich interessierte er sich brennend für sein Kind! Sie, Lou, hatte er damals abserviert und ihr nur diesen Kunstpelz hinterlassen.

Gerade als Lou beginnen wollte, auf das mittlerweile am Boden liegende Bild einzutreten und damit Berenikes selbstgefälliges Lachen wutentbrannt zu zerstören, öffnete sich die Tür. Herein trat Berenike, die, wie Lou schon vermutet hatte, eine weitfallende Bluse und eine sehr lockere weite Hose trug. Berenike blickte auf Lou, das Bild und die Briefe in deren Händen und erfasste die Situation sofort. Doch Lou, die nun erwartet und gehofft hatte, dass Berenike sie liebevoll und schuldbewusst umarmen würde, wurde bitter enttäuscht. Während Berenike sich ihrer Kleider entledigte und da und dort ein Paar Strümpfe, ein Tuch und feine Unterwäsche hervorzog, lachte diese.

»Ach Loulilein«, rief sie.

»Da musst du dich nicht drüber aufregen, das ist doch Schnee von gestern. Der Manitu hat mir doch nie was bedeutet, und ganz zufällig war es halt sein Samen, der in mir aufgegangen ist! Für den hohen Herrn, den verehrungswürdigen Herrn Landtagsabgeordneten und Kurzzeitminister waren wir zwei doch nur Spielbällchen. Nur dass er sich jetzt so aufführt wegen dem Bubi, das find ich unmöglich. Wegnehmen will er ihn mir und in irgendein feines Internat geben, nein, nein und nochmals nein!!!«

All ihrer Kleider entledigt, trat sie nun auf Lou zu und streckte ihr die gestohlene Seidenunterwäsche entgegen.

»Schau mal, die ist für dich!«

Als Lou nicht darauf reagierte, wurde Berenike heftiger.

»Das kann ich ums Verrecken nicht ausstehen! Wie du mich mit deinen blöden vorwurfsvollen Kuhaugen anglotzt, du dumme Gans, du beleidigte Leberwurst! Du bist und bleibst halt doch immer das dumme Madl vom Land!« Und sie lachte höhnisch.

Was dann geschah, wusste Lou nur noch in Bruchteilen. Plötzlich hatte sie einen Teil des alten provisorischen Holzrahmens fest in der Hand und schlug zu; schlug ein auf die immer noch lachende nackte Berenike auf ihrem Bett, aber auch auf den Manfred Lobelsberger, der zuerst ihre Sommersprossen geküsst und sie dann so sang- und klanglos abserviert hatte. Und sie schlug und schlug weiter in blinder Wut, schlug mit aller Wucht ein auf ihr ganzes dummes verpfuschtes Leben.

»I woaß nimma genau, wos i dann g'macht hob«, weinte Lou auf ihrer Untersuchungsliege und klammerte sich an Peter Konzelmann.

»I glaab, dass i des Buidl mit dem kaputten Rahmen wieda aufg'hängt hob und die Briaf vom Manfred hob i eig'steckt. Des Holz hob i fortg'schmissn; i woaß nimma wo.

D' Niki is ganz still auf ihrm Bett g'legn, und des hob i richtig guat g'fundn. Endlich war s' amoi staad und hod mia nix mehr sogn kenna.«

Dann lehnte sich Lou erschöpft zurück, griff nach Peter Konzelmanns Hand und blickte verwirrt um sich.

»Wo bin i denn?«, fragte sie. »Wos woits ia olle?«

Doktor Blankenberg, noch ziemlich grau im Gesicht und sich noch immer den Bauch haltend, ergriff nun doch die Initiative.

»Die Patientin bedarf nun der absoluten Ruhe. Wie Sie ja sehen«, und er wandte sich vorrangig an Korbinian und Ludwig, »ist sie im Moment haftunfähig und muss bis auf Weiteres bei uns bleiben.«

»Aba da Peter«, rief Lou verzweifelt, »der soi no dobleim bei mia!«

Bevor Doktor Blankenberg dem widersprechen konnte, trat Patrizia neben Lou und Peter. »Selbstverständlich kann der Peter noch etwas bei dir bleiben, Lou.«

Doktor Blankenberg schnappte kurz nach Luft, sagte aber kein Wort und gab sich eindeutig geschlagen.

Eine Viertelstunde später steuerte Zenglein das Polizeiauto wieder in Richtung München.

»Isch konns ned fasse«, murmelte er vor sich hin.

»Sou wos henn isch nou nie erläbt!«

Korbinian war nicht nach Unterhaltung zumute. Er blickte aus dem Autofenster auf die vorüberziehende Landschaft und die ersten Münchner Vororte. Der seltsamste und schwierigste Fall, seit ich in der Ettstraße bin, dachte er bei sich. Und die Auflösung ist uns ja sozusagen fast in den Schoß gefallen!

Auf der Rückbank des Wagens saßen Patrizia und Ludwig. Auch sie schwiegen, doch als sie die ersten Häuser Münchens erreichten, griff Patrizia nach Ludwigs Hand und drückte sie fest. Für nur ein paar wenige Sekunden begegneten sich ihre Blicke, doch die sagten uneingeschränkt und ganz eindeutig alles.

*

Auf der Fahrt
von Schöngeising
nach München

Korbinian hatte rasende Kopfschmerzen und zwischendurch das seltsame Gefühl, dass sich die Landstraße vor ihm plötzlich auf einmal gefährlich verengte und dann wieder erweiterte und dass seltsame schwarze Punkte auf der Straße tanzten.

»Wir machen eine Pause«, schlug Evi vor.

»Ob wir jetzt um Mitternacht oder eine halbe Stunde später heimkommen, ist doch egal. Die Nachbarin ist bei den Kindern, die bestimmt fest schlafen, und das Auto musst du doch eh erst morgen zurückgeben.«

Nach einer kurzen Pause fügte sie dann noch rasch hinzu, dass sie vorhabe, über kurz oder lang auch den Führerschein zu machen. Obwohl Korbinian sich schlecht fühlte, musste er lächeln. Das war sie, seine Evi! Immer voller Tatendrang und neuer Ideen!

Sie schlugen einen schmalen Waldweg ein und bewunderten den funkelnden Sternenhimmel und den Mond, der durch die Tannenwipfel blitzte. Korbinian spürte, wie er etwas ruhiger wurde und der Druck in seinem Kopf nachließ. Was war das für ein Tag gewesen!

»Ich bin so froh«, meinte Evi und hängte sich bei ihm ein, »dass das mit dem Wolferl sich doch noch so gut gelöst hat! Es hat sich wirklich gelohnt, dass wir den Lobelsberger besucht haben.«

Korbinian konnte ihr nur zustimmen.

Nachdem er aus Haar zurückgekommen war, hatte er kurze Zeit im Präsidium verbracht und mit Ludwig und Alma Mader die Schlussberichte verfasst. Alle drei waren sie erschüttert über den Ausgang des Falls und hofften sehr, dass Lou Berghammer bald wieder gesund werden und sich ein nicht zu strenger Richter für sie finden würde.

»Sie war nicht Herrin ihrer Sinne, als sie das getan hat«, meinte Alma Mader.

»Das Leben hat ihr ganz schön übel mitgespielt!«

Daheim gab es dann ein rasches spätes Abendessen bei den Hilperts, dann erschien auch schon die Nachbarin, um auf die Kinder aufzupassen. Gleich darauf kam Fonsi, der Mann von Evis Freundin Karla, um ihnen bis zum nächsten Morgen seinen VW Käfer zu überlassen. Das alles hatte die tüchtige Evi schon im Voraus bestens organisiert.

Manfred Lobelsberger empfing sie in seiner holzgetäfelten Stube, in einem Lehnstuhl sitzend. Er erschien Korbinian noch grauer, schmaler und zerfurchter als beim letzten Besuch.

»Wir haben den Fall heute abgeschlossen, Herr Lobelsberger«, berichtete Korbinian, »aber eigentlich sind wir aus einem anderen Grund hier.«

Lobelsberger nickte seltsam teilnahmslos, stellte keinerlei Fragen und wollte offensichtlich in dieser Angelegenheit nicht viel wissen.

»Ich weiß schon, dass ihr mich auch im Verdacht gehabt hattet«, antwortete er mit einem kleinen ironischen Lächeln auf den Lippen. »Aber dann habt ihr schnell gemerkt, dass so ein Halbtoter wie ich das gar nicht mehr schaffen kann.

Ich nehme an, dass ihr wegen des Buben hier seid. Ich weiß, dass er zurzeit bei euch wohnt, und ihr wollt jetzt, dass das so bleibt«, sagte Lobelsberger mit leiser Stimme, und Korbinian sah, dass seine Hände verkrampft in seinem Schoß lagen und Schweiß auf seiner Stirn stand. Er schien starke Schmerzen zu haben.

Im Gegensatz zum letzten Besuch war auch Lobelsbergers Frau, nachdem sie Getränke gereicht hatte, mit dabeigeblieben. Sie schüttete wenige Tropfen aus einem kleinen Fläschchen in ein Glas Wasser und reichte es ihrem Mann.

Lobelsberger trank in gierigen Schlucken und wandte sich dann Evi zu.

»Ich hab dich gesehen letzten Herbst vor der Hohenzollernschule«, sagte er.

»Du bist eine gute Mutter.«

Evi nickte selbstbewusst.

»Ja, das bin ich wirklich und ich kann Ihnen versichern, dass es der Wolferl sehr gut bei uns haben wird. In unserer Tochter Elsi hat er ja so etwas wie eine Schwester. Der Wolferl vertraut uns und hat uns sehr gern. Es wäre für ihn, nach dem, was er alles durchgemacht hat, schrecklich, wenn er jetzt auch noch aus seinem gewohnten Umfeld herausgerissen wird.«

Lobelsbergers Frau nickte zustimmend, und es war das erste Mal, dass Korbinian nun ihre Stimme hörte.

»Das stimmt, was die Frau Hilpert sagt, Manni«, meinte sie.

»Stell dir doch einmal vor, wie es gewesen wär, wenn wir unsere Buben in dem Alter weggegeben hätten. Das hättest du damals doch nie gemacht!«

Lobelsberger blickte seine Frau verwundert an. Sie weiß ja wirklich alles, dachte er, und jetzt setzt sie sich auch noch für mein außereheliches Kind ein! Plötzlich verspürte er eine derart starke Zuneigung und Dankbarkeit ihr gegenüber, wie er sie in den langen Jahren ihrer Ehe noch nie gefühlt hatte.

Er blickte die junge hübsche Frau mit den leuchtenden Augen an, die eine so große Energie und Tatkraft ausstrahlte. Auch der junge etwas schlaksige Mann an ihrer Seite, der zwar heute sehr müde wirkte, war ihm schon beim letzten Besuch auf Anhieb sympathisch gewesen.

Evi kramte in ihrer Handtasche und reichte Lobelsberger ein paar Fotos.

»Das sind die Fotos vom ersten Schultag letztes Jahr.«

Auf dem ersten Foto, das Lobelsberger betrachtete, war Berenike, elegant wie immer und mit ihrem ihm wohlbekannten leicht spöttischen Lächeln auf den Lippen, mit dem kleinen Wolferl zu sehen. Dieser blickte sehr ernsthaft und ein wenig ängstlich und umklammerte eine riesige bunte Schultüte. Das nächste Foto zeigte Wolferl und Elsi, die stolz mit ihren Schultüten vor dem Schulportal standen. Sie hielten sich an den Händen, und die etwas kleinere Elsi blickte fast zärtlich zu ihrem Freund Wolferl auf.

Auf dem letzten Bild saßen die beiden ABC-Schützen mit den Hilperts und Berenike am Tisch eines Gartenlokals. Die Kinder naschten Süßigkeiten aus ihren Schultüten, und Berenike und die Hilperts prosteten sich lachend zu.

Lobelsberger, der beim Betrachten der Fotografien etwas in sich zusammengesunken war, richtete sich nun wieder auf.

»Der Bub kann während der ersten vier Volksschuljahre bei euch bleiben«, sagte er dann mit betont nüchterner Stimme.

»Aber dann soll er aufs Internat in der Schweiz, so wie ich es verfügt habe.«

Dann leerte er rasch sein Glas mit den Schmerztropfen und während er sich mühsam aus seinem Sessel hochstemmte, fügte er noch hinzu, dass er zeitnah mit der Fürsorge Kontakt aufnehmen werde.

Frau Lobelsberger begleitete Evi und Korbinian zur Tür.

»Darf ich euch mal besuchen, wenn alles vorbei ist?«, fragte sie. »Es wird nicht mehr lang dauern.«

Kurz nach Mitternacht kamen die Hilperts daheim an. Sie trauten ihren Augen nicht, denn im Wohnzimmer auf der neuen Couch lag schnarchend die Nachbarin, und Elsi und Wolferl saßen auf dem Teppich und spielten *Halma*.

Elsi sprang auf.

»Mama, Papa, mir warn zu aufg'regt zum Schlafen. Mir ham doch g'wusst, dass ihr wegam Wolferl fort wart. Was isn jetzt? Derf der Wolferl bei uns bleibn?«

Evi nickte.

»Ja, bis er zehn Jahre alt ist, bleibt er auf alle Fälle bei uns.«

Elsi fiel Wolferl jubelnd um den Hals.

»Des is ja no ewig lang … da kommt ja no ganz oft des Christkind und der Osterhas!«

Ein Leuchten ging über Wolferls sonst oft so ernstes Gesicht. Er stand auf und legte seine etwas pummelige Bubenhand aufs Herz.

»Ich freu mich so«, sagte er, dann hielt er kurz inne und fügte noch hinzu, »und die Mama auch!«

EPILOG

Es ist so schön, denn alles ist plötzlich so leicht und so schwerelos. Aber warum nur ist es so dunkel? Es ist doch mitten am Tag und warum liege ich hier im Bett? War ich denn heut Morgen schon im Stall? Hab ich nach den Rössern geschaut? Hat der Toni das Gatter oben an der Weide repariert?

Irgendjemand sitzt neben meinem Bett und flüstert, doch ich kann nicht erkennen, wer es ist. Es ist zu dunkel. Ist es meine Frau? Oder ist es der Toni, der mir sagen will, dass mit dem Gatter alles in Ordnung ist? Oder ists gar der Franz-Josef? Der kann meinetwegen hier sitzen, solang er will; nur in Ruhe lassen soll er mich nun endlich.

Kann man nicht das Fenster weit aufmachen, sodass die Sonne voll hereinscheint? Die helle gleißende Augustsonne.

Ein trockener August ist des Bauern Lust!

Hundstage hell und klar deuten auf ein gutes Jahr!

Es ist, als wäre mein Körper, mein brodelnder, schneidend schmerzender, glühend heißer Körper nicht mehr da. Es ist ganz still in mir und das ist gut.

Aber das Licht soll wieder kommen ... ich will die Sonne spüren. So wie damals mit Berenike im Kahn, im Schilf bei der Sassau, wo wir beieinanderlagen und uns liebten. Haben wir da den Buben gezeugt?

Mit dem Buben ist ja jetzt alles gut, aber wo ist sie, meine Niki? Ist sie es, die neben meinem Bett sitzt? Legt sie gleich ihre schöne kühle Hand auf die meine und flüstert:

»Alles wird gut, meine geliebter lieber Manitu du!«

Jetzt haben sie mir das Licht ganz weggenommen; ich spürs, wie das Dunkel mich mehr und mehr umfängt ... wie es mich einhüllt und mich fortträgt. Für immer.

Das mit dem Gatter hat der Toni sicher gut erledigt.

DANK UND NACHWORT

Ganz besonders möchte ich Claudia Senghaas, Programm-leitung bei Gmeiner, für ihren Einsatz bezüglich des Erscheinens meines neuen Titels und für ihr so kompetentes, rasches und unkompliziertes Lektorat danken. Danke Claudia, auch für deine lieben Worte beim Verlagstreffen in Darmstadt.

Auch an alle weiteren Mitarbeiter des Verlags, die ich hier nicht alle namentlich erwähnen kann, meinen herzlichen Dank!

Und wieder einmal ein ganz besonderes Dankeschön an Sophie Wittmann von der Agentur Rumler in München. Liebe Sophie, vielen Dank, dass du mich nun schon mehr als sieben Jahre mit großem Engagement durch Höhen und Tiefen begleitest!

Danke – last but not least – an meinen lieben Mann Franz, der immer mit Ruhe und Gelassenheit an meiner Seite ist und der meinen nicht immer einfachen Schreibprozess stets zugewandt, doch auch mit der notwendigen Kritik immer mitträgt. Bei noch keiner meiner bis heute doch schon sehr zahlreichen Lesungen hat er gefehlt und immer versucht, mein starkes Lampenfieber davor zu besänftigen!

Den Anstoß dazu, meinen Korbinian Hilpert und sein Team gerade im Jahr 1962 wieder ermitteln zu lassen, gab meine intensive Beschäftigung mit den sogenannten »Schwabinger

Krawallen« vom Juni 1962. Es war meiner Meinung nach das erste Mal in der Münchner Nachkriegszeit, dass diese sehr beschaulich-gemütliche, äußerst konservative Stadt von Protesten aus der jugendlichen Bevölkerung aufgerüttelt wurde. Man begegnete diesem Protest sehr hilflos einzig und allein durch drakonische Strafmaßnahmen und sehr langsam setzte erst einige Zeit später ein Umdenken ein, wie man solchen Ereignissen auch deeskalativ begegnen könnte.

Nicht umsonst werden die »Schwabinger Krawalle« bis heute als eine Art Vorbote der Studentenunruhen 1968 eingestuft.

Des Weiteren hat meine schon Jahre während Beschäftigung und Bewunderung der sogenannten »Schwabinger Gräfin« Franziska Gräfin zu Reventlow (1871–1918), die zu Beginn des letzten Jahrhunderts in München lebte, dazu beigetragen, dass meine Berenike von Rahnstedt ganz unverkennbar deren Züge trägt. In beiden Frauenfiguren, der wirklichen als auch der fiktiven, vereinen sich sowohl Kampf um weibliche Selbstbestimmung und unbändige Freiheitsliebe als auch oft sehr mühsame Lebensbewältigung und neuzeitliche Erziehungsvorstellungen. Wenn man weiß, dass noch in den sechziger Jahren verheiratete Frauen wie meine Evi Hilpert bei Aufnahme einer Berufstätigkeit das Einverständnis ihres Ehemannes benötigten, ist der Lebensentwurf der Berenike von Rahnstedt umso erstaunlicher!

Alle Fehler, die sich vielleicht doch noch in meinen Text eingeschlichen haben, habe ich selbst zu verantworten.

Gretel Mayer
Im Sommer 2023